Gwydion

Peter Schwindt

Gwydion

Le pouvoir du Graal

Traduit de l'allemand par
Florence Quillet

bayard jeunesse

Ouvrage publié originellement par Ravensburger Buchverlag
sous le titre *Die Macht des Grals*

18, rue Barbès, 92128 Montrouge Cedex
ISBN : 978-2-7470-2657-4
Dépôt légal : octobre 2010
Loi n° 49-956 sur les publications destinées à la jeunesse

Chapitre 1

Retour à la maison

Au détour du chemin, Odwyn découvrit un lac d'un bleu profond. Malgré le vent qui agitait les arbres, il n'y avait pas une ride à la surface de ses eaux limpides. Il était lisse comme un miroir.

Le garçon était assoiffé. Il mit pied à terre et se désaltéra longuement. Soudain, il sursauta et examina son reflet avec stupeur. Comme il avait changé ! En l'espace de quelques semaines, les traits de son visage s'étaient durcis. Ses joues s'étaient creusées, et ses yeux avaient pris une expression grave et réfléchie. De toute évidence, les évènements des dernières semaines l'avaient marqué.

Lui qui n'était qu'un rustre, un simple paysan de la Cornouailles, il avait réalisé son rêve et s'était fait admettre à Camelot. Mais pour quel résultat ?

Il émit un ricanement amer. Il s'était lié d'amitié avec des garçons de son âge, certes... Il avait appris à manier l'arc et l'épée... Il avait même été nommé écuyer du roi ! Cependant, dans le même temps, il avait été confronté à des rivalités de pouvoir et des trahisons qui avaient coûté la vie à des hommes qu'il admirait. Aussi avait-il décidé de prendre du recul et demandé à quitter la cour. À présent, il rentrait à Redruth, son village natal.

Dans son dos, Pégase s'ébroua et racla nerveusement le sol avec ses sabots. Ce cheval était son meilleur ami ; Odwyn avait en lui une confiance aveugle. Si curieux que cela puisse paraître, il lui semblait parfois que Pégase lisait dans ses pensées et comprenait ce qu'il lui disait.

Le cœur battant, tous les sens en alerte, le garçon se tapit dans les roseaux. Et regarda autour de lui. Mordred avait-il lancé ses sbires à sa poursuite ? Depuis la défaite que lui avait infligée Arthur devant les murs de Camelot, le prince félon se cachait quelque part. Mais il n'était pas du genre à s'avouer vaincu. On pouvait s'attendre à le voir ressurgir un jour ou l'autre.

C'était Odwyn qui était à l'origine du piège dans lequel ses troupes avaient foncé tête baissée. Pire, c'était lui qui s'était introduit dans le camp du renégat et avait réussi à délivrer la princesse Aileen, la propre fille de Mordred et petite-fille d'Arthur. Lors de leur brève confrontation, celui-ci avait découvert le médaillon à la licorne qu'Odwyn portait sous sa chemise et, pris d'une rage inexplicable, il avait essayé de le tuer...

À moins qu'il n'ait tout simplement paniqué en voyant sa licorne ?

D'instinct, Odwyn porta la main à son cou et vérifia s'il avait bien son précieux talisman. C'était tout ce qui lui restait de sa mère, décédée peu après sa naissance.

Pégase souffla doucement par les naseaux.

– Chut ! dit Odwyn tout bas. J'ai l'impression que nous ne sommes pas seuls...

Écartant les roseaux, il scruta les environs. Personne.

Au bout d'un moment, comme Pégase se tenait tranquille, il se détendit. L'agitation de son cheval était sans doute à mettre sur le compte de la magie du lieu. Depuis qu'il avait atteint le lac, lui-même se sentait étrangement envoûté.

Il s'allongea dans l'herbe, les bras croisés derrière la tête et cligna des yeux, ébloui par le soleil.

Il avait quitté Camelot dans l'espoir d'élucider le mystère de sa naissance. Trouverait-il les réponses aux questions qu'il se posait ? Qui était sa mère ? D'où tenait-elle le médaillon qu'elle lui avait légué ? Et lui ? Où était sa place ? Confusément, il devinait que le destin lui réservait un rôle important. Lequel ?

Quelques semaines auparavant, au bord de ce même lac, il avait rencontré une femme d'une grande beauté, qui avait reconnu son médaillon et l'avait appelé Gwydion. Ce prénom, c'était celui que lui avait donné sa mère avant de mourir. D'où la Dame du Lac le connaissait-elle ? Il brûlait de la revoir pour le lui demander.

Il installa son bivouac et dormit d'un œil. Le lendemain, il attendit toute la matinée. Mais, à midi, la Dame du Lac ne s'était pas encore manifestée. Le lac était toujours aussi uniformément lisse et plat. Pourtant, Odwyn en était certain, ce calme n'était qu'apparent.

Les rayons du soleil qui filtraient à travers le feuillage vert tendre dessinaient sur le sol des motifs changeants. À l'odeur de la terre mouillée se mêlait celle des fleurs printanières. Odwyn soupira. Pour lui, la fin de l'hiver était toujours une libération. Il revivait.

Tandis qu'Humbert de Llanwick, lui, ne reverrait pas la lumière.

À cette pensée, le cœur du garçon se serra. Le vieux chevalier lui avait accordé non seulement sa protection mais aussi son affection. En le prenant comme écuyer, il lui avait ouvert les portes de Camelot. Mieux, il avait sacrifié sa vie pour lui. Et lui avait légué son cheval et son épée.

Odwyn ramassa un caillou et le jeta dans l'eau. Des cercles concentriques se formèrent à l'endroit où la pierre avait disparu, puis le lac recouvra son aspect lisse et argenté.

Odwyn poussa un soupir. Inutile d'attendre davantage ; si la Dame du Lac avait voulu se montrer, elle l'aurait déjà fait. Tant pis. Il allait devoir reprendre la route.

Il se leva pour rejoindre Pégase attaché à un arbre à quelques pas de là, épousseta son habit et s'étira. Encore deux jours de voyage, et il atteindrait la ferme de son père, dans les Cornouailles.

Soudain, un craquement de branches mortes déchira le silence, levant un vol d'étourneaux qui s'égailla en piaillant.

Odwyn virevolta et tira sans bruit son épée du fourreau. S'il devait se battre contre des Saxons ou des hommes de Mordred, armé ou non, il n'avait aucune chance. Cependant, le contact de la poignée recouverte de cuir le rassurait.

Il recula sur la pointe des pieds et détacha Pégase d'une main fébrile. Sentant combien il était nerveux, le cheval dressa les oreilles.

– Doucement ! chuchota Odwyn en lui flattant l'encolure.

De nouveau, il entendit du bruit. La main crispée sur son épée, il fit un pas en avant et cria d'une voix aussi assurée que possible :

– Qui va là ? Montre-toi si tu l'oses !

Un froissement de feuilles lui fit tourner la tête. Deux yeux l'épiaient derrière un buisson. Quelqu'un haletait. Il crut apercevoir une silhouette. Puis plus rien.

Retenant son souffle, Odwyn attendit, prêt à défendre chèrement sa vie. Quelques secondes s'écoulèrent. Il hésita. Devait-il s'élancer à la poursuite du rôdeur ? Non, ce serait trop risqué. D'ici que l'autre lui ait tendu un piège... ou qu'il ait des complices...

Au bout d'un moment, voyant que Pégase broutait placidement, il se détendit un peu. Le danger semblait écarté. Du moins pour l'instant. Il rengaina son épée et murmura :

– Pégase, mon vieux, on ferait peut-être bien de ne pas traîner...

Sur ces mots, il se hissa en selle. Puis il se pencha en avant et dit à l'oreille de son cheval :

– En route !

Et Pégase partit au trot.

Une heure plus tard, Odwyn chevauchait en rase campagne. Au moins, il ne risquait plus d'être attaqué par surprise.

– Tu as vu cette silhouette, tout à l'heure ? demanda-t-il tout haut. Ce n'était pas un Saxon, j'en donnerais ma main à couper ! Ni un homme de Mordred...

La preuve : il était en vie. S'il avait croisé l'un ou l'autre, il aurait été tué à coup sûr. Les Saxons étaient des guerriers cruels et impitoyables qui ne faisaient pas de quartier. Quant aux hommes de Mordred, ils n'auraient jamais laissé passer une occasion pareille...

Le garçon frissonna.

Pourtant, c'était bizarre. Pourquoi l'autre s'était-il enfui ? Pour aller chercher du renfort ? C'était peu vraisemblable...

Odwyn avait tout juste eu le temps de croiser son regard. Mais il n'était pas près d'oublier ces yeux-là : d'un bleu aussi sombre et intense que l'eau du lac, ils brillaient d'un éclat étrange. On aurait dit que l'homme avait la fièvre. Ou qu'il était aux abois.

Odwyn haussa les épaules. Bah, ce n'était sans doute qu'un de ces pauvres hères que les Saxons avaient chassés de chez eux après avoir détruit leurs maisons et exterminé leur bétail. Depuis le début de son voyage, Odwyn en avait rencontré des tas. À moitié morts de faim et de froid, ils se terraient dans les bois, réduits à mendier et à se nourrir de racines. Ils ne survivaient jamais très longtemps.

Chapitre 2

La prédiction

Deux jours plus tard, Odwyn atteignait Fraddon, un village situé à l'extrémité ouest de sa province natale.

Depuis le grand raid des Saxons sur les Cornouailles, la région avait été relativement épargnée. Les habitants de ces terres désolées et battues par les vents avaient reconstruit leurs masures et repris les travaux des champs. En voyant passer Odwyn, ils s'inclinaient jusqu'à terre en ôtant leur couvre-chef. Il faut dire que le garçon portait toujours le pourpoint à dragon rouge qui était l'emblème de Camelot. Du coup, les paysans le prenaient pour un seigneur et le traitaient avec tout le respect requis.

Odwyn n'était pas habitué à recevoir tant d'égards. Il n'y avait pas si longtemps qu'il avait quitté la ferme de Do Griflet, son père, et il n'avait pas oublié ses origines. Il était un gueux, ni plus ni moins. S'il avait gardé son pourpoint, c'était uniquement pour impressionner William, son butor de frère. Il allait faire une de ces têtes en le voyant, celui-là !

Plus il approchait de Redruth, plus il était inquiet de ce qu'il allait trouver. Serait-il le bienvenu ? Pas sûr... Après ce jour funeste où les Saxons avaient saccagé le domaine, il était parti sans rien demander à personne. Certes, depuis longtemps déjà il caressait l'idée d'aller tenter sa chance ailleurs ; la ferme ne suffisait pas à les nourrir tous, et William s'acharnait à lui rendre la vie impossible. Mais ce n'était pas une raison. Il avait quand même abandonné les siens au pire moment, tout ça pour assouvir sa soif d'aventure.

Juste avant le village, il s'engagea dans un chemin creux. Il n'avait plus qu'une lieue à parcourir. Il prit son temps, en proie à des sentiments mêlés. Il rentrait chez lui... mais était-ce encore chez lui ? Sa place n'était-elle pas à Camelot, au contraire ? Il n'avait pas la réponse à cette question.

Pégase s'arrêta de lui-même devant le portail. Perchée sur une échelle, Muriel, la sœur d'Odwyn, réparait le toit de la grange. C'était une besogne harassante : les bottes de chaume n'étaient jamais du bon calibre, et la paille était extrêmement difficile à couper. Mais la jeune fille n'était pas du genre à se décourager. Elle travaillait avec ardeur, en s'épongeant régulièrement le front d'un revers de manche.

Pégase s'ébroua. Elle se retourna en sursaut et, découvrant le cavalier, elle lui lança :

– Hélas ! messire, si vous avez faim, je n'ai rien à vous donner. Nous-mêmes, nous manquons de tout...

Odwyn sentit une vague de tendresse l'envahir. Il admirait sa sœur. Bien qu'il fût armé et à cheval, elle n'avait pas peur de lui.

Descendant de son échelle avec vivacité, elle s'approcha de lui :

– Cependant, je puis vous offrir à boire...

Soudain, elle se figea et, plaquant les deux mains sur sa bouche, elle s'exclama :

– Oh mon Dieu ! C'est... c'est toi, Odwyn ?

– Salut, sœurette ! répondit-il en sautant à bas de sa monture.

Folle de joie, elle se jeta dans ses bras :

– Odwyn... J'ai cru que je ne te reverrais jamais...

Reculant d'un pas, elle le dévisagea avec attention :

– Tu es méconnaissable ! D'où tiens-tu cet habit ?

Soudain, elle s'aperçut qu'il portait l'épée et s'écria :

– Hein ? Tu as réussi ? Tu es chevalier ?

Odwyn se mit à rire :

– Chevalier ? Non... Pas encore...

– Mais... ce pourpoint... cette épée... et ce cheval... Seuls les chevaliers...

– Je suis écuyer, l'interrompit Odwyn. Ou plutôt, je l'étais. Et les écuyers ont droit à un équipement.

Muriel fronça les sourcils :

– Qu'es-tu en train de me dire ? Que messire Humbert t'a pris à son service ?

– Humbert est mort, annonça-t-il d'une voix sourde. Il s'est tué en me sauvant la vie...

Muriel parut très choquée.

– C'est ce qui m'a fait quitter Camelot, ajouta Odwyn. Ça, et un certain nombre de choses...

Sa sœur ouvrit des yeux ronds.

– Camelot ? La cour du roi Arthur, dont Père nous a si souvent raconté les hauts faits ?

Le garçon opina.

– Mais je croyais que c'était une légende ! murmura Muriel, interloquée.

– Pas du tout. Arthur et ses barons sont aussi vivants que toi et moi.

– Et tu n'as pas eu de difficultés à te faire admettre ?

Le souvenir de son arrivée à Camelot fit sourire Odwyn :

– Si, bien sûr... Ça n'a pas été si simple. J'ai d'abord sauvé une princesse aux prises avec une harde de sangliers, puis il a fallu que je me déguise en donzelle, que je me batte et que...

Laissant sa phrase en suspens, il prit sa sœur par le bras et suggéra :

– On pourrait peut-être rentrer ? Je vous raconterai tout à l'intérieur...

Elle se frappa le front :

– Suis-je bête ! Tu dois être épuisé...

Soudain, elle se rembrunit :

– Hélas ! nous n'avons rien à manger.

– Pas grave ! répliqua Odwyn en détachant son paquetage de sa selle. Je ne suis pas venu les mains vides.

En entrant dans la chaumière où il avait passé les quatorze premières années de sa vie, Odwyn eut un coup au cœur. La pièce était propre et rangée, mais il y manquait l'essentiel du mobilier. Dans leur rage destructrice, les Saxons n'avaient pas laissé grand-chose debout.

– Où sont Père et William ? demanda-t-il.

– Partis à Camborne. Pour acheter des semences, une vache, des moutons et quelques poules avec le peu d'argent qui nous reste.

Ouvrant la sacoche que son frère avait posée sur la table grossièrement réparée, la jeune fille émit un petit cri ravi :

– Oh ! Du jambon ! du lard... du fromage ! Voilà qui tombe à point nommé !

Le cœur d'Odwyn se serra. Muriel mourait de faim, cela se voyait. Elle avait considérablement maigri.

– J'ai mangé tout le pain, confessa-t-il, horriblement mal à l'aise, en prenant place sur un tabouret. À la fin, il était dur comme pierre...

Elle ne l'écoutait pas. Le fixant avec gravité, elle déclara :

– Tu as changé...

– En bien, j'espère ! répliqua-t-il en se forçant à rire.

– Tu sembles très éprouvé. Ton visage est plus... dur qu'avant. Qu'est-ce qui t'est arrivé, Odwyn ?

Les yeux perdus dans le vague, Odwyn lui fit le récit de ses aventures en commençant par ses retrouvailles avec Humbert, le lendemain de son départ. Il lui raconta l'enlèvement du vieux chevalier par les sbires de Mordred, son trajet jusqu'à Camelot, sa rencontre avec la princesse Aileen, la petite-fille d'Arthur, et la ruse qu'elle avait inventée pour le faire entrer dans la place. Il lui décrivit les merveilles de Camelot, les héros de la Table ronde et en particulier Merlin, le conseiller du roi. Il lui parla de la félonie du seigneur Ulfin, son maître et seigneur, et du courage exemplaire d'Humbert, à qui il devait d'être encore en vie. Enfin, il conclut par le siège de Camelot et de la victoire d'Arthur, dans laquelle il avait joué un rôle non négligeable.

Quand il eut terminé, il regarda sa sœur dans les yeux et prit ses mains dans les siennes. Puis il demanda :

– J'ai besoin de savoir une chose... Père t'a-t-il parfois parlé de ma mère ?

Muriel et William étaient nés du premier mariage de Do Griflet. La mère d'Odwyn, Valeria, était morte en le mettant au monde.

– Jamais, lui confia tristement la jeune fille. Il a toujours évité le sujet. Et moi, je ne me souviens plus d'elle. Je n'avais qu'un an quand elle est morte.

Odwyn hocha la tête :

– Humbert et elle se connaissaient. Il a crié son nom juste avant de mourir.

Muriel mit un moment à saisir la portée de ses paroles :

– Co... comment est-ce possible ?

– C'est ce que j'aimerais savoir.

Odwyn se tut quelques instants, hésitant à aller plus loin. Puis, il ajouta :

– Il y a plus mystérieux encore : Merlin m'a appelé Gwydion ! Je n'ai jamais révélé ce prénom à personne ! Alors, d'où le connaissait-il ? Le jour où il a découvert mon médaillon, peu de temps après mon arrivée, il n'a pas cillé. Mais il m'a parlé d'une prédiction selon laquelle la licorne est appelée à tuer le dragon...

À ces mots, Muriel se troubla.

– Arthur a un dragon sur son blason, poursuivit le garçon. C'est l'emblème de Camelot. Quant à la licorne... regarde...

Il sortit son médaillon de sous sa chemise. Sa sœur hocha la tête. Elle connaissait ce bijou. Il ne s'en séparait jamais. Elle le regarda d'un air qui voulait dire : « Et alors ? »

– Tu ne devines pas ? s'écria-t-il. La licorne... c'est moi ! Arthur périra de ma main. Voilà ce que ça signifie !

– Voyons, Odwyn, murmura-t-elle. Ça n'a pas de sens...

– Ah bon ? répliqua-t-il d'une voix tremblante. Dans ce cas, explique-moi pourquoi j'ai eu la vision du roi en train de mourir ? Le roi et son félon de fils, Mordred, tous deux empalés sur une seule et même lance. Et moi, je suis à côté et je tiens Excalibur à la main ! C'est clair, non ? La licorne tuera le dragon... Mais moi, je ne veux pas avoir le déclin de Camelot sur la conscience ! C'est l'autre raison pour laquelle j'en suis parti. Tu comprends maintenant pourquoi je veux savoir qui était ma mère.

Muriel secoua la tête.

– Tu te fais des idées, Odwyn. Ce ne sont que de vieilles légendes... Ne me dis pas que tu y as cru ? Ça ne te ressemble pas...

Son frère eut un rire mauvais.

– Ces vieilles légendes, comme tu dis, Mordred les prend très au sérieux, lui ! Il a aussi le dragon pour emblème. Or, quand il a vu mon médaillon, il a essayé de me tuer. C'est un hasard, à ton avis ?

– Tu... tu en as parlé à quelqu'un ? s'alarma Muriel. Arthur est au courant ?

Odwyn la regarda comme si elle avait perdu la raison. Merlin lui avait expressément recommandé de ne montrer son talisman à personne.

– Tu n'y penses pas ! Il connaît cette prédiction. S'il savait que je suis la licorne, je ne serais pas devant toi aujourd'hui. D'ailleurs, je crois que je vais rester. C'est encore ici que je causerai le moins de dégâts.

Muriel coupa une tranche de jambon.

– Ma foi... Père n'aurait pas trop d'une paire de bras supplémentaire pour l'aider à remettre la ferme en état. Et moi, je serais bien contente. Tu m'as manqué. Et je ne suis pas la seule. Je crois que les cochons te regrettent.

Odwyn éclata de rire :

– Oh, mais c'est que c'est futé, ces bêtes-là ! se défendit Muriel. Ils ont attendu pour revenir que les Saxons soient partis ! Nous les avons retrouvés dans la cour un beau matin... Ils n'avaient plus que la peau sur les os. Le problème, c'est que William ne sait pas s'y prendre avec eux. Pendant quelque temps, il a essayé de s'en occuper. Il leur courait après en criant du matin au soir, mais ils n'arrêtaient pas de s'échapper. Du coup, il a fini par renoncer. Ils rôdent dans les environs...

– Si je comprends bien, il est urgent que quelqu'un les reprenne en main ! lança Odwyn en se levant.

Il s'étira et troqua son pourpoint contre la vieille tunique de paysan qu'il avait soigneusement conservée pendant tout son séjour à Camelot. Puis, après avoir plié et rangé son habit, il accrocha l'épée d'Humbert à un clou, à droite de la cheminée.

– C'est fou ! s'étonna sa sœur. Tu n'as pas été absent très longtemps et, pourtant, tes anciens vêtements ne te vont plus du tout !

Elle avait raison : autrefois sa chemise était trop grande pour lui. Là, elle le serrait de partout et les manches étaient beaucoup trop courtes. Ce n'était pas qu'il avait grossi, non. Mais l'entraînement intensif auquel l'avait soumis Kay, le sénéchal, et la nourriture de Camelot l'avaient transformé en un solide gaillard.

– Bah, quelques semaines au régime sec, et je flotterai de nouveau dedans..., murmura-t-il à la pensée qu'il devrait désormais se contenter de gruau et de soupe à base de racines.

Là-dessus, il sortit dans la cour et flatta l'encolure de Pégase :

– J'espère que tu ne m'en voudras pas..., lui dit-il en l'entraînant vers l'écurie, mais te voilà condamné à tirer la charrue jusqu'à la fin de tes jours. Ce n'est peut-être pas une retraite très glorieuse pour un destrier ; mais c'est moins dangereux que de courir le monde en cherchant l'aventure.

Pégase s'ébroua énergiquement, racla le sol de ses sabots et refusa de toucher à son picotin. Visiblement, cette perspective ne lui plaisait pas du tout.

Odwyn lui donna une petite tape, décrocha sa vieille baguette en noisetier, lui fit faire quelques moulinets au-dessus de sa tête, et siffla ses cochons. Ils ne tardèrent pas à déboucher du sous-bois.

Ils lui obéissaient toujours au doigt et à l'œil.

Odwyn soupira. Il avait retrouvé ses cochons.

Un bouseux, voilà ce qu'il était.

Chapitre 3

Un étranger parmi les siens

Odwyn avait du vague à l'âme. Depuis son retour, il ne reconnaissait plus rien. L'environnement dans lequel il avait grandi lui paraissait étranger jusque dans ses endroits les plus familiers. Mais comme il n'était jamais resté loin de chez lui aussi longtemps, il y vit un effet de son absence et se dit qu'il n'y avait sans doute rien d'étonnant à cela.

En réalité, rien n'avait changé : c'étaient toujours le même petit bois de hêtres, le même ruisseau qui courait entre les rochers et les herbes folles, et les mêmes chants d'oiseaux dans les arbres. Cependant, il n'arrivait pas à se sentir chez lui. Il lui semblait évoluer dans un décor étrangement irréel et où il n'avait pas sa place.

Il prit sa fronde dans sa poche et se baissa pour ramasser des cailloux. Avant, quand il avait quelque chose sur le cœur – c'est-à-dire quand il s'était disputé avec William, le plus souvent –, il se calmait en s'exerçant au lance-pierre.

Là, il n'arrivait pas à se concentrer. À vingt pas de distance, il ratait encore sa cible, un tronc pourtant de bonne taille. Décidément, il n'était pas dans son assiette. D'ailleurs, ses cochons le fuyaient ; c'était un signe qui ne trompait pas.

Et lui qui avait espéré que son retour à Redruth lui apporterait la paix ! Mais non. À Camelot, il n'avait pas réussi à s'intégrer à cause de son origine et de la sombre prédiction de Merlin qui, en le prenant sous son aile, l'avait mis à l'écart des autres. Dieu sait combien il en avait souffert ! Mais ici, à Redruth, après tout ce qu'il avait vécu à la cour d'Arthur, il n'était pas plus heureux qu'ailleurs. Il était coupé de ses racines

Coupé de ses racines, et seul. Ses amis lui manquaient. Quand il pensait à Rowan, aux autres écuyers, et à la princesse Aileen, une sourde angoisse l'étreignait. De toute sa vie, jamais il ne s'était senti aussi abandonné.

Plus il y réfléchissait, plus il lui paraissait clair qu'il devait percer le mystère de sa naissance. Il ne trouverait pas le repos tant qu'il ne saurait pas qui était sa mère.

Soudain, il tressaillit. Un homme se dressait devant lui. C'était un pauvre hère en haillons, crasseux, maigre à faire peur et d'une taille proprement gigantesque. Il mesurait six pieds[1], au bas mot, et le toisait de toute sa hauteur.

Mais ce n'était pas ça le plus impressionnant. En croisant son regard, Odwyn sentit tout son sang se glacer dans ses veines. Il fit passer sa fronde dans sa main gauche.

Ces yeux d'un bleu aussi sombre et insondable que la nuit, il les aurait reconnus entre mille. Ainsi, le rôdeur qu'il avait entraperçu au bord du lac l'avait suivi jusqu'ici !

« Et si c'était un des sbires de Mordred ? » se demanda Odwyn.

Auquel cas, sa famille serait en péril par sa faute...

– Qui que vous soyez, restez où vous êtes ! cria-t-il au nouveau venu. Je vous préviens, j'ai les moyens de me défendre !

Il plaça un caillou au centre de sa fronde et la fit tournoyer au-dessus de sa tête. Ignorant l'avertissement, le géant s'avança d'un pas. Odwyn n'hésita pas une seconde.

Son tir était parfaitement ajusté, et il aurait certainement fait mouche si l'homme, levant le bras avec une rapidité

---

1. Le pied est une unité de longueur qui équivaut à peu près à 30 centimètres. L'homme mesure donc environ 1 mètre 80, ce qui, pour l'époque, est considérable.

stupéfiante, n'avait pas intercepté le projectile en plein vol. Odwyn poussa un cri. Il n'avait jamais rencontré personne avec de tels réflexes.

Paniqué, il allait prendre ses jambes à son cou quand l'autre tomba à genoux et se cacha le visage dans les mains en sanglotant :

– Pourquoi ? Pourquoi n'ai-je pas demandé au roi à voir ses blessures ?

Sur ces mots, comme vaincu par une souffrance insupportable, il poussa un grand râle et perdit connaissance.

Sous le coup de la stupeur, Odwyn ne réagit pas tout de suite. Puis, s'armant de courage, il s'approcha du géant avec précaution et se pencha pour l'examiner de plus près.

Une odeur infecte le prit à la gorge. Il recula avec un haut-le-cœur.

À première vue, l'homme étendu à ses pieds aurait pu passer pour un de ces misérables ermites en quête d'absolu qui, fuyant la compagnie des humains, vivaient dans les bois en se nourrissant de racines et de baies.

Sauf qu'aucun de ces miséreux n'aurait été capable de l'exploit qu'il venait d'accomplir.

Surmontant difficilement son dégoût, Odwyn le saisit par les épaules et le retourna. De nouveau, des relents d'excréments et de sueur rance le firent suffoquer.

– Pouah ! maugréa-t-il en se bouchant le nez. Jamais vu personne qui pue autant...

Il tenta de soulever le géant par les aisselles. En vain. Il fallait qu'il aille chercher de l'aide.

Vite, il courut à la ferme. En le voyant revenir à toutes jambes, Muriel se précipita à sa rencontre.

– Que se passe-t-il ? demanda-t-elle, affolée.

L'attaque des Saxons l'avait traumatisée.

– Va chercher la carriole ! lui lança son frère en fonçant vers l'écurie.

Retroussant son jupon, Muriel lui emboîta le pas :

– Vas-tu m'expliquer, à la fin ?

– Dans la forêt..., haleta son frère. Un blessé.

– Un Saxon ?

Odwyn secoua la tête :

– Non... je ne crois pas.

– Mais si...

– Écoute ! la coupa-t-il. J'ignore qui est ce type. Tout ce que je sais, c'est qu'il est au plus mal. Alors, s'il te plaît, dépêche-toi !

Quelques instants plus tard, ils étaient de retour dans la clairière. L'homme gisait toujours à terre. Il ne respirait presque plus et son pouls était faible. Ses cheveux poisseux collaient à son front. Muriel fit la grimace :

– Qu'est-ce qu'il a ?

– Aucune idée. Il a surgi devant moi sans crier gare et s'est écroulé aussi sec.

Ce n'était pas tout à fait la vérité, mais qu'importe. Muriel n'avait pas besoin d'en savoir plus.

– Si son mal est contagieux, je risque de l'avoir attrapé..., observa Odwyn, songeur.

Muriel le regarda avec effroi :

– Tu l'as touché ?

– Je l'ai retourné. Je ne pouvais quand même pas le laisser s'étouffer !

– Il y a des moments où je ne te comprends pas, murmura sa sœur sur un ton désapprobateur en se penchant au-dessus du moribond.

Les yeux plissés, elle ajouta :

– Je ne vois ni boutons ni pustules....

– C'est bon signe ?

Muriel ne répondit pas. Regardant autour d'elle, elle ramassa un bout de bois et s'en servit pour ouvrir la chemise du géant.

– Dieu du ciel ! s'exclama-t-elle.

La poitrine de l'homme était labourée de cicatrices.

– Un guerrier, annonça laconiquement Odwyn. Ces blessures sont de celles qu'on reçoit au combat.

– Très bien, dit Muriel. Mettons-le sur la charrette et ramenons-le à la maison.

– Tu penses pouvoir le sauver ?

– Je ne sais pas, répondit Muriel en haussant les épaules. Je ne suis pas guérisseuse. Père s'y connaît mieux que moi pour ces choses-là.

– Il ne va pas être ravi d'avoir une bouche de plus à nourrir.

– Certes non. Et je le comprends.

X

L'homme n'était pas dans un coma très profond, car il poussait des gémissements à chaque soubresaut de la carriole.

Heureusement, ils n'eurent pas long à parcourir. Parvenus à la ferme, ils transportèrent l'inconnu à l'écurie et l'étendirent sur la paille. Ensuite, Odwyn courut puiser de l'eau et, à l'aide d'une louche, il lui en fit couler un peu entre les lèvres. Le malade, revenant à lui, lui arracha la louche des mains et but avidement.

– Il meurt de soif, constata Muriel. Il n'a pas dû boire depuis plusieurs jours. Et il a une fièvre de cheval.

Elle sembla hésiter une seconde, puis elle préleva une bande de tissu dans le bas de son jupon, la trempa dans le seau et l'appliqua sur le front du moribond.

Soudain, celui-ci ouvrit les yeux et s'agrippa à son bras en articulant d'une voix rauque :

– Viviane !

Cette pensée devait être douce à son souvenir, car un pâle sourire se dessina sur son visage.

Odwyn et Muriel sursautèrent. Il avait les dents noires.

À cette vue, Odwyn bondit pour lui faire lâcher sa sœur. Mais l'autre, tout blessé qu'il était, le repoussa d'une main de fer.

– Pendant des années, j'ai erré à travers la Terre Gaste, chuchota l'homme en s'accrochant à Muriel comme un dément. Et j'ai laissé échapper le Graal. Alors que je l'avais à portée de main.

– Odwyn au secours ! supplia la jeune fille, qui se débattait.

Son frère attrapa une massue oubliée dans un coin et frappa de toutes ses forces. Lâchant prise, l'homme retomba en arrière.

Odwyn le regarda avec incrédulité. Ce n'était pas possible, il devait avoir mal entendu !

Se massant le poignet, Muriel lui jeta un regard étonné :

– Qu'est-ce qui te prend ? Tu es blanc comme un linge !

– Il... il a dit qu'il avait laissé échapper le Graal ! balbutia Odwyn, complètement sous le choc.

Muriel plissa le front, l'air de trouver qu'il avait perdu la raison, lui aussi.

– Il délire. Sous l'effet de la fièvre, sans doute. Le Graal... tu sais ce que c'est, toi ? En tout cas, moi, je ne connais personne qui s'appelle Viviane.

Odwyn se laissa choir dans la paille.

– Sa vie durant, Arthur a cherché le Saint Graal ! Je crois que c'est le calice dans lequel Notre Seigneur a bu lors de son dernier repas avec ses disciples. À ce qu'on raconte, cette coupe a le pouvoir de rendre invincible. Il y a des siècles qu'elle a disparu. Tous ceux qui ont essayé de mettre la main dessus ont échoué. Cependant, Merlin possède un ouvrage mystérieux censé révéler son emplacement et le moyen d'y parvenir. Arthur pense que sa quête va bientôt aboutir. Mais Mordred va tout faire pour le devancer.

Muriel prit le temps de digérer toutes ces informations, puis elle déclara :

– Et tu crois que cet homme aurait découvert le secret ?

De l'index, elle désigna la bouche du moribond et ajouta :

– Tu as vu ses dents ?

Odwyn opina :

– Hm. Elles sont noires.

– Sa langue aussi.

– Il a dû manger des baies dans la forêt, supposa Odwyn.

– Lesquelles ? répliqua sa sœur. Je n'en connais aucune qui ait cet effet...

– Tu veux dire..., murmura-t-il.

Elle ne le laissa pas achever :

– Exactement. Ce type-là a été empoisonné !

Chapitre 4

Secrets de famille

L'étranger était au plus mal. Brûlant de fièvre, il ne cessait de se tordre de douleur en gémissant. Bien qu'il fût décharné, il refusait de s'alimenter. Muriel lui avait préparé une bouillie à base de raves, mais il ne voulut pas y toucher. La seule chose qu'il acceptait de prendre, c'était l'eau claire du torrent qu'Odwyn lui faisait boire à l'aide d'une louche. Il se jetait dessus avec avidité, puis il retombait sur sa couche et sombrait dans un sommeil comateux.

Odwyn, qui craignait que son état déjà critique ne s'aggrave encore, passa la nuit à son chevet. Pour essayer de faire tomber la fièvre, il lui tamponnait régulièrement les tempes avec un linge mouillé. Au petit matin, il y eut un léger mieux. Le front était un peu moins brûlant.

Mais la partie était encore loin d'être gagnée.

Le garçon finit par s'assoupir. La caresse du soleil sur son visage le réveilla en sursaut. Sa langue sèche comme du bois mort lui collait au palais et il avait horriblement mal au crâne. Il se prit la tête dans les mains. Le bras sur lequel il avait dormi était engourdi.

La respiration du malade était régulière.

Odwyn massa son bras qui se ranimait avec des fourmillements cuisants. Au même instant, un concert de bêlements se fit entendre dans la cour. Son père et William étaient de retour. Il épousseta ses vêtements et sortit.

À la vue de son père, son cœur se serra. Do Griflet n'avait jamais été très épais mais, là, il n'avait plus que la peau sur les os. La lassitude se lisait dans ses yeux profondément enfoncés dans leurs orbites. Cependant, quand il aperçut Odwyn, son regard s'illumina et un pâle sourire éclaira son visage.

– Bonjour, mon garçon ! articula-t-il d'une voix rauque.

Odwyn se retint de se jeter dans ses bras. Ne sachant trop comment se comporter, il lui rendit son sourire :

– Content de te voir !

– Tu as changé ! observa Do Griflet, sourcils froncés.

William, qui était allé conduire la vache dans l'enclos derrière la maison, les rejoignit à ce moment-là. Comme son père, il avait le visage creusé par les privations. Mais, à la différence de Do Griflet, qui était toujours égal à lui-même, le jeune homme avait les traits déformés par l'amertume.

À la vue d'Odwyn, il s'arrêta net.

– Bonjour, William ! le salua celui-ci.

– Qu'est-ce que tu fais là ? Déjà fatigué de courir le monde ? En tout cas, si tu crois pouvoir revenir au bercail après nous avoir laissés seuls à trimer pour sauver le domaine, Père et moi, tu te trompes !

– Pardon ? fit une voix indignée dans son dos. Tu ne manques pas de culot, William ! Je te rappelle que c'est grâce à moi et à mes économies que nous ne sommes pas complètement sur la paille !

Muriel, furieuse, regardait son frère d'un œil brillant de colère.

– Nous avons tous fourni de gros efforts, arbitra Do Griflet d'une voix basse mais ferme. Si nous voulons survivre, nous devons nous serrer les coudes. Aussi, je ne veux pas vous voir vous quereller, c'est clair ? Odwyn fait partie de la famille, il est le bienvenu.

De dépit, William cracha par terre :

– Maudit bâtard !

Parfaitement calme et maître de lui, Do Griflet se retourna et lui assena une gifle retentissante. Titubant sous le choc, les yeux écarquillés, William porta la main à sa joue. Autrefois, après une correction comme celle-ci, il se serait éloigné en pleurant. Mais ce temps était révolu. Les poings serrés, il lança à Odwyn un regard haineux.

Celui-ci avait si souvent fait les frais de son hostilité qu'il n'y prêta pas attention. Se tournant vers Do Griflet, il déclara :

– J'ai besoin de ton aide...

Il s'interrompit, hésitant sur la manière d'expliquer ce qui s'était passé, puis il reprit en pesant ses mots :

– Hier, nous avons recueilli un homme. Blessé. Si nous ne trouvons pas le moyen de le soigner, il va mourir, je le crains.

– Qui est-ce ? voulut savoir Do Griflet. Et qu'est-ce qu'il a ?

– Je ne crois pas que ce soit contagieux, intervint Muriel en posant une main sur son épaule. À mon avis, il a été empoisonné.

– Où l'avez-vous mis ?

– Dans la grange, avoua Odwyn.

– Au moins, vous n'avez pas fait la bêtise de l'installer dans la maison, grommela Do Griflet, qui se dirigea à grands pas vers la grange.

En entrant, surpris par l'odeur pestilentielle, il eut un mouvement de recul. Puis il s'agenouilla à côté du moribond, posa la main sur son front, lui prit le pouls et le palpa derrière les oreilles. Après quoi, rassuré par ce premier examen, il l'ausculta sous toutes les coutures.

– Je ne pense pas qu'il soit contagieux, en effet, déclara-t-il après avoir inspecté les aisselles et les parties génitales.

Tout en lui ouvrant la bouche avec précaution, il ajouta comme pour lui-même :

– Hm... Un poison... sans doute. Mais lequel ? Ça ne me dit rien...

Il se releva péniblement et déclara :

– Je veux bien lui donner quelque chose contre la fièvre et les crampes d'estomac, mais c'est tout ce que je peux faire pour lui.

– Alors, il va mourir, conclut Odwyn.

– Ce n'est plus qu'une question de temps, confirma Do Griflet en hochant la tête.

– N'y a-t-il rien qui puisse le soulager ? demanda Muriel.

– Qu'Odwyn lui donne un bain. C'est le meilleur service qu'on puisse lui rendre... et à nous aussi !

La jeune fille opina :

– Je vais nettoyer ses hardes...

Ils firent chauffer de l'eau et en remplirent un baquet installé exprès dans la grange. Odwyn déshabilla le blessé et donna ses haillons à sa sœur, qui attendait sur le seuil. Puis il se mit au travail.

Propre, l'homme avait déjà meilleure allure. Odwyn l'enveloppa dans une couverture, puis il sortit dans la cour, épuisé et en nage. C'était son tour d'avoir besoin de se laver, à présent !

Entre-temps, William et son père s'étaient occupés des moutons et les avaient mis au pré. Muriel examinait les bêtes une par une. Elle leur soulevait les sabots, passait les doigts dans leur laine et vérifiait leurs dents. Odwyn la connaissait assez pour deviner qu'elle était contrariée.

– William n'y connaît rien, chuchota-t-elle, contenant mal sa colère. Il s'est fait avoir jusqu'au trognon.

– Il n'a peut-être pas eu le choix, observa Odwyn. Les Saxons ont décimé le cheptel. Depuis, il faut bien se contenter de ce qui reste...

– Qu'est-ce qui t'arrive ? s'étonna Muriel en se relevant. Tu prends la défense de ton frère, maintenant ?

Hochant la tête, elle se radoucit :

– Tu as peut-être raison. Mais, la prochaine fois, j'irai moi-même à la foire. Cette laine ne vaut rien, et ces moutons sont malades.

Elle poussa un soupir :

– En tout cas, j'ai du pain sur la planche. Si je veux que ce troupeau me rapporte quelques sous au printemps prochain, je vais devoir travailler dur. Comment va ton protégé ?

– Pareil. Pour l'instant, il dort. Mais la fièvre risque de remonter.

– Hé ! Odwyn, le héla une voix dans son dos.

C'était William. Accoudé à la clôture, il mâchouillait un brin d'herbe.

– Tu ne nous as pas raconté ce que tu as fabriqué pendant tout ce temps… Où es-tu allé après nous avoir laissés tomber ?

– Il te provoque, murmura Muriel à l'oreille d'Odwyn. Ne réponds pas. Il est mal embouché. Ça ne date pas d'aujourd'hui, mais ça ne s'arrange pas avec l'âge…

Les deux garçons étaient aussi différents l'un de l'autre qu'il était possible de l'être. Odwyn connaissait des familles où les enfants n'avaient pas grand-chose en commun, mais jamais il n'avait rencontré deux frères avec des caractères aussi diamétralement opposés. C'était simple, ils n'avaient rien à se dire. Pire, ils ne parlaient pas la même langue.

Pour une raison qu'Odwyn ne s'expliquait pas, William lui avait toujours voué une haine aveugle, une aversion farouche qui allait bien au-delà de la jalousie ou d'une simple rivalité. William était l'aîné, c'était donc lui qui hériterait du domaine. Personne ne lui avait jamais contesté ce privilège, pas plus

Odwyn que quiconque même si, en son for intérieur, celui-ci trouvait que Muriel, du haut de ses quinze ans, était plus apte à gérer la ferme que son frère, pourtant plus âgé. Elle avait plus de cœur à l'ouvrage et s'était toujours montrée plus prévoyante et plus perspicace que lui.

Peut-être la tension entre les deux frères s'expliquait-elle par le fait que Do Griflet se montrait extrêmement exigeant envers William, qu'il faisait travailler dur, alors qu'il était beaucoup plus coulant avec le petit dernier et le laissait relativement libre de ses mouvements. Comme Muriel, il considérait Odwyn comme un doux rêveur qui n'était heureux que lorsqu'il battait la campagne avec ses cochons.

William s'approcha d'Odwyn et, pointant un index menaçant sur sa poitrine, il demanda sur un ton agressif :

– Tu vas me répondre, oui ou non ? Pour qui tu te prends ?

Odwyn haussa les épaules :

– Arrête tes bêtises...

– Le noble chevalier ne fraie pas avec le menu peuple, c'est ça ? insista son frère.

– Je t'ai dit de laisser tomber !

William ricana avec méchanceté :

– Et sinon, il se passe quoi ? Hein, espèce de nabot ?

Joignant le geste à la parole, il leva le bras pour frapper. Odwyn évita adroitement le coup puis, fort des leçons de Kay, il enchaîna quelques mouvements rapides qui envoyèrent son frère valser dans la boue.

Ivre de rage, William bondit sur ses pieds et serra les poings, prêt à en découdre. Mais, avant qu'il ait eu le temps de comprendre ce qui lui arrivait, son père le saisit par le col et le tira en arrière en grondant :

– Je ne veux pas de bagarre entre mes enfants, compris ?

– Entre *tes* enfants ? glapit William, blême de fureur. C'est une plaisanterie, j'espère !

De stupeur, Do Griflet le lâcha.

Odwyn sentit ses genoux flageoler. Un doute affreux s'insinua dans son esprit. Qu'avait voulu dire William ? Soudain, un certain nombre de souvenirs affluèrent à sa mémoire. Le jour où les Saxons avaient pillé le domaine, comme par hasard, Humbert de Llanwick avait surgi de nulle part et Do Griflet lui avait manifesté une hostilité troublante. Or, en mourant, Humbert avait prononcé le nom de sa mère...

Le garçon se racla la gorge :

– Quand Humbert de Llanwick a débarqué, la veille de mon départ... ce n'était pas la première fois que tu le voyais, n'est-ce pas ?

Do Griflet détourna les yeux.

– D'où connaissait-il ma mère ? insista le garçon.

– Je ne sais pas de quoi tu parles, grommela son père.

À ces mots, William renversa la tête en arrière et éclata d'un rire mauvais :

– Bon sang, quand est-ce que tu lui diras la vérité ? Ce bâtard est assez grand pour savoir que sa mère était une traînée !

Une colère noire s'empara d'Odwyn. L'envie d'étrangler William de ses mains et de lui arracher le cœur le démangeait.

Se tournant vers Do Griflet, il demanda dans un souffle :

– C'est vrai ? Tu n'es pas mon père ?

Do Griflet le regarda avec tristesse, l'air de ne pas savoir quoi répondre à cette question. Puis, fermant les yeux, il fit non de la tête.

Muriel laissa échapper un petit cri et plaqua les mains sur sa bouche.

– Qui était ma mère ? questionna Odwyn d'une voix blanche.

– Je l'ignore, répondit Do Griflet avec lassitude. Tout ce que je sais, c'est qu'elle était romaine. Je l'ai trouvée dans la forêt. Elle fuyait...

– Devant qui ?

– Elle n'a pas voulu me le dire. Elle était enceinte, presque à son terme. Je crois qu'elle craignait pour la vie de son enfant.

De nouveau, Do Griflet se tut. Odwyn lui lança un regard impérieux. Cherchant ses mots, celui qu'il avait si longtemps considéré comme son père reprit :

– Ta mère était quelqu'un d'étonnant, Odwyn. C'était une femme cultivée. Très cultivée, même. Elle savait lire et écrire, et parlait plusieurs langues. Elle avait vu du pays... Beaucoup plus que mon épouse et moi, en tout cas. Mais jamais elle ne nous a regardés de haut. Au contraire, elle nous a toujours manifesté beaucoup de respect et de reconnaissance.

Fixant Odwyn entre ses cils, il ajouta :

– Valeria était d'une grande beauté. Et quand je te regarde, j'ai l'impression de la revoir.

Odwyn observa un silence gêné.

– À l'époque, nous vivions à Chulmleigh, expliqua Do Griflet. Un village à peine plus grand que Redruth. Nous venions juste d'avoir Muriel. Pour expliquer la présence de Valeria sous notre toit, nous avons été obligés d'inventer toute une histoire. Mais je n'ai jamais été très doué pour le mensonge et les gens du village ne nous ont pas crus. Ils nous posaient des questions auxquelles nous étions bien en peine de répondre. Alors, forcément, ils ont commencé à jaser. Tu comprends, un homme avec deux femmes à la maison, dont une sur le point d'accoucher, ça faisait scandale. Mais nous avions promis à Valeria qu'elle pourrait rester chez nous jusqu'à la naissance du bébé. Il n'était pas question de revenir là-dessus.

Il s'interrompit, les yeux dans le vague, et se gratta le crâne :

– Pour ma femme, ça a été très dur. Malheureusement, je m'en suis rendu compte trop tard. Sur le moment, je n'avais d'yeux que pour Valeria. J'étais...

– ... ensorcelé, persifla William.

– Sous le charme, corrigea Do Griflet.

William fit une moue sarcastique.

Sans faire attention à lui, son père poursuivit :

– Dans les jours qui ont précédé ta naissance, la santé de Valeria s'est dégradée. Je me suis mis en quête d'une guérisseuse, mais aucune n'a accepté de venir la voir. Comme elle-même s'y connaissait en plantes médicinales, elle m'a appris tout ce qu'elle savait, et je l'ai soignée du mieux que j'ai pu. Pendant ce temps, je délaissais ma propre famille. Dieu sait que je l'ai regretté par la suite. Aujourd'hui, je m'en mords encore les doigts. Mais c'était plus fort que moi. Je ne voulais pas qu'elle meure.

– Ouais. Ça l'a pas empêchée de crever ! ironisa William.

Do Griflet baissa la tête.

– À ta naissance, Valeria a perdu beaucoup de sang. Je n'ai rien pu faire pour la sauver Quand elle a compris qu'elle allait mourir, elle m'a confié qu'elle voulait que tu t'appelles Gwydion, et m'a remis le médaillon à la licorne en précisant que personne ne devait jamais apprendre qui tu étais, ni d'où tu venais. Ton prénom devait rester secret. Elle a bien insisté là-dessus. Puis elle m'a fait jurer de prendre soin de toi et de te protéger quoi qu'il arrive. Elle avait un peu d'argent. Elle voulait me le donner en dédommagement de mes services. Sur le moment, je n'ai pas voulu. Je n'y ai eu recours que plus tard.

Elle est morte la nuit suivante. Il n'y a pas eu d'agonie. Elle a cessé de respirer, tout simplement. Le lendemain, nous avons voulu l'inhumer au cimetière, mais on n'a pas voulu d'elle, l'étrangère. Je l'ai enterrée dans la forêt avec tout ce qu'elle possédait, et j'ai marqué l'emplacement d'un cairn. À compter de ce jour, notre vie est devenue un enfer. Les habitants de Chulmleigh nous fuyaient, plus personne ne nous achetait nos produits. Pour ma femme, c'était terrible. Devoir élever le fils de celle qui avait causé son déshonneur lui était insupportable. Un jour, elle est partie. Elle n'est jamais revenue.

Odwyn regarda William à la dérobée. Le garçon était livide, comme si c'était la première fois que cette histoire lui était racontée dans tous ses détails.

– Je suis retourné sur la tombe de Valeria et j'ai pris l'argent que j'y avais déposé afin de nous permettre de nous installer ailleurs, poursuivit Do Griflet. Et c'est ainsi que nous sommes arrivés ici. Pour repartir de zéro.

Après ces paroles, Do Griflet chercha le regard de ses enfants. Seule Muriel lui témoigna un peu de compassion. Elle était émue aux larmes. Tandis que William, les yeux secs et le visage dur, ne montrait que rancœur et amertume.

– J'ai essayé d'être un bon père, déclara Do Griflet d'une voix étranglée. Même si je sais que je ne remplacerai jamais votre mère.

Éclatant en sanglots, Muriel se jeta dans ses bras.

C'était plus que William ne pouvait en supporter. Lançant à Odwyn un regard venimeux, il tourna les talons.

Odwyn était partagé. Do Griflet s'était épris d'une femme d'une condition supérieure à la sienne, et il avait tout sacrifié à sa passion : sa femme, ses enfants, sa terre... D'un autre côté, il ne pouvait pas lui en vouloir, car c'était à cet amour malheureux qu'il devait d'être en vie.

Il pensa à Aileen, dont le souvenir ne l'avait pas quitté un seul instant de tout le trajet du retour. Elle lui manquait cruellement. Pourtant, les sentiments qu'il nourrissait à son endroit avaient aussi peu de chances d'être partagés que l'amour de Do Griflet pour Valeria.

Au moins, maintenant, il comprenait pourquoi il s'était toujours senti étranger à sa famille. Et cette révélation le libérait d'un grand poids. Oui, même s'il en avait un peu honte vis-à-vis de Muriel et de son père, il était soulagé. Quitte à être différent, autant savoir pourquoi ! D'un seul coup, tous ses scrupules étaient balayés. Il n'était plus tenu de s'entendre avec William, pas plus qu'avec son père adoptif. Sa vie s'étalait devant lui comme une page blanche ; libre à lui d'écrire l'histoire à sa convenance.

Il croisa le regard de Do Griflet. Pendant plus de quatorze ans, celui-ci avait vécu avec ce lourd secret sur la conscience, enfermé dans un mensonge qui avait empoisonné son existence et celle de ses enfants. Dans ses yeux se lisait une immense lassitude, à laquelle se mêlaient un sentiment de culpabilité intense, la peur de l'avenir et des abîmes de regret.

– Je vais devoir repartir..., annonça Odwyn.

– Non ! protesta Muriel avec désespoir ! Ne t'en va pas !

– J'ai quitté Camelot parce que j'avais l'impression que ce n'était pas ma place. Et ici...

Il s'interrompit, mal à l'aise et, se tournant vers Do Griflet, il déclara en cherchant ses mots :

– Je suis heureux que tu m'aies dit la vérité... Et je te suis reconnaissant de tout ce que tu as fait pour moi. Jamais je n'oublierai ce que je te dois. Aussi, je t'en fais le serment : un jour, je reviendrai, et je te le revaudrai. Auparavant, j'ai un certain nombre de points à éclaircir. J'ai l'impression qu'il y a un lien entre ce qui est arrivé à ma mère et ce qui s'est passé à Camelot...

Do Griflet l'interrompit :

– Il faut que tu saches une chose, Odwyn. Un peu avant que tu aies deux ans, Humbert de Llanwick a débarqué ici...

– Il me cherchait ? demanda Odwyn.

– Oui. Curieusement, il paraissait très satisfait d'avoir eu du mal à te trouver. Il a considéré que tu étais en de bonnes mains, et il est reparti comme il était venu. Avant de s'en aller, il m'a assuré qu'il se manifesterait de nouveau le jour où ta vie serait en danger.

Cette nouvelle remplit Odwyn de stupeur. Quoi ? Se pouvait-il que les Saxons aient dévasté la province à cause de lui ? Après tout, ce n'était pas complètement absurde : Mordred s'était bien allié aux Saxons...

Odwyn avait une autre raison de vouloir partir sur-le-champ : l'étranger qui agonisait dans la grange avait besoin d'être secouru de toute urgence, sans quoi il mourrait. Or il avait prétendu avoir eu le Graal à portée de main, ce trésor inestimable qu'Arthur et ses barons avaient cherché en vain toute leur vie. S'il vivait, il pourrait les y conduire. S'il avait été empoisonné, le seul à pouvoir le sauver était Merlin.

Odwyn s'engouffra dans la maison, prit son pourpoint à l'emblème de Camelot dans la malle et se changea, ravi de pouvoir enfin se défaire de ses vêtements de pâtre trop petits pour lui. Il respirait mieux dans sa chemise ample. En boutonnant son pourpoint, il s'aperçut qu'il n'était pas seul. Assis par terre dans un coin, William le surveillait. Odwyn décrocha son épée du clou où elle était suspendue, boucla son ceinturon et se dirigea vers la porte. Sur le seuil, il marqua un temps d'arrêt.

– Écoute bien ce que je vais te dire, espèce de maudit bâtard ! siffla William entre ses dents. Où que tu ailles, je te retrouverai ! Je te ferai payer le mal que tu as fait à ma famille Ne crois surtout pas que tu pourras m'échapper : j'irai jusqu'au bout du monde s'il le faut, et je te dépouillerai de ce que tu auras de plus cher. Je le jure !

Il conclut ses propos par un crachat.

Odwyn sortit sans se retourner.

Entre-temps, Muriel et son père avaient sellé Pégase et chargé le blessé sur la charrette. Odwyn embrassa Muriel et prit congé de son père adoptif. C'était la première fois que Do Griflet le voyait en habit de cour. Il recula pour l'admirer, et demanda :

– Quand penses-tu arriver ?

– Dans cinq jours, si tout se passe bien, répondit le garçon. Six, tout au plus...

– C'est trop. Essaie d'y être après-demain. Sinon, je ne réponds plus de rien. Tiens, prends cette bourse. J'y ai mis des herbes médicinales. Si la fièvre reprend, fais-en une décoction et donne-la-lui à boire par petites gorgées. Cela devrait l'aider à tenir le coup.

– Merci..., répondit Odwyn.

Et il ajouta avec émotion :

– ... pour tout.

Soudain, un sourire se dessina sur son visage. Fouillant dans sa poche, il se tourna vers Muriel :

– J'allais oublier ! Je t'avais promis de te le rendre.

Il lui tendit un denier d'argent.

– J'étais sûre que tu tiendrais parole, répondit sa sœur en s'essuyant les yeux d'un revers de manche.

Odwyn prit Pégase par la bride et sauta en selle. Puis il murmura quelque chose à l'oreille de son cheval et quitta la ferme sans un regard en arrière.

Chapitre 5

Le plus fidèle chevalier du roi

Il faisait une chaleur exceptionnelle pour un mois d'avril. Mais, si Odwyn appréciait de ne pas voyager sous la pluie, il ne pouvait pas laisser le blessé en plein soleil. Il fit donc halte dans un village et acheta une toile, qu'il tendit au-dessus de la charrette. Malgré cette précaution, l'état de son protégé l'obligeait à s'arrêter souvent et il avançait avec une lenteur désespérante.

Son pourpoint à dragon rouge était un véritable sésame : partout où il passait, les paysans lui offraient l'hospitalité, lui cédant le lit familial tandis qu'eux-mêmes se repliaient avec femme et enfants dans la grange. Et, le matin, ils partageaient leur maigre petit déjeuner avec lui. La mère de famille s'occupait du blessé. Au début, Odwyn se sentit gêné. Il avait mauvaise conscience à les dépouiller du peu qu'ils avaient, d'autant qu'ils refusaient catégoriquement d'être payés. Mais, sachant que l'étranger n'aurait pas survécu à une nuit à la belle étoile, il se fit une raison.

Déjà, à son retour de Camelot, il avait été frappé par la déférence que lui témoignaient les petites gens. La plupart vivaient dans une misère noire. Pourtant, il aurait pu leur demander n'importe quoi, ils le lui auraient donné sans rechigner. Et dire qu'Arthur avait passé sa vie à combattre l'injustice ! On était encore loin du compte...

Le soir du troisième jour, il avait épuisé sa réserve d'herbes médicinales. À moins d'un miracle, l'homme ne tarderait pas à succomber. Alors, bien que ce fût une pure folie de voyager la nuit, Odwyn talonna les flancs de Pégase et poursuivit sa route sans s'arrêter. Heureusement, c'était la pleine lune, et il y voyait assez pour ne pas risquer de se rompre le cou à chaque pas... à condition de faire très attention ! Car, dès qu'il relâchait sa vigilance, il s'écartait du chemin et le malade était secoué comme un prunier.

Au petit matin, celui-ci fut pris de convulsions. Le malheureux semblait souffrir le martyre. Il délirait, les yeux grands ouverts, et se débattait en hurlant.

Odwyn força l'allure. Il était encore à une demi-journée de Camelot. Il y avait peu de chances qu'il arrive à temps.

Soudain, les cris cessèrent et d'affreux borborygmes leur succédèrent. Odwyn se retourna, alarmé, et crut que c'était la fin : l'homme avait le visage violacé ; ses yeux globuleux lui sortaient de la tête, de l'écume jaillissait à gros bouillons de sa bouche, et ses doigts crochus étaient crispés à l'extrême.

Une peur panique s'empara du garçon. Lâchant les rênes, il sauta dans la charrette et prit le mourant dans ses bras.

– Ne meurs pas ! supplia-t-il. Pas maintenant ! On est presque arrivés...

L'homme ne réagit pas. En désespoir de cause, le garçon appela de toutes ses forces :

– Au secours !

– C'est bon, mon petit, fit alors une voix dans son dos. Ne crie pas comme ça, tu vas ameuter tout le quartier !

Odwyn fit volte-face et découvrit un vieillard à la barbe blanche, enveloppé dans un grand manteau de velours bleu tirant sur le noir, qui portait une besace en bandoulière.

– Mer... Merlin ? balbutia le garçon, complètement abasourdi. Mais... d'où sortez-vous ?

Le conseiller du roi se hissa dans la carriole avec une agilité surprenante pour un homme de son âge, et se pencha sur le blessé, dont le visage avait commencé à bleuir.

– Nous avons eu un hiver rigoureux, expliqua-t-il comme si c'était la chose la plus naturelle du monde. Je ne supporte plus d'être enfermé… Alors, dès que j'ai un moment de loisir, je sors me promener. Comme la princesse Aileen…

Odwyn sourit. La princesse était connue pour ses escapades. D'ailleurs, il l'avait rencontrée dans la forêt…

Il s'arracha à ce doux souvenir et observa Merlin. Après avoir soulevé les paupières du moribond, le mage saisit le sachet remis par Do Griflet, et le renifla. Il réfléchit quelques instants, sourcils froncés, puis il prit une petite fiole dans sa sacoche et en versa quelques gouttes entre les lèvres du mourant. La potion eut un effet fulgurant : à la seconde même, les traits de l'homme se détendirent. Il ouvrit la bouche et remplit avidement ses poumons d'air frais. Peu à peu, ses tremblements s'estompèrent et son teint redevint normal.

– Je ne sais pas qui t'a fourni les herbes que tu lui as administrées, mais c'est quelqu'un qui s'y connaît ! dit Merlin à Odwyn. Je lui ai donné la même chose, mais en beaucoup plus concentré.

Il hocha la tête et ajouta avec un grand sourire :

– Alors, tu rentres à Camelot ? Tu m'en vois ravi !

Désignant du menton l'étranger qui reposait paisiblement, Odwyn répondit :

– Sans lui, je ne serais sûrement pas revenu. Mais j'ai pensé que vous seul pouviez le sauver.

– S'il vit, c'est à toi qu'il le devra, affirma Merlin en remettant sa fiole dans sa besace. Puis-je te demander pourquoi tu tenais tant à ce qu'il s'en sorte ?

Odwyn réfléchit. Il ne souhaitait pas évoquer l'histoire du Graal. Pas encore

– Je ne sais pas… Il m'a fait penser à Humbert. Depuis qu'il est mort, je n'arrive pas à me débarrasser du sentiment que c'est moi qui suis responsable de ce qui lui est arrivé.

– Ah ! notre conscience est un aiguillon bien puissant, commenta Merlin. Elle nous pousse à faire des choses parfois étonnantes !

Et il ajouta en le fixant de son regard d'aigle :

– Où l'as-tu trouvé ?

– Je l'ai croisé une première fois sur les bords du lac où j'ai failli me noyer, révéla Odwyn en se demandant dans quelle mesure le vieux mage n'était pas déjà au courant de ce qui s'était passé à Redruth.

– Là où tu as rencontré cette femme mystérieuse ?

Odwyn opina :

– Il rôdait dans les bois. Il avait l'air à moitié sauvage.

Merlin dévisagea le malade.

– Hm... il aurait besoin de se raser, c'est vrai. Bon, et maintenant rentrons à Camelot. Je ne pourrai déterminer la cause de son mal que lorsque nous serons au château.

Odwyn sauta en selle et Pégase s'ébranla.

– Vous avez vu la couleur de sa langue ? demanda le garçon sans se retourner.

– Oui. Mais les poisons susceptibles de provoquer cette réaction sont nombreux. Alors, je préfère ne pas m'avancer pour l'instant...

Odwyn fronça les sourcils :

– En tout cas, je suis curieux de savoir qui est cet homme.

– Tu n'as pas encore deviné ? répondit Merlin avec un sourire en coin. C'est Lancelot ! Le meilleur chevalier d'Arthur !

Le soleil pâlissait déjà lorsqu'ils arrivèrent en vue de Camelot. En apercevant la citadelle, dont la silhouette désormais familière se découpait à contrejour dans le ciel limpide, Odwyn eut un coup au cœur. Alors que le pays sombrait progressivement dans le chaos depuis que les Romains s'en étaient retirés, Camelot semblait le dernier rempart contre l'adversité. Ses tours se dressaient à la manière d'un phare brillant dans l'obscurité, dernière lueur d'espoir en ces temps obscurs.

Laissant derrière eux la forêt, ils s'engagèrent sur l'étroit sentier qui conduisait à la forteresse. Leur arrivée ne passa pas inaperçue : des foules de gens travaillaient à la reconstruction des fortifications en partie détruites lors des attaques de Mordred. À la vue de l'étrange attelage qui gravissait la colline, tous se demandaient qui étaient les nouveaux venus. Soudain, un ouvrier reconnut Odwyn. Lâchant son outil, il courut l'annoncer au château.

Odwyn était tellement pressé d'arriver qu'il se trémoussait sur sa selle, ce qui amusa Merlin. Ils n'eurent pas à attendre longtemps. Bientôt, les portes du château s'ouvrirent, et la charrette s'engouffra avec fracas dans la cour.

La sentinelle se mit au garde-à-vous. Odwyn ne put s'empêcher de sourire : cet homme, il le connaissait, c'était le même qui l'avait refoulé de manière humiliante la première fois qu'il s'était présenté à Camelot. Il faisait moins le fier, à présent !

À l'intérieur des murs, les réparations étaient quasiment terminées. La seconde enceinte, qui avait été érigée en catastrophe pour piéger les hommes de Mordred, avait été démolie. Les thermes ne seraient pas reconstruits. Il n'en subsistait que les fondations et un bout de muret. À proximité des écuries, des hommes triaient les gravats. Les poutres et les pierres encore bonnes étaient soigneusement mises de côté, tandis que le reste, mélangé à du mortier, était hissé sur le chemin de ronde à l'aide d'un treuil, et utilisé comme ciment pour consolider les créneaux. Odwyn constata avec étonnement que certains ouvriers étaient des Saxons. Tous les bras étaient les bienvenus. Il chercha des yeux les écuyers, mais ne les vit nulle part.

Sa déception n'échappa pas à Merlin.

– Sire Galaad est parti chasser avec Rowan et quelques autres. Ils seront de retour demain matin.

Odwyn sauta à bas de son cheval. Devant l'entrée principale, un petit groupe de chevaliers discutait avec sire Kay, le sénéchal, qui les dépassait tous d'une tête. Découvrant Merlin et Odwyn, ils interrompirent net leur conversation et les rejoignirent à grandes enjambées.

– Quelle surprise ! s'exclama chaleureusement Tristan en serrant la main d'Odwyn. Le fils prodigue est de retour !

Odwyn fut touché de son accueil. La joie sincère de cet homme d'ordinaire si triste lui allait droit au cœur. Puis ce fut au tour de Bedivere et Gauvain de lui taper sur l'épaule. Le seul à ne pas lui témoigner de sympathie fut Kay, qui passa devant lui sans le saluer. Il n'avait d'yeux que pour le corps inanimé étendu dans la paille.

Intrigués par son comportement, les autres se retournèrent.

– Oh, mon Dieu ! souffla Tristan en plaquant les deux mains sur sa bouche. C'est Lancelot !

Bedivere courut vers la charrette pour examiner le blessé de plus près, et s'écria :

– Morbleu, vous avez raison !

– Aidez-moi à le transporter dans mes appartements ! ordonna Merlin. Odwyn, tu viens avec moi !

– Mais... et Pégase ? balbutia le garçon.

– Les palefreniers s'en occuperont.

– Pourquoi Odwyn monterait-il avec vous ? s'étonna Kay d'une voix où perçait une sourde hostilité. Quel rapport entre lui et Lancelot ?

– Bonne question ! répondit Merlin. Il se trouve que Lancelot a suivi ce garçon jusque chez lui... Ce n'est sûrement pas un hasard !

Tristan considéra Odwyn avec stupeur :

– Qu'est-ce qu'il te voulait ?

– Je ne sais pas. La seule fois où il m'a parlé, je n'ai rien compris à ce qu'il me disait. Il était très faible et il délirait, sous l'effet de la fièvre sans doute. À un moment, j'ai cru l'entendre se plaindre d'avoir laissé échapper le Graal alors qu'il l'avait à portée de main. Ou quelque chose de ce genre...

Les chevaliers échangèrent un regard stupéfait.

– Ce qui est sûr, grommela Kay, c'est que Lancelot devait être sérieusement atteint pour tenir de tels propos...

– Et aussi, ajouta Odwyn en ignorant la perfidie de la remarque, il était rongé par le remords. Il se reprochait tout le temps de ne pas avoir demandé à je ne sais quel roi à voir ses blessures...

Bedivere hocha la tête d'un air songeur, puis il sauta dans la carriole et souleva Lancelot par les aisselles. Tristan se chargea des jambes et, ensemble, ils le montèrent dans les appartements de Merlin.

– Mettez-le sur mon lit ! ordonna le conseiller du roi.

Pendant que les deux chevaliers s'exécutaient, Merlin ouvrit un coffre plein de petites fioles remplies de potions et de poudres de différentes couleurs et se livra à un examen approfondi du blessé. Quand il l'eut ausculté sous toutes les coutures, il versa dans une jatte différents ingrédients mesurés avec précision, et les mélangea.

– Essaie de l'asseoir ! lança-t-il à Odwyn quand il eut terminé.

Sur ces mots, il versa quelques gouttes d'un liquide verdâtre entre les lèvres de Lancelot. Presque aussitôt, celui-ci reprit un peu de couleurs et entrouvrit la bouche. Alors, tandis qu'Odwyn lui tenait la tête, Merlin lui présenta le récipient. Il but le breuvage à petites gorgées, puis retomba en arrière avec un faible râle. Au bout de quelques minutes, Merlin lui prit le pouls et hocha la tête d'un air satisfait. Lancelot respirait plus régulièrement. Soudain, il se racla la gorge et battit des paupières. Reconnaissant le vieillard penché au-dessus de lui, il sourit :

– Merlin !

Il était aphone, mais il semblait avoir toute sa tête.

– Je ne suis pas allé bien loin, articula-t-il dans un souffle.

Épuisé par l'effort qu'il venait de fournir, il ferma de nouveau les yeux.

– Que vous est-il arrivé ? le questionna Merlin.

– À Cadbury, j'ai rencontré Humbert de Llanwick, expliqua Lancelot d'une voix éteinte. Nous avons décidé de faire route ensemble. Mais je ne me rappelle pas être parti avec lui. Où est-il ?

– Humbert est mort, lui annonça le vieil homme.

Lancelot fronça les sourcils :

– Ce n'est pas possible ! Je l'ai encore vu tout à l'heure...

– Sire Lancelot, votre départ remonte à plus de quatorze ans, observa Merlin sans s'émouvoir.

Le malade ricana :

– Vous plaisantez ! Il se peut que j'aie un peu forcé sur la bouteille hier soir... Mais de là à oublier treize ans de mon existence...

Pour toute réponse, Merlin lui tendit un miroir.

En se voyant dans la glace, le chevalier passa la main dans sa barbe hirsute et ses cheveux gris clairsemés, puis il se mit à trembler en hoquetant comme s'il était pris d'un fou rire. Odwyn comprit qu'il pleurait.

Il croisa le regard de Tristan. Celui-ci, ému aux larmes, fit un pas en avant pour consoler son ami, mais Merlin le retint.

– Sire, je vais être franc et direct avec vous, dit-il. Tout semble indiquer qu'un poison mortel corrompt votre esprit et votre corps. Le remède que je vous ai administré en ralentira les effets et apaisera vos souffrances, mais il ne vous guérira pas. Vous avez beaucoup de chance qu'Odwyn vous ait ramené ici, sans quoi vous seriez déjà mort.

– Que pouvez-vous pour moi ? demanda Lancelot sans beaucoup d'espoir.

– Je ne puis me prononcer tant que je n'aurai pas déterminé la nature et la composition du poison. Ensuite, je vous soignerai, à supposer qu'il existe un remède à votre mal. En tout cas, vous pouvez compter sur moi pour faire tout ce qui sera en mon pouvoir.

À cet instant, Degore fit irruption dans la pièce. Il devait avoir monté les escaliers quatre à quatre, car il était complètement essoufflé.

– Arthur convoque la Table ronde ! haleta-t-il. Il veut qu'Odwyn lui fasse un rapport détaillé !

– Quand ? voulut savoir Gauvain.

– Sur-le-champ ! Les autres sont déjà là-haut !

Merlin prit le miroir des mains du malade et lui déclara :

– Reposez-vous. Je reviendrai vous voir dès la fin de la réunion. Ça ne devrait pas durer très longtemps.

Et il sortit avec les chevaliers. Odwyn les suivit dans un état second. Les questions se bousculaient dans sa tête : Ainsi, le blessé n'était autre que Lancelot... Le *grand* Lancelot, qui avait inspiré tant de légendes... Que restait-il de sa gloire passée ? Peu de chose, en vérité... On aurait dit qu'il s'était consumé de l'intérieur, dévoré par un feu qui se serait éteint faute de combustible... Et ce trou dans sa mémoire ? Treize années effacées ! Envolées comme si elles n'avaient jamais existé ! C'était incroyable... Comment un chevalier aussi héroïque avait-il pu sombrer dans une telle déchéance ?

Lorsqu'il pénétra dans la grande salle derrière Merlin, les autres étaient déjà rassemblés au grand complet. Ou presque : il manquait trois membres de la Table ronde. Ulfin, qui en avait été exclu récemment, Galaad, qui n'était pas encore rentré de la chasse, et Guenièvre qui d'ordinaire siégeait à la droite du roi.

Chaque fois qu'il se trouvait en compagnie des barons d'Arthur, Odwyn se sentait tout petit. Il admirait leur vaillance et leur bravoure. À part Humbert de Llanwick, il ne connaissait personne d'aussi courageux et avisé que ces hommes.

Le poids des responsabilités qui pesaient sur leurs épaules devait être écrasant, car ils étaient prématurément voûtés, usés par le pouvoir. Le seul à ne pas paraître plus vieux que son âge était sire Kay. Et encore. Dans les rares moments où il s'autorisait à se relâcher, il trahissait lui aussi une grande lassitude.

Odwyn alla se placer derrière un tabouret bas près de Merlin et se sentit rougir. Tous les regards étaient braqués sur lui.

Enfin, Arthur s'assit. Les chevaliers de la Table ronde, qui n'attendaient que ce signal, l'imitèrent. Quand le silence fut revenu, au lieu de prendre la parole, le roi se tourna vers Merlin et l'interrogea du regard. Son conseiller répondit à sa question muette par un haussement d'épaules.

Arthur contempla longuement ses mains en se mordillant la lèvre puis, prenant une profonde inspiration, il lâcha :

– Lancelot est de retour !

Les chevaliers qui avaient assisté à l'arrivée d'Odwyn ne bronchèrent pas. Pour les autres, cette annonce fit l'effet d'une bombe. Des exclamations de surprise fusèrent de toutes parts.

– Ce retour est déjà un évènement en soi, poursuivit Arthur. Cependant, les circonstances dans lesquelles Lancelot est revenu ici sont plutôt...

Comme il hésitait, son conseiller vola à son secours :

– ... troublantes.

Arthur opina avec reconnaissance :

– Troublantes, c'est le mot. Car il semble que nous devions sa présence parmi nous au jeune Odwyn Griflet, que voici.

Le roi se tourna vers Odwyn et, d'un geste impérieux, lui fit signe d'avancer.

Le garçon se leva, la gorge sèche et les genoux flageolants, et vint se placer au centre de la table ronde.

– Quand as-tu rencontré Lancelot pour la première fois ? l'interrogea Arthur.

Odwyn réfléchit, puis il déclara :

– Il y a une semaine. À mi-chemin entre ici et Redruth. Je...

– Redruth ? l'interrompit Daguenet.

– En Cornouailles. C'est là que je suis né...

– Continue ! le pressa Arthur.

– Je m'étais arrêté au bord d'un lac. Sire Kay pourra vous dire comment il s'appelle, c'est celui dans lequel j'ai failli me noyer.

Il fit une pause, cherchant ses mots, et ajouta :

– J'ai été sauvé par une femme mystérieuse.

– Elle t'a repêché ? s'étonna Perceval.

Odwyn sourit en coin :

– Ce n'est pas ainsi que je formulerais les choses... Au lieu de me ramener sur la berge, elle m'a entraîné au fond de l'eau, dans son royaume.

– Quoi ? s'étrangla Pelléas. Tu prétends avoir rencontré la Dame du Lac ? Ho ! ho !... Et qu'est-ce qu'elle t'a raconté ?

– Elle m'a révélé l'endroit où se trouvait Merlin.

Cette déclaration suscita des ricanements étouffés.

– Il semble que cette femme ait un pouvoir de divination extraordinaire ! railla Pelléas.

Odwyn se tourna vers le conseiller du roi. Celui-ci l'encouragea d'un signe de tête. Il répondit :

– Merlin lui avait dit où il allait.

Surpris, Gareth se pencha et murmura à l'oreille du vieillard :

– Avez-vous la preuve que cette femme existe vraiment ?

– La preuve qu'elle existe ? s'étonna Merlin. Non... Mais c'est une vieille connaissance...

Des murmures s'élevèrent dans l'assistance.

– Que faisais-tu au bord de ce lac, Odwyn ? voulut savoir Arthur.

– Après le siège de Camelot, j'ai eu besoin de prendre du recul pour réfléchir à mon avenir. J'espérais que le décor féerique de cet endroit m'inspirerait. Très vite, j'ai eu l'impression d'être observé. J'ai d'abord pensé à des Saxons, car ils étaient nombreux à rôder dans les parages. Jusqu'au moment où j'ai surpris Lancelot en train de m'épier. À ma grande surprise, il s'est enfui. Je l'ai retrouvé à Redruth.

– Donc, il t'a suivi pendant tout ce temps..., observa Gauvain, songeur.

– Oui, confirma Odwyn. Mais j'étais à mille lieues d'imaginer qui il était. Il avait à peine une apparence humaine. Il m'a fait peur, j'ai cru qu'il voulait me tuer. Alors, j'ai essayé de l'abattre à la fronde. Mais il avait de tels réflexes qu'il a intercepté la pierre en plein vol. Puis il a dit ces mots que je n'ai pas compris : « Pourquoi ? Pourquoi est-ce que je n'ai pas demandé au roi à voir ses blessures ? »

En entendant cela, Perceval devint blanc comme un linge.

– Tu es sûr ? demanda-t-il d'une voix sans timbre. Tu as peut-être mal entendu ?

– Non, je me le rappelle parfaitement. Comme il était brûlant de fièvre, j'ai pensé qu'il délirait. Il se plaignait d'avoir laissé échapper le Graal alors qu'il l'avait eu à portée de main...

Sur les visages des chevaliers se peignit la plus profonde stupeur. Ils se mirent à parler tous à la fois. Seul Perceval gardait le silence. Raide comme un piquet, il regardait fixement devant lui.

Merlin lança d'une voix forte :

– Nobles sires ! Je sais que ce sont des nouvelles très importantes. Mais cela ne nous dit pas où se trouve le Graal...

Dégrisés, les chevaliers se turent. Le conseiller du roi poursuivit :

– Les propos de Lancelot sont à prendre avec beaucoup de prudence. Ainsi qu'Odwyn vous l'a expliqué, son esprit est passablement ébranlé par un poison redoutable, dont je n'ai encore identifié ni la composition ni la provenance. Grâce à mes soins, Lancelot va déjà un peu mieux, mais il est loin d'être tiré d'affaire.

– On peut le voir ? s'enquit Daguenet.

– C'est hors de question ! répliqua Merlin d'un ton catégorique. Repos absolu. Il restera chez moi jusqu'à son complet rétablissement.

– Eh bien, puisqu'il le faut, nous attendrons, déclara Arthur. En espérant que vous trouverez le contrepoison qui le guérira.

Merlin s'inclina avec un sourire :

– Je ferai tout ce qui est en mon pouvoir, Sire. Vous pouvez compter sur moi.

– Très bien ! L'audience est terminée.

Sur ces mots, le roi se leva, s'enveloppa dans son manteau et quitta la pièce par une porte latérale.

Bien malin qui aurait pu dire quels sentiments agitaient Arthur. Pendant toute la durée de la réunion, il était resté parfaitement maître de lui. Si le retour de Lancelot lui avait causé un choc, il n'en avait rien laissé paraître.

Les chevaliers se retirèrent par petits groupes. Odwyn demeura seul avec Merlin.

Celui-ci n'y alla pas par quatre chemins :

– Assez tergiversé, maintenant. J'ai besoin que tu me donnes une réponse claire. Comptes-tu reprendre tes fonctions d'écuyer ou as-tu l'intention de repartir ?

La question prit Odwyn au dépourvu. Il n'avait plus sa place à Redruth, certes, mais ce n'était pas une raison suffisante pour être admis à Camelot. On n'y séjournait pas sans en payer le prix. Il y avait des règles à respecter. Chacun avait des tâches bien précises à accomplir. Et, dans son cas, on attendait de lui qu'il se forme au métier de chevalier. La première fois, il était venu pour ça. Mais, depuis, les choses avaient évolué...

– Alors ? s'impatienta Merlin.

Odwyn déglutit avec peine :

– Je reste. Je crois malheureusement que je n'ai pas le choix.

Un sourire se dessina sur les lèvres du vieillard :

– Il est rare que l'on ait une claire vision de ce que l'on doit faire. Mais le destin se charge parfois de décider pour vous.

– Où est-ce que cela va me mener ? demanda Odwyn d'une voix tremblante. Je sais que la licorne triomphera du dragon. Mais après ?

– Je ne puis rien te dire, répondit Merlin sur un ton d'une grande douceur.

– Vous ne voulez pas, ou vous ne pouvez pas ? répliqua Odwyn sur le ton du défi.

Merlin préféra changer de sujet :

– Je vais prévenir Kay que tu reprends l'entraînement. Mais, dorénavant, après les leçons, tu monteras chez moi. Il est grand temps que tu apprennes à lire et à écrire.

Odwyn se retint de lui sauter au cou. Rien n'aurait pu lui faire plus plaisir.

Merlin eut un petit rire :

– Ne te réjouis pas trop vite ! C'est une entreprise de longue haleine ! Il va te falloir beaucoup de patience et de persévérance. En attendant, passe à la cuisine, histoire de manger un morceau, et file te coucher. Tu dois être épuisé. Or, demain, je veux que tu sois en forme.

Chapitre 6

Retrouvailles

Il était près de minuit lorsque Odwyn traversa la cour pour aller se coucher. Tout le monde dormait, à part les sentinelles qui montaient la garde sur le chemin de ronde. Il soufflait un petit vent frais qui apportait des odeurs d'humus et de résine en provenance de la forêt.

En se dirigeant vers l'aile du château où se trouvait le dortoir des écuyers, Odwyn se fit la réflexion que Merlin l'avait bien eu ! Lorsqu'il s'était retrouvé sans seigneur à servir, le mage lui avait offert de devenir son élève. Il avait décliné. Mais là, en lui proposant d'apprendre à lire et à écrire, le vieux renard avait joué finement. Comment Odwyn aurait-il pu refuser ? Savoir lire et écrire était un privilège réservé à l'élite, une chance inespérée pour un simple laboureur tel que lui.

Il repensa à Ulfin, son ancien maître, et aux passages de l'*Iliade* qu'il lui avait lus. Pour lui, cela avait été une révélation. Il avait découvert des horizons nouveaux et compris que le monde était infiniment plus vaste que sa province natale. Même l'Angleterre n'en représentait qu'une toute petite partie...

Soudain, une sonnerie de cor déchira le silence de la nuit. Quelques instants plus tard, les portes de Camelot s'ouvrirent, et une troupe de cavaliers fourbus et crottés des pieds à la tête fit son entrée dans la cour. Odwyn sourit. Derrière Galaad, il venait de reconnaître son ami Rowan, aussi raide que s'il avait avalé un manche à balai. Pour se tenir si droit, le garçon devait avoir sérieusement mal aux reins.

– Occupez-vous des chevaux ! ordonna Galaad en mettant pied à terre. Personne n'ira se coucher tant qu'ils ne seront pas abreuvés et pansés.

Comparé aux écuyers, il semblait frais comme un gardon.

Rowan sauta à bas de sa monture et se massa les reins avec une grimace, puis il prit son cheval par la bride. Soudain, il se figea.

– C'est toi, Odwyn ? demanda-t-il en écarquillant les yeux.

Odwyn s'inclina :

– Tu as l'air exténué. Veux-tu que j'aille chercher Merlin, ou es-tu encore capable de conduire ton cheval à l'abreuvoir ?

Rowan se précipita vers lui et le serra dans ses bras :

– Odwyn ! J'étais sûr qu'on se reverrait !

Odwyn sourit, un peu gêné par ces effusions. Son ami le fit pivoter et l'observa à la lumière des flambeaux :

– Alors ? Tu as trouvé que la vie de pâtre manquait de piquant ?

– En quelque sorte..., grimaça Odwyn.

L'ayant reconnu, Orlando et Cecil accoururent à leur tour.

– Ça alors ! s'exclama l'Hispanique. Tu préfères les travaux forcés aux joies de la campagne ?

Et il ajouta avec une tape amicale :

– Content de te voir.

– Hé, vous autres ! hurla Galaad. Vous n'avez pas entendu ce que je viens de vous dire ?

Odwyn s'avança vers le chevalier et s'inclina profondément :

– Pardon, messire. Je manque à tous mes devoirs... J'aurais dû vous saluer avant les autres.

Galaad le regarda, se demandant visiblement s'il se payait sa tête, et grommela en se grattant derrière l'oreille :

– C'est bon...

Puis il frappa dans ses mains et aboya :

– Alors, bande de fainéants ! Qu'est-ce que vous avez à rester plantés là ? Je vous ai demandé quelque chose, il me semble ?

La petite troupe des écuyers s'éloigna. Odwyn les suivit à l'écurie.

– Où vas-tu ? le retint Galaad.

– Aider les autres..., répondit Odwyn, surpris.

– Odwyn ?

Inquiet de ce qui allait suivre, le garçon se figea :

– Oui, messire ?

– Content que tu sois revenu !

Odwyn sourit, gêné :

– Merci, messire.

Et il courut rejoindre ses amis.

En pénétrant à l'écurie, Odwyn fut pris à la gorge par l'odeur âcre des chevaux en sueur et la chaleur moite qui contrastait avec l'air frais du dehors. Les écuyers tenaient à peine sur leurs jambes. Ils étrillaient leurs chevaux comme des automates.

– Tu veux que je t'aide ? proposa Odwyn à Rowan.

Sans attendre la réponse, il souleva la lourde selle et alla la poser sur son chevalet.

– Merci, souffla son ami en s'essuyant le front d'un revers de manche.

– Où Galaad vous a-t-il emmenés pour vous mettre dans un état pareil ? s'étonna Odwyn.

Rowan se baissa en grimaçant, ramassa une poignée de paille et commença à étriller son coursier :

– Si tu savais..., soupira-t-il. On a cavalé deux jours et deux nuits d'affilée... On a suivi plusieurs pistes, traqué un vieux cerf, relevé des pièges... Parfois, j'ai l'impression que les chevaliers ont besoin de se prouver à eux-mêmes qu'ils sont encore bons à quelque chose.

Trop épuisé pour parler, il finit de bouchonner son cheval en silence. Puis il lui flatta l'encolure et se dirigea vers la sortie.

– Et toi ? demanda-t-il une fois dehors Qu'est-ce qui t'a poussé à revenir ?

Odwyn eut envie de lui révéler ses vraies motivations. Mais il estima que ses histoires de famille ne regardaient personne, pas même son meilleur ami.

– Je suis tombé sur Lancelot. Il était dans un état critique, alors je l'ai ramené ici...

Rowan n'en crut pas ses oreilles :

– Hein, qu'est-ce que tu dis ?

– Je l'ai aperçu une première fois au bord du lac où j'ai failli me noyer. Il m'a suivi à mon insu jusque chez moi. Quand j'ai découvert sa présence, il était à bout de forces et il s'est écroulé sous mes yeux.

Rowan s'assit sur une botte de paille pour digérer cette nouvelle.

– Comment a réagi le roi ?

– J'imagine que ça lui a fait un choc, mais il n'en a rien laissé paraître. Il a convoqué la Table ronde et m'a soumis à un interrogatoire serré.

Odwyn ajouta avec un ricanement amer :

– Lancelot était mourant. Il délirait complètement... À un moment, il a appelé une certaine Viviane. Et il s'est reproché d'avoir laissé échapper le Graal...

– Attends une minute ! s'écria Rowan. Tu dis qu'il a appelé *qui* ?

– Viviane, répéta Odwyn. Pourquoi ?

– C'est le nom de sa mère...

– Et alors ? fit Odwyn, perplexe. Quel est le problème ?

– C'est la Dame du Lac. Celle-là même que tu prétends avoir rencontrée l'autre jour...

– Je ne prétends pas, Rowan, elle m'a véritablement sauvé la vie...

– Arrête ! protesta son ami. La Dame du Lac est une légende.

– Faux ! En présence de tous les chevaliers, Merlin a affirmé qu'il la connaissait.

Rowan ouvrit la bouche et la referma, trop abasourdi pour dire quoi que ce soit. Au bout d'un moment, il secoua la tête et murmura :

– C'est incroyable... Tu es resté absent une semaine et demie... Une semaine et demie pendant laquelle nous avons travaillé dur pour remettre Camelot en état. On n'a pas eu le temps de s'ennuyer, ça non ! Cependant, il ne s'est pas passé grand-chose ; petit à petit, la routine a repris le dessus... Et puis, d'un seul coup, tu débarques et c'est de nouveau le branle-bas de combat ! À croire que tu as le don de bousculer les évènements.

Odwyn se força à sourire :

– N'exagérons rien ! Bon, on reparlera de tout ça plus tard. Je suis fourbu. Si on allait se coucher ?

Kay était impitoyable. Le soleil n'était pas encore levé lorsqu'il fit irruption dans le dortoir des écuyers et les réveilla en hurlant. Odwyn avait peut-être moins souffert que ses amis, auxquels Galaad avait imposé un rythme d'enfer au cours des dernières quarante-huit heures, mais les questions qui se bousculaient dans son esprit l'avaient empêché de dormir une bonne partie de la nuit. Plus il repensait à ce qu'il avait appris sur sa mère, plus il avait la conviction qu'il existait un lien entre celle-ci et la présence de Lancelot agonisant à Redruth. Au petit matin, vaincu par la fatigue, il avait fini par s'assoupir, mais ses interrogations l'avaient poursuivi jusque dans son sommeil.

Comme il n'arrivait pas à se réveiller, Kay le secoua sans ménagement. Il se frotta les yeux et mit un moment à comprendre où il se trouvait. Ses camarades ne valaient guère mieux. Assis sur leur paillasse, le teint blême, ils regardaient autour d'eux d'un air hagard. Devant la mine renfrognée du sénéchal, Odwyn comprit qu'il n'avait pas intérêt à traîner, et il se leva péniblement.

Vêtus de leur lourde cotte de mailles, les écuyers sortirent dans la cour et enchaînèrent plusieurs tours à petites foulées. Il faisait si froid qu'ils faisaient de la fumée en respirant et ne tardèrent pas à avoir le nez et les oreilles gelés. Aucun d'eux ne disait mot. Odwyn se concentra et tenta de courir en économisant ses forces au maximum.

Ensuite, la piscine ayant été démolie, Kay les envoya se laver dans les abreuvoirs, près des écuries. L'eau glacée acheva de réveiller Odwyn. Il se frictionna vigoureusement.

Le petit déjeuner dans la cuisine de maître Anselme se déroula dans la bonne humeur. Les écuyers avaient de nouveau la force de plaisanter :

– La vache, ce que j'ai mal aux fesses ! soupira Cecil en se servant de gruau. Je crois bien que je ne pourrai plus jamais m'asseoir normalement !

– Merlin se fera un plaisir de te soigner ! répartit Orlando, la bouche pleine.

Odwyn se poussa sur le banc pour leur faire de la place et se versa un gobelet de bière.

– Laisse tomber ! marmonna Cecil en s'asseyant avec une grimace expressive. Je préfère encore me passer de ses services !

– Le jour où Odwyn sera blessé, il n'aura pas besoin de Merlin, chuchota Rowan d'un air taquin en se coupant une tranche de pain. Il aura de douces mains pour s'occuper de lui !

Odwyn fronça les sourcils :

– Qu'es-tu en train d'insinuer ?

– Regarde qui est là ! répondit son ami en désignant l'âtre du menton.

Le garçon se retourna. Près de la cheminée se tenait Katlyn, la suivante de la princesse Aileen. Leurs regards se croisèrent. Aussitôt, la jeune fille rougit violemment. Elle remplit sa cruche d'eau bouillante et quitta la cuisine à la hâte.

– Oh ! oh ! murmura Cecil, une lueur d'amusement dans les yeux.

– Tu as bon goût, dit Orlando à Odwyn.

– Tu veux rire ! protesta Cecil. D'accord, Katlyn est mignonne et plutôt gentille, mais ça s'arrête là. Et puis, ce n'est jamais qu'une servante !

– Moi, je la trouve charmante, insista Orlando. En plus, elle a oublié d'être bête. Tu n'imagines pas le nombre de princesses qui ont un pois chiche à la place du cerveau... Tu as déjà discuté avec elle ?

– Non, répondit Cecil, gêné. Je ne vois pas ce que nous aurions pu avoir à nous dire.

– Quand on ne s'intéresse à rien, évidemment, c'est difficile ! persifla Orlando. En tout cas, je peux t'assurer d'une chose : cette fille ne fait pas beaucoup de bruit, mais, comme dit le proverbe, il n'est pire eau que l'eau qui dort...

– Si elle t'a tapé dans l'œil, pourquoi tu ne la courtises pas ? railla Rowan.

Orlando eut un sourire crispé :

– Quand Arthur m'aura adoubé, je rentrerai chez moi en Hispanie. Mon mariage est déjà arrangé.

Odwyn avala de travers.

– Pas la peine de faire cette tête-là ! le rabroua Orlando. À cette table, je parie qu'il n'y en a pas un dont la vie future n'est pas planifiée dans les moindres détails...

Odwyn n'avait jamais envisagé les choses sous cet angle. Dans son esprit, les écuyers étaient appelés à succéder à leurs seigneurs respectifs. Un jour, pensait-il naïvement, tous siégeraient autour de la Table ronde. Mais la réalité était différente. La longévité des barons d'Arthur était exceptionnelle. Ils vivaient à Camelot depuis si longtemps qu'ils avaient vu passer des dizaines et des dizaines d'écuyers. À la fin de leur apprentissage, ceux-ci rentraient chez eux et prenaient la relève de leur père, certains avec le titre de prince ou de roi. On attendait des chevaliers en herbe qu'ils concluent un mariage avantageux et engendrent une descendance nombreuse pour perpétuer leur lignée. Les garçons comme Orlando ou Rowan n'étaient pas à plaindre ; ils jouissaient de tous les privilèges de leur condition. En contrepartie, ils n'étaient pas libres de leur destin.

Odwyn finit sa bouillie et repoussa son écuelle, rassasié. Quand il se leva pour aller laver sa vaisselle, Katlyn avait disparu.

Odwyn n'était pas près d'oublier la seule et unique leçon de combat à laquelle il avait eu l'occasion de participer. Pour lui prouver qu'il n'était qu'un bon à rien de paysan incapable de croiser le fer, le maître d'armes lui avait fourni une épée de bois, l'avait provoqué en duel et lui avait infligé une correction magistrale. Odwyn s'était défendu comme un beau diable, parant les coups avec toute l'énergie dont il était capable, mais la partie était trop inégale. Il s'en était sorti avec un bras en compote. Et encore, lui avait-on assuré, il avait eu de la chance d'en sortir vivant !

Fort de cette expérience, Odwyn choisit de lui-même une épée de bois et, tandis que ses camarades plus expérimentés s'entraînaient avec de vraies armes, il répéta inlassablement avec Meredith, puis Benedict, les enchaînements prescrits. Kay, qui ne le quittait pas des yeux, lui épargna pourtant ses sarcasmes. Soit le sénéchal ne cherchait plus à le prendre en défaut, ce qui était fort peu probable, soit Odwyn s'en tirait tout à fait bien.

Il apprit très vite à placer ses pieds et commença à varier ses mouvements avec tant de rapidité qu'il ne donnait aucune prise à son adversaire. Au bout d'un moment, celui-ci capitula :

– J'abandonne ! Si je n'étais pas aussi fourbu, ça ne se serait pas passé comme ça ! À demain pour la revanche ?

Odwyn s'inclina :

– Avec plaisir !

Benedict lui rendit son salut et s'éloigna, en boitant et en se maudissant de ne pas avoir été à la hauteur.

À la fin de l'exercice, Rowan vint retrouver Odwyn et lui glissa à l'oreille :

– Bien joué, bravo !

Ils s'assirent au soleil dans la cour. Odwyn cligna des yeux.

– Demain, Benedict ne sera pas si fatigué. Ça risque d'être une autre paire de manches...

– Bah ! fit son ami. Benedict est un frimeur qui trouve toujours une excuse quand il se fait battre.

Hochant la tête, il ajouta :

– Tu as changé. Tu es moins tête brûlée qu'avant... Plus posé...

Occupé à dessiner des figures dans le sable à l'aide d'un bout de bois, Odwyn garda le silence.

– Ça va chez toi ? s'inquiéta Rowan.

– Ça va, répondit Odwyn du bout des lèvres.

Se redressant brusquement, il se reprit :

– Non, ce n'est pas vrai. Mon retour s'est très mal passé. Je ne sais pas ce que je serais devenu si je n'avais pas eu à ramener Lancelot...

– Tu crois que tu ne serais jamais revenu, sinon ?

Odwyn opina :

– J'avais décidé de tourner la page... Mais je me suis rendu compte que ma véritable famille était ici, à Camelot...

– Pourquoi ? Tu ne t'entends pas avec...

– Écoute ! le coupa Odwyn. Tu es mon meilleur ami. Mais ne me demande pas de t'en dire plus. Un jour, peut-être, je t'expliquerai... Pour l'heure, il est trop tôt.

– Pas de problème, assura Rowan, la mine sombre. Nous avons tous nos petits secrets...

Odwyn préféra changer de sujet :

– Comment se porte Aileen ?

– Nous ne nous sommes pas beaucoup vus, ces derniers temps, murmura son ami d'une voix songeuse.

Il se leva et épousseta son pourpoint :

– Je crois qu'elle n'est toujours pas remise de sa rencontre avec Mordred....

Tirant Odwyn par les poignets, il l'aida à se mettre debout et ajouta en riant :

– Et j'ai l'impression que tu lui as manqué.

À ces mots, Odwyn eut un pincement au cœur. Il avait pris des risques considérables pour arracher Aileen aux griffes de son père, et il avait eu une chance folle de réussir. Mais il aurait fait n'importe quoi pour la sauver. Depuis, il n'avait pas cessé de penser à elle une seule minute. C'étaient des pensées coupables, il le savait. Coupables et vaines. Rowan et Aileen étaient promis l'un à l'autre. Rien ne pouvait s'opposer à cette union. Et c'était très bien ainsi.

Le reste de la journée fut consacré à des exercices de tir à l'arc et de lutte, ainsi qu'à une sortie à cheval. Compte tenu de l'effort qu'il leur avait imposé la veille, Galaad eut pitié des écuyers et ne leur demanda rien de plus qu'une promenade tranquille dans les bois, ce qui convenait parfaitement à Odwyn. Il ne montait pas encore très bien à cheval et n'aurait jamais pu suivre s'il avait dû galoper à bride abattue.

Ils rentrèrent à la citadelle en fin d'après-midi, pansèrent et nourrirent leurs chevaux, et se retrouvèrent à la cuisine autour d'un dîner pantagruélique. Tous étaient d'excellente humeur. Seul Odwyn ne partageait pas l'insouciance générale.

– On voudrait faire une partie de pilamalleus, mais il nous manque un joueur, proposa Orlando après le repas. Ça te tente ?

Odwyn répondit avec un sourire contrit :

– J'aimerais bien, mais je n'ai pas encore fini ma journée...

– Quoi ? s'indigna Cecil, toujours prompt à réagir. Kay t'a encore puni ?

– Non, rien à voir. Merlin veut que j'apprenne à lire et à écrire....

Cecil fit la moue :

– Ah...

Et il ajouta :

– Bah, tu sais, il a essayé aussi avec nous, mais il a vite renoncé. Franchement, quel intérêt ? Ce n'est pas avec des mots qu'on gagne les batailles ou qu'on désarme l'adversaire !

– Donc, ce vieux renard a fini par t'attirer dans ses filets ? remarqua Orlando sur un ton un rien sarcastique. Méfie-toi. Avec le conseiller du roi, il vaut mieux garder ses distances...

Chapitre 7

Un trésor extraordinaire

Odwyn aurait bien aimé jouer au pilamalleus avec les autres. Répartis en deux équipes et munis chacun d'une canne en bois recourbée, ils tapaient de toutes leurs forces dans une petite balle en cuir qu'ils essayaient d'envoyer dans le but adverse. Ils s'apostrophaient joyeusement et avaient l'air de s'amuser comme des fous.

Il les regarda quelques instants avec envie puis, poussant un soupir, il s'engouffra dans la tour et monta chez Merlin.

Il trouva la porte ouverte.

– Ah, te voilà enfin, Gwydion ! le salua le vieux mage en se levant de son fauteuil. Ne reste pas là, entre !

Odwyn obéit, intimidé. À en croire les livres ouverts sur la table et les cernes que Merlin avait autour des yeux, celui-ci avait dû passer la nuit et toute la journée à chercher un contrepoison.

– Comment va-t-il ? demanda le garçon en s'approchant du lit où reposait Lancelot.

– Son état est stationnaire. En soi, c'est déjà une grande victoire.

Merlin lui fit signe de s'asseoir. Odwyn saisit un tabouret et prit place à côté de lui, puis il se racla la gorge :

– Avant de commencer, je voudrais savoir une chose...

– Quoi donc, mon garçon ?

– Cette prophétie selon laquelle la licorne tuera le dragon... d'où sort-elle ?

– Elle a été prononcée par Morgane, la fille de Gorlois et Igraine.

Odwyn sursauta. Morgane ? Ce nom ne lui était pas inconnu.

– La sœur d'Arthur ?

– Sa demi-sœur, plus précisément...

– Et la mère de Mordred..., murmura le garçon d'une voix songeuse en se rappelant sa conversation avec Ulfin et le sénéchal, quelque temps auparavant. Le roi s'est uni à elle sans se douter qu'elle était sa sœur, n'est-ce pas ?

– Exact. Morgane est aussi la reine d'Avalon.

– Avalon ? Jamais entendu parler... Où est-ce ?

– Tu ne peux pas connaître : c'est un endroit sacré, une île en dehors du monde, qui abrite le royaume des morts.

– Morgane est morte ? s'étonna Odwyn.

– Oh non, elle est même bien vivante, au contraire ! Seulement, pour se rendre sur cette île, il faut traverser de vastes marécages, non loin de la ville de Glastonbury.

– Quoi ? Le royaume des morts a un accès terrestre ?

– La légende n'est jamais très éloignée de la réalité, expliqua Merlin en souriant. Il existe de nombreuses passerelles entre les deux. Oui, l'île d'Avalon existe en vrai. Ce nom signifie « la pommeraie » à cause des nombreux pommiers qui y poussent. Le plus souvent, elle est entourée de brumes. C'est pourquoi seuls les initiés peuvent la voir.

Odwyn réfléchit.

– Se pourrait-il que le Graal se trouve là ?

Merlin eut un petit rire :

– Si Morgane l'avait en sa possession, cela se saurait, crois-moi ! Vu le peu de tendresse qu'elle a pour son frère, avec le pouvoir que confère le Graal, il y a longtemps qu'elle aurait essayé de l'abattre !

Ayant ainsi parlé, il se lissa la barbe.

– Quoique... en fait, il y a bien un lien entre le Graal et elle...

– Lequel ?

Désignant Lancelot de l'index, le vieux mage répondit :

– Bien qu'immortelle, Morgane est désespérément amoureuse de cet homme-là. Au début, j'ai même cru que c'était elle qui l'avait empoisonné. Mais non. Ce n'est pas possible. Si elle avait voulu se venger, elle s'y serait prise autrement.

– Comment ?

Levant les mains, Merlin dessina des cercles en l'air et prononça d'une voix chantante :

– Magie ! Envoûtements ! Sortilèges...

Odwyn frissonna. Merlin s'en aperçut et gloussa :

– Elle n'aurait jamais eu recours à un vulgaire poison, j'en suis certain. C'eût été indigne d'elle.

– Lancelot a-t-il repris conscience ?

– Une fois, oui.

– Il a dit quelque chose ? ne put s'empêcher de demander Odwyn, dévoré de curiosité.

– Il s'est plaint de ne pas s'être inquiété des blessures du roi.

– Ah oui, je l'ai entendu se le reprocher, en effet. De quel roi peut-il s'agir ?

– Le vieux Bran de Corbenic, le dernier d'une lignée à qui Joseph d'Arimathie a confié la tâche de veiller sur le Graal.

– Je... je ne comprends pas, bégaya Odwyn. Quel rapport y a-t-il entre le Graal et ce Joseph de...

– D'Arimathie ! corrigea Merlin. Cet homme était un riche négociant de Jérusalem. Il avait des contacts dans le monde entier, y compris en Cornouailles où l'on exploite l'étain depuis des siècles. Adolescent, un de ses neveux l'aurait accompagné lors de ses voyages. Le nom de ce garçon était Jésus.

Odwyn en resta bouche bée.

– À la mort de Jésus sur la croix, ses amis le déposèrent dans un tombeau appartenant à son oncle. Trois jours plus tard, le corps avait disparu.

– « Ressuscité d'entre les morts », murmura Odwyn. La Pâque du Seigneur...

– Par la suite, Joseph fonda une des premières communautés chrétiennes, poursuivit Merlin. Mais les Romains ont vu d'un très mauvais œil l'éclosion de ce qu'ils croyaient être une secte dangereuse, et ils ont cherché à l'arrêter. Il a dû s'enfuir...

– Jusqu'en Cornouailles ? s'étonna Odwyn.

Merlin opina :

– Dans ses bagages, il transportait la coupe à laquelle Jésus avait bu lors de son dernier repas avec ses disciples. Joseph était très conscient de la valeur inestimable de cette relique. Il l'a cachée en lieu sûr, puis il a rédigé un ouvrage dans lequel il en révèle l'emplacement en langage codé.

– Je peux le voir ? demanda Odwyn du bout des lèvres.

Le vieil homme se leva et se dirigea vers le fond de la pièce. Là, il écarta une tenture et ouvrit une porte donnant sur un escalier de bois. Odwyn, qui croyait que les appartements de Merlin occupaient le dernier étage de la tour, comprit avec surprise qu'il n'en était rien. En fait, il y avait encore un niveau au-dessus...

Sur un signe de Merlin, il le rejoignit et s'engagea derrière lui dans l'escalier. Il déboucha dans une vaste pièce éclairée par des lanternes et remplie de livres jusqu'au plafond.

Muet de stupeur, il laissa errer son regard. Les murs étaient entièrement couverts de rayonnages sur lesquels s'alignaient des dizaines et des dizaines de livres, de parchemins et de liasses de papier. Chacune des étagères était marquée de lettres et de chiffres cabalistiques.

– Je te présente la bibliothèque de Camelot, déclara Merlin avec une certaine emphase. C'est un trésor extraordinaire !

Odwyn n'en revenait pas. Les ouvrages étaient certainement très anciens. Pourtant, il ne voyait de poussière nulle part, preuve que le ménage était fait régulièrement.

Merlin lui désigna une table sur laquelle se trouvait un livre relié de maroquin rouge. Le manuscrit de Joseph d'Arimathie.

– Je peux ? fit le garçon d'une voix craintive.

– Si tu veux. Mais attention aux pages volantes ! Mon assistant n'a pas encore eu le temps de les intégrer à la reliure.

Le cœur battant, Odwyn prit le gros ouvrage et l'ouvrit d'une main tremblante à la première page. Elle était couverte d'une écriture en pattes de mouches.

– C'est le Notre-Père en araméen, la langue parlée en Palestine à l'époque de Jésus, expliqua Merlin devant son air perplexe. J'ai mis un certain temps à le décrypter. Partant du principe que Joseph d'Arimathie n'avait certainement pas choisi cette épitaphe par hasard, et qu'elle devait contenir la clef de l'énigme, je me suis attelé à la décoder. J'ai été récompensé de mes efforts : une fois ce texte élucidé, j'ai pu déchiffrer le reste...

– Ciel ! s'exclama Odwyn. Faudra-t-il que j'apprenne cette langue, moi aussi ?

– Rien ne t'y oblige, répliqua Merlin assez sèchement. C'est une question d'ouverture d'esprit... Sans un minimum de curiosité, tu n'iras pas loin...

Merlin ne l'avait pas habitué à une telle froideur. Piqué au vif, Odwyn se défendit :

– Oh ! mais je suis curieux...

– Je sais ! le coupa le vieil homme. Tu n'arrêtes pas de poser des questions !

Puis, d'une voix radoucie, il poursuivit :

– Et tu vas avoir l'occasion d'en poser bien d'autres, en partant du plus simple pour aller vers le plus compliqué. D'abord l'alphabet et quelques notions de latin...

– Combien de fois par semaine aurai-je cours ? s'inquiéta Odwyn.

– Tous les jours. Cependant, il y a un hic : je n'aurai pas toujours le temps de m'occuper de toi. C'est donc mon assistant bibliothécaire qui s'en chargera.

Entendant un léger bruit dans son dos, Odwyn se retourna et ouvrit des yeux ronds. Le précepteur que lui avait choisi Merlin n'était autre que... Katlyn !

Merlin sourit :

– Je n'ai pas besoin de faire les présentations ?

– Inutile ! grogna le garçon. Nous nous sommes déjà rencontrés.

– Je peux me libérer en fin d'après-midi, ça te conviendrait ? lui demanda la jeune fille.

– Parfait. Où auront lieu les leçons ?

Katlyn réfléchit avant de proposer :

– Le mieux serait sans doute dans ma chambre...

Odwyn fronça les sourcils.

– Ça te pose un problème ?

– N... non, balbutia-t-il. Seulement je croyais que les hommes n'avaient pas accès à la partie du château réservée aux femmes.

– Bah, nous sommes encore des enfants l'un et l'autre. Je ne pense pas que cette règle soit valable pour nous...

Et elle conclut en rougissant légèrement :

– Alors, à demain, Odwyn !

X

La nouvelle se répandit comme une traînée de poudre. Lorsque Odwyn se présenta à la table du petit déjeuner le lendemain matin, tous les écuyers savaient que Katlyn avait été désignée pour lui apprendre à lire et à écrire et que, de surcroît, les leçons auraient lieu chez elle !

– Combien on parie que Katlyn sera bientôt sa douce amie ? plaisanta Cecil.

Les autres s'esclaffèrent.

– Ne les écoute pas ! conseilla Rowan à Odwyn. Pour Aileen et moi, ça a été bien pire. Tu n'imagines pas comme ils se sont déchaînés...

– Mais ça n'a rien à voir ! protesta Odwyn avec indignation. Entre Katlyn et moi, il n'y a rien ! Rien du tout !

– Et tu voudrais qu'on te croie ? hennit Cecil.

– Tu es jaloux, Cecil ! lui décocha Orlando. Ce n'est pas parce que tu n'as jamais eu de succès auprès des donzelles qu'il faut te moquer de lui...

– En tout cas, je la lui laisse. Moi, je ne vois pas ce qu'on peut lui trouver...

– Parce qu'elle est trop intelligente pour toi, répliqua Orlando sèchement. Le jour où tu te mettras en quête de quelqu'un à ton niveau, va voir à la basse-cour : entre les dindes et les oies, tu auras l'embarras du choix !

Cecil se leva d'un bond et le saisit par le col :

– Répète un peu ce que tu as dit !

– Assez ! s'énerva Odwyn en sortant de table. Continuez sans moi.

Il prit son écuelle et alla se réfugier dans l'escalier pour y terminer son petit déjeuner tranquillement. Soudain, une voix le fit sursauter !

– Bonjour, Odwyn !

– Aileen ?

Écartant une mèche de cheveux blonds, la princesse lui sourit :

– Pourquoi n'es-tu pas à l'intérieur avec les autres ?

– J'ai besoin d'air !

Posant son écuelle à côté de lui, il se mit debout et constata alors avec effroi que la jeune fille n'était que l'ombre d'elle-même : elle avait maigri, ses yeux étaient tuméfiés et son teint gris trahissait un certain nombre de nuits sans sommeil.

Inquiet, il demanda :

– Ça ne va pas ?

– Je suis donc si laide ? se força-t-elle à plaisanter. Ma santé est bonne, rassure-toi.

Et elle ajouta un ton plus bas :

– Je suis contente que tu sois là. Tu as manqué à pas mal de gens, tu sais...

– À toi aussi ? murmura Odwyn d'une voix étranglée.

– Oui, avoua Aileen.

Et elle ajouta très vite :

– Mais celle qui t'a le plus regretté, c'est Katlyn. Je ne sais pas ce que tu lui as fait. Je ne l'ai jamais vue d'aussi bonne humeur.

– Moi ? Rien... Hier soir, nous avons un peu bavardé, c'est tout...

Hochant la tête, la jeune fille répéta, plus amère qu'elle ne l'aurait voulu :

– C'est tout, vraiment ?

Odwyn leva les yeux au ciel. À force, il commençait à en avoir plus qu'assez de ces allusions à peine voilées, ces sous-entendus et ces remarques perfides.

– Elle est aux anges ! poursuivit Aileen. À ce qu'elle m'a raconté, Merlin l'a chargée de t'apprendre à lire et à écrire...

– Et alors ? Ce n'est pas interdit, que je sache !

La princesse fit une moue dédaigneuse. L'espace d'un instant, il la retrouva telle qu'il l'avait connue : altière, sûre d'elle-même, un rien rebelle...

Elle ricana :

– Non, bien sûr ! Simplement, ça fait jaser...

– Bon sang ! éclata le garçon, furieux. Camelot ressemble à un nid de vipères ! Vous n'avez donc rien d'autre à faire que de clabauder, tous autant que vous êtes ?

Aileen lui tapota l'épaule :

– Calme-toi... Il n'y a vraiment pas de quoi s'énerver.

Elle se baissa pour ramasser son écuelle et disparut dans la cuisine.

Resté seul, Odwyn rumina sa colère. « Pas de quoi s'énerver... » Elle en avait de bonnes ! Il voyait très bien ce qui allait se passer : désormais, Cecil ne lui laisserait aucun répit. Pour ce qui était de se moquer des gens, il était très doué, celui-là !

La journée fut encore plus difficile que ce qu'il avait imaginé. Les écuyers semblaient s'être passé le mot, surtout Alaric et Sid, qui l'avaient pris en grippe dès le début. D'habitude, c'était Benedict qui faisait les frais de leur méchanceté. Le pauvre ! Odwyn lui avait promis une revanche... Il lui infligea une raclée.

Chapitre 8

Katlyn

Plus l'heure de la première leçon approchait, moins Odwyn avait envie d'y aller. Il se trouvait des tas de bonnes raisons de se décommander, mais il savait qu'aucun des prétextes que son imagination fertile lui fournissait ne ferait fléchir Merlin. Il n'y avait pas d'échappatoire possible.

« C'est ridicule ! essaya-t-il de se raisonner. J'ai défié Mordred et son armée à moi tout seul, ce n'est pas une donzelle qui va me faire trembler ! »

Quand, le cœur battant, il se présenta à la porte de Katlyn, celle-ci lui ouvrit avant qu'il ait eu le temps de frapper.

– Te voilà ! lui dit-elle en s'écartant pour le laisser entrer.

Odwyn avait déjà vu des chambres seigneuriales, que ce soit celle d'Ulfin, de Merlin ou même du roi. Bien qu'elles fussent assez confortables, le mobilier se limitait à l'essentiel : un lit, une table, quelques sièges, rien de superflu. Là, c'était différent : la pièce, haute sous plafond, était de taille modeste – elle n'excédait pas dix pieds de long par huit de large –, mais elle était surchargée d'objets et de bibelots en tous genres. Des tentures de couleurs vives égayaient les murs et l'unique fenêtre. Le lit disparaissait sous les coussins, et il y avait des fleurs partout : sur la table, sur le coffre bas, sur l'appui de fenêtre et les étagères. Leur parfum était si entêtant qu'Odwyn fit la grimace.

– Ça ne te plaît pas ? murmura Katlyn.

– Si, si ! C'est... euh... inhabituel.

– Évidemment, si tu compares à l'auge à cochons qui vous sert de dortoir, cela n'a rien à voir ! observa-t-elle sur un ton teinté de mépris.

Odwyn fit un pas en avant, mais elle l'arrêta d'un geste :

– Tu veux bien te déchausser, s'il te plaît ?!

– Pardon ? Pourquoi ça ?

– Tes bottes sont crottées, qu'est-ce que tu t'imagines ?

Il les ôta en grommelant et chercha un endroit où les mettre.

– Pose-les dehors ! commanda la jeune fille.

Il passa la tête dans le corridor et, après s'être assuré qu'il n'y avait personne, il les abandonna sur le pas de la porte. Elle referma derrière lui.

– Je n'aurais pas cru que tu aurais du temps à consacrer à Merlin et à sa bibliothèque en plus de ton service auprès de la princesse, déclara-t-il, histoire de dire quelque chose.

– Et moi, je m'étonne que tu aies envie d'apprendre à lire et à écrire, répondit-elle du tac au tac. La plupart des chevaliers et des écuyers n'y voient qu'une perte de temps.

Odwyn l'observa à la dérobée. Elle n'avait ni la finesse de traits, ni la silhouette gracile d'Aileen. Elle était de constitution plutôt robuste. Ni particulièrement jolie ni laide, elle avait le visage rond, le teint clair, et les cheveux blonds et raides. Rien d'exceptionnel. Et, pourtant, elle était tout sauf quelconque. Il y avait chez elle un je-ne-sais-quoi de captivant.

Soudain, il comprit ce qui le troublait. Il avait rarement vu quelqu'un avec des yeux aussi vifs et pétillants d'intelligence.

Il la dévisagea longtemps et avec si peu de retenue que c'en était grossier. Katlyn, mal à l'aise, piqua un fard et fixa ses pieds. Odwyn se mordit les lèvres :

– Excuse-moi, je ne voulais pas...

– Ce n'est pas grave, le coupa-t-elle. J'ai l'habitude.

– Qu'on te regarde comme ça ? s'étonna Odwyn.

– Non, de rougir à tout bout de champ...

– Que veux-tu, lâcha-t-il sans réfléchir, tout le monde n'est pas taillé dans le bois dont on fait les princesses !

Il l'aurait giflée que ce n'aurait pas été pire. Soudain livide, elle leva sur lui des yeux pleins de larmes.

– Mon Dieu ! balbutia-t-il, catastrophé. Ce... ce n'est pas du tout ce que j'ai voulu dire ! Je pensais... je...

Le feu aux joues, il s'interrompit. Qu'aurait-il pu ajouter ? Il risquait seulement de s'embourber davantage.

– Oh, je sais ! fit-elle sur un ton glacial. Je n'ai pas les qualités d'Aileen. Tu as raison, c'est quelqu'un d'exceptionnel...

Odwyn aurait voulu disparaître cent pieds sous terre. Jusqu'ici, Katlyn lui était apparue comme une modeste jeune fille toujours dans l'ombre de la princesse. Pourtant, il pressentait qu'elle n'était pas aussi insignifiante qu'elle lui semblait, et qu'elle avait un esprit autrement plus aiguisé que la bande de forts en gueule qui se moquait d'elle dans son dos.

Il changea de sujet :

– D'où vient que tu t'intéresses aux livres ?

Katlyn sembla hésiter, puis elle se jeta à l'eau :

– Je descends d'un général de l'armée romaine, qui a servi sous l'empereur Romulus Augustus. Mes ancêtres ont toujours occupé des positions importantes dans l'administration. Hélas ! quand les Romains se sont retirés, le pays a sombré dans le chaos. Mon grand-père a fait tout ce qu'il a pu pour sauver le patrimoine culturel hérité des Romains. Mais, en l'espace de quelques années, leur œuvre a été anéantie. Alors, avec quelques autres, mon grand-père a organisé la succession d'Ambrosius Aurelianus et favorisé l'accession au trône d'Uther Pendragon. Il espérait que celui-ci, une fois roi, enrayerait le déclin de la Bretagne.

La jeune fille s'assit et poursuivit d'une voix monocorde :

– Nous vivions alors à Londinium, la capitale de la province romaine appelée Britannia. Déjà, à cette époque, la ville avait perdu de sa grandeur passée. Elle n'attirait plus autant qu'avant : on n'y construisait plus de nouvelles maisons, et les bâtiments érigés par les Romains étaient à l'abandon. La nature a horreur du vide : bientôt, les Saxons ont débarqué et pris Londinium. Nous avons fui en direction de l'ouest en laissant tout ce que nous avions derrière nous, à l'exception des livres de mon père. Tu les as vus. Ils constituent le fonds de la bibliothèque de Camelot.

– Mais..., sursauta Odwyn, si vous avez pu arriver jusqu'ici, où se trouve le reste de ta famille ?

– Je suis seule au monde, répondit Katlyn dans un souffle. Avec les chariots bourrés de livres, nous avancions à une vitesse d'escargot. Les Saxons n'ont eu aucun mal à nous rattraper, et ils nous ont sauvagement attaqués. Je ne me rappelle plus ce qui s'est passé, j'étais trop petite. Tout ce que sais, c'est que je serais morte si Merlin et Arthur n'étaient arrivés à temps pour mettre fin au massacre.

D'une voix tremblante, elle ajouta :

– Mon père, ma mère et tous mes frères et sœurs sont morts dans l'affrontement.

Sur ces mots, elle fondit en larmes. Odwyn garda un silence gêné. Il comprenait, à présent, ce que les livres représentaient pour elle : ils étaient tout ce qui la reliait encore à sa famille. Pourtant, par une cruelle ironie du sort, elle n'aurait peut-être pas perdu les siens si son père avait laissé sa bibliothèque à Londinium...

Katlyn s'essuya le visage et se redressa :

– Arthur se souvenait de mon grand-père et de ce qu'il avait fait pour Uther Pendragon. Considérant qu'il avait une dette envers ma famille, il m'a recueillie et m'a élevée comme sa fille. Il y a quelque temps, il m'a demandé d'être la dame de compagnie d'Aileen.

– Pourtant, vous ne vous entendez guère, observa Odwyn.

La première fois qu'il avait rencontré les jeunes filles, dans la forêt, il avait été frappé par la manière dont Aileen traitait sa suivante : elle commandait, Katlyn obéissait. Il n'y avait aucune complicité entre elles deux.

– C'est vrai, reconnut Katlyn. Aileen n'a pas d'amis.

– Et Rowan ?

Katlyn leva sur lui un regard mi-amusé, mi-compatissant, comme si les sentiments qu'il nourrissait pour la princesse n'étaient pas un secret pour elle.

– C'est autre chose. Aileen et Rowan sont l'avenir de Camelot. Le jour où le trône d'Arthur sera vacant, ce sont eux qui régneront.

Il n'y avait nulle envie ou amertume dans sa voix.

Odwyn avait du mal à imaginer son ami exerçant le pouvoir aux côtés d'Aileen. Rowan n'avait pas l'autorité nécessaire. C'était un garçon merveilleux, sur lequel on pouvait compter en toute circonstance, mais cela ne faisait pas de lui le monarque capable de prendre des décisions difficiles, voire douloureuses, quand il le fallait. Tous, à commencer par Kay, son sénéchal de père, fondaient sur lui de grandes espérances. Mais il était clair aux yeux d'Odwyn que c'était trop de pression et que le garçon en souffrait.

Katlyn l'arracha à ses réflexions :

– Et toi ? Qu'est-ce qui te vaut l'extraordinaire faveur de Merlin ?

– Pourquoi « extraordinaire » ?

Katlyn se mit à rire :

– Ne me dis pas que tu ne l'as pas remarqué ! Seulement, méfie-toi ! Ses marques d'attention ne sont jamais désintéressées. Moi, je n'existe à ses yeux que dans la mesure où je l'aide à la bibliothèque. Toi, bien que tu sois un gueux, tu es quelqu'un d'intelligent, tu l'as largement prouvé lors de l'attaque de Mordred. Cependant, pour que Merlin se soucie de ton éducation, c'est qu'il compte en tirer un certain profit. Lequel ?

– Aucune idée..., marmonna Odwyn.

Les questions se bousculaient dans sa tête.

Si sa vision d'Arthur et de Mordred empalés sur une lance était prémonitoire, il assisterait sous peu à la fin sanglante de Camelot. Quel rôle serait alors le sien ? Et quel bénéfice Merlin en attendait-il ? Odwyn aurait donné cher pour le savoir... Muriel n'avait pas tort quand elle affirmait que le vieux mage était le véritable maître de Camelot. De là à croire qu'il briguait la couronne et intriguait en secret pour se pousser au premier rang... À son âge ? Non, c'était peu probable... Alors pourquoi s'intéressait-il à lui ? Il y avait sûrement une raison à cela...

– Si on commençait, proposa Katlyn. Tu es prêt ?

– Autant qu'on peut l'être...

Elle lui avança un tabouret et il s'assit à côté d'elle.

– Qu'est-ce que c'est ? demanda-t-il en désignant du menton une plaque de cire posée sur la table.

Elle prit dans sa poche un objet métallique effilé et pointu, et le lui tendit :

– Une tablette. Tu écriras dessus à l'aide de cette plume.

– Hum...

Odwyn esquissa quelques traits sur la tablette, pour voir.

– En premier lieu, tu dois apprendre l'alphabet, annonça la jeune fille. Tu sais quelle en est la première lettre ?

Il fit non de la tête.

– Le *A*.

Sur la tablette, elle dessina une figure qui le fit penser à un triangle raté, puis elle lui passa le stylet.

– À toi, maintenant !

Il s'exécuta et éloigna la tablette pour contempler son œuvre. Il grimaça :

– Aïe ! Il a l'air un peu penché !

– Ce n'est pas grave, recommence !

Il étudia attentivement le modèle et tenta de le reproduire.

– Et ça ?

– C'est mieux. Encore !

Hélas ! il avait beau se donner du mal, le résultat n'avait toujours qu'une lointaine ressemblance avec son *A* à elle.

Katlyn sourit :

– Hm... J'aurais peut-être dû débuter par la plus facile... Le *I*, par exemple...

Odwyn repoussa sa tablette avec brusquerie :

– Laisse tomber ! De toute façon, je n'y arriverai jamais...

– Il n'y a aucune raison, répliqua Katlyn sans s'émouvoir. C'est une question de patience, c'est tout ! Tu n'auras qu'à t'exercer en dehors des leçons...

Odwyn fit la moue.

– Merlin attend que tu sois capable d'écrire quelques mots simples dans trois ou quatre semaines, déclara-t-elle en se levant. Il a dit qu'il vérifierait.

Elle monta sur un banc de bois et chercha un livre sur une étagère :

– Quand j'étais petite, mon père m'a offert un imagier qu'il avait réalisé lui-même. À chaque mot correspond une illustration. Le *A* est la première lettre de *Asinus*, qui signifie « âne » en latin. Il y a donc un âne représenté à côté. Et ainsi de suite, jusqu'au X de *Xiphos*, un terme grec qui veut dire « épée ». Je n'ai jamais prêté cet ouvrage à personne... Tu comprends, j'y tiens comme à la prunelle de mes yeux. Mais avec toi je suis sûre qu'il sera en de bonnes mains... Bon sang, où est-il ? Ah, le voilà !

Elle se mit sur la pointe des pieds et leva le bras. Même ainsi, elle était trop petite pour atteindre le livre.

– Tu peux m'aider ?

Odwyn s'approcha. Elle lui désigna un volume :

– Celui à la reliure en cuir vert !

Il grimpa sur le banc et tendit la main. Hélas ! lui non plus n'était pas assez grand. Prenant alors appui sur l'épaule de Katlyn, il fit quelques petits sauts et finit par attraper l'imagier.

Au même instant, le banc s'effondra avec un craquement sinistre, et ils se retrouvèrent dans les bras l'un de l'autre sur le lit surchargé de coussins.

– Ouf, gémit Odwyn, en se dégageant. Pousse-toi de là ! J'étouffe, moi...

– Oh, j'ai l'impression que nous arrivons au mauvais moment, s'exclama alors une voix dans son dos.

Tournant la tête, Odwyn découvrit avec horreur Merlin en compagnie de Rowan et de Kay qui le regardaient, l'un avec un sourire malicieux, et l'autre, un regard noir.

Le garçon ferma les yeux. Pour la deuxième fois en très peu de temps, il aurait voulu disparaître cent pieds sous terre.

– Ce n'est pas ce que vous croyez ! annonça Katlyn en bondissant sur ses pieds.

Elle rajusta sa mise et expliqua :

– Je voulais attraper un livre et, comme j'étais trop petite, j'ai demandé à Odwyn de m'aider. Manque de chance, le banc...

– Tu n'as pas besoin de te justifier, la coupa Merlin, hilare. Nous ne vous aurions pas dérangés si ce n'était un cas de force majeure. Mais le roi exige de voir Odwyn sur-le-champ.

– Je vous suis ! déclara Odwyn avec un air de chien battu.

Il se dirigea vers la sortie.

– Tu oublies quelque chose ! le retint Katlyn.

Il se retourna en grommelant :

– Quoi donc ?

– Ton matériel d'écriture !

Elle lui tendit la tablette, le stylet et l'imagier, et dit :

– N'oublie pas, il faut que tu t'entraînes tous les jours !

Il la fixa comme s'il voyait un revenant, lui prit les objets des mains et sortit en claquant la porte.

Rowan l'attendait sur le seuil.

– Je te préviens, siffla Odwyn entre ses dents. Si tu dis un seul mot de cette affaire à quiconque, je t'arrache la langue !

Rowan lui présenta ses bottes :

– Mon pauvre ami, à Camelot, ce ne sera pas nécessaire, je le crains... Ici, rien ne court plus vite que les racontars.

Ils s'élancèrent dans l'escalier.

Quand ils débouchèrent dans la salle du conseil, Merlin et Kay étaient assis à la table ronde avec Arthur.

– Ainsi, vous connaissez la nature du poison qui consume Lancelot..., murmura le roi en se lissant la barbe.

– Ça, c'est la bonne nouvelle..., répondit Merlin en faisant signe aux garçons d'entrer et de prendre place à côté de lui.

Ils obéirent, intimidés. C'était la première fois qu'on ne leur demandait pas de rester à l'écart sur un tabouret.

– Et la mauvaise ? s'enquit le roi.

– Je n'ai pas les ingrédients nécessaires pour préparer le contrepoison. Cependant, je sais où me les procurer.

– Où ça ?

– Comme vous le savez, je viens du pays de Galles. Je connais là-bas une guérisseuse du nom de Coundrie. Je suis sûr qu'elle saura nous aider.

– Le pays de Galles..., répéta Arthur sur un ton songeur en pianotant nerveusement sur la table. Ce n'est pas tout près !

Levant la tête, il déclara :

– Hélas, je ne peux mettre aucun de mes chevaliers à votre disposition ! J'ai besoin de toutes les forces vives de Camelot pour superviser le retrait des Saxons.

Odwyn et Rowan échangèrent un regard surpris. Quoi ? Le meilleur des chevaliers d'Arthur était entre la vie et la mort, et personne n'irait chercher le remède capable de le sauver ?

– C'est bien ce que je craignais, répartit Merlin. Voilà pourquoi je suggère d'envoyer les deux écuyers que voici.

Odwyn crut qu'il avait mal entendu. Kay, furieux, lança au vieux mage un coup d'œil assassin. Visiblement, Merlin ne l'avait pas informé de ses projets.

– Hum..., réfléchit le roi. Ne croyez-vous pas que c'est là une entreprise trop dangereuse pour des jouvenceaux aussi inexpérimentés ?

– Leur jeune âge me semble un avantage, au contraire, répliqua Merlin. Ils attireront moins l'attention. Et puis, ils feront route vers l'ouest, tandis que nos ennemis sont à l'est.

Arthur fixa les deux garçons l'un après l'autre en silence, puis il demanda :

– Et qu'en pensent les intéressés ?

Odwyn ouvrit la bouche pour répondre, mais Rowan fut plus rapide que lui :

– Nous n'aspirons qu'à vous servir, sire !

Arthur posa sur lui un regard pénétrant, puis il hocha la tête :

– Soit. Qu'ils partent donc... Quand prendront-ils la route ?

Son conseiller s'inclina :

– Si Kay est d'accord, dès demain matin. L'état de Lancelot a dramatiquement empiré.

Le roi se leva. Odwyn eut presque pitié de lui : ses épaules voûtées trahissaient une immense fatigue ; les responsabilités qui pesaient sur ses épaules devaient être écrasantes.

– Entendu..., fit-il en pianotant de nouveau sur la table, comme s'il hésitait à ajouter quelque chose.

Mais non. Il se redressa d'un mouvement brusque et sortit sans un mot.

– Qu'est-ce que c'est que cette histoire ! tonna Kay dès qu'il eut le dos tourné. Vous auriez pu m'en parler avant, non ?

– Inutile de vous énerver, répliqua posément Merlin. On ne revient pas sur les ordres du roi.

Le sénéchal bondit sur ses pieds et pointa sur lui un doigt menaçant :

– Qu'ils aillent au pays de Galles, puisque vous avez encore réussi à embobiner Arthur. Mais pour ce qui est de Lancelot, nous verrons bien qui aura le dernier mot !

– Vous, bien sûr ! railla le vieux mage avec un sourire narquois.

Kay fit signe à Rowan de le suivre, et ils quittèrent la pièce précipitamment.

– Si j'ai bien compris, murmura Odwyn une fois seul avec Merlin, le roi ne souhaite pas que Lancelot s'en sorte... En son for intérieur, il espère que nous échouerons, n'est-ce pas ?

– Vous réussirez...

– Qu'est-ce qui vous fait penser ça ?

Merlin tapota son nez du bout de son index :

– Mon flair !

Chapitre 9

La dernière légion

Merlin avait préparé tout ce dont les garçons auraient besoin pour leur expédition. Au moment du départ, il tendit un petit papier à Rowan :

– Surtout, ne le perds pas !

Le garçon déplia le billet et fronça les sourcils :

– On dirait des caractères runiques... Qu'est-ce que c'est ?

– La liste des ingrédients dont j'ai besoin, répondit le vieux mage. Tu la remettras à Coundrie.

Rowan replia le feuillet et le glissa dans sa botte droite.

– Vous ne nous donnez pas d'argent ? s'étonna Odwyn. Cette dame voudra sûrement qu'on la paie !

– Elle a une dette envers moi, répliqua Merlin avec un sourire en coin. Dites-lui que vous venez de ma part, ça suffira !

Les deux écuyers sautèrent en selle. Au moment de franchir le portail, Odwyn se retourna, et vit Aileen et sa suivante sur le perron. Toutes deux leur faisaient de grands signes. Rowan leur rendit leur salut.

– Qu'y a-t-il ? demanda-t-il à Odwyn en riant. Tu ne réponds pas à Katlyn ?

Odwyn prit la mouche :

– Boucle-la, tu veux bien ?

Son ami hocha la tête d'un air entendu et éperonna sa monture. Il s'élança derrière lui.

Quand, au sortir de la forêt, ils purent chevaucher côte à côte, Rowan ralentit l'allure et confia :

– Tout ça me paraît louche... J'ai du mal à croire que quelqu'un comme Merlin ne sait pas soigner Lancelot...

– Peut-être le surestimes-tu, répondit Odwyn. Après tout, ce n'est jamais qu'un homme...

Prenant une profonde inspiration, il ajouta :

– Hier soir, j'ai croisé Aileen... Elle n'avait pas l'air en forme...

Rowan ne dit rien pendant un moment. Puis il poussa un soupir et expliqua :

– C'est vrai... Sa rencontre avec son père l'a profondément ébranlée. Certes, elle n'a pas été blessée au sens propre ; mais, depuis, son cœur saigne... Tu comprends, elle avait toujours cru qu'Arthur avait agi injustement en bannissant Mordred. Et là, d'un seul coup, elle a compris qu'elle s'était trompée et que son père n'est qu'un monstre cruel.

Odwyn opina :

– Je l'ai juste aperçu mais, à mon avis, ce type est fou à lier...

– C'est aussi mon avis... Et ça ne date pas d'hier. Je pense même que cela remonte à plus loin que son accrochage avec mon père. La blessure qu'il a reçue de lui a envenimé les choses, mais le mal était en germe depuis longtemps.

Les lèvres pincées, il poursuivit :

– Par malheur, Aileen s'est mis dans la tête qu'elle avait hérité de son caractère...

– C'est ridicule ! se récria Odwyn. La princesse est la personne la plus équilibrée que je connaisse !

– C'est ce que je me tue à lui répéter, murmura Rowan d'un air navré. Mais elle est persuadée que la malédiction la poursuit.

Il marqua une pause avant de lâcher d'une voix étranglée :

– Je ne la reconnais plus... Je... j'ai peur de la perdre.

Odwyn ne sut que répondre. C'était la première fois que son ami s'ouvrait à lui.

– Je ne suis pas très calé pour ce genre de choses, avoua-t-il. Tu en as parlé à ton père ?

Rowan le regarda avec des yeux ronds :

– Tu plaisantes, j'espère ? Il est le dernier à qui je me confierais !

– Pourquoi ?

– Parce qu'il ne voit pas en moi un fils, mais le futur roi ! répliqua Rowan avec amertume. En aucun cas, il ne doit avoir vent de mes soucis... La princesse est la pièce maîtresse dans son jeu...

Il soupira :

– Pour être honnête... j'ai pensé que tu pourrais peut-être parler à Aileen. Elle te tient en grande estime... surtout depuis que tu as mis fin à sa captivité.

– Je verrai à notre retour ce que je peux faire, acquiesça Odwyn du bout des lèvres. Même si je doute d'être à la hauteur. Je n'ai ni le rang ni l'éducation...

– Arrête ! le coupa Rowan avec irritation. Je me moque de nos différences de condition. Tu n'es peut-être qu'un laboureur, mais tu es intelligent, tu es généreux et tu as assez de cran pour oser tenir tête à mon père. Je suis fier de t'avoir pour ami !

– Très bien, j'essaierai..., dit Odwyn avec une grosse boule dans la gorge. Mais à une condition : tu ne me casseras plus les pieds avec cette histoire de Katlyn !

– Merci ! s'exclama Rowan avec un soulagement manifeste. Je ne t'importunerai plus, c'est promis.

Il fit claquer sa langue et força l'allure.

Tout en galopant derrière lui, Odwyn s'interrogeait : Rowan se livrerait-il encore à des confidences quand il connaîtrait la prophétie ? Seraient-ils toujours aussi proches ?

De fil en aiguille, il en vint à penser à Valeria, sa mère. C'était une patricienne, une Romaine de haute naissance. Qu'est-ce qui avait pu la pousser à s'enfuir ? Que redoutait-elle ? En quoi son destin était-il lié à celui de Camelot ? Et par quelle funeste ironie du sort Humbert l'avait-il introduit, lui, la licorne, dans l'antre du dragon ? Simple coïncidence ? Sûrement pas... Plus il y réfléchissait, plus Odwyn était convaincu que le hasard ne jouait qu'un rôle infime dans cette affaire.

Ce n'était pas pour le rassurer.

À la tombée de la nuit, ils atteignirent la cité thermale d'Aquae Sulis[1], dans la vallée de l'Avon.

C'était la première fois qu'Odwyn découvrait une ville romaine – ou du moins ce qu'il en restait. Les remparts étaient en grande partie écroulés et, là où ils étaient encore debout, ils étaient envahis par la végétation.

Après avoir franchi le mur d'enceinte par la porte sud, les deux garçons tombèrent sur un temple romain étonnamment bien conservé. À cette vue, Odwyn fut saisi d'admiration.

– Camelot a beau être une citadelle moderne, il faut reconnaître qu'en matière d'architecture les Romains avaient une longueur d'avance sur nous ! s'extasia Rowan.

Un escalier monumental desservait l'édifice dont le fronton orné de riches bas-reliefs était supporté par quatre colonnes au chapiteau sculpté. Deux corps de bâtiment visiblement plus récents, mais en assez mauvais état, avaient été rajoutés de part et d'autre. Le temple se trouvait au milieu d'une place entourée de maisons basses.

Devant le délabrement ambiant, Odwyn sentit une profonde tristesse l'envahir. Il soupira.

---

1. Aujourd'hui Bath.

– Eh oui, autrefois, cette ville était un véritable joyau ! lança une voix dans son dos.

Surpris, les deux garçons firent volte-face. Ils découvrirent un vieillard appuyé sur une canne.

– La splendeur d'Aquae Sulis appartient à une époque révolue, poursuivit l'homme en serrant sa canne entre ses mains noueuses. Dieu sait pourtant que nous luttons de toutes nos forces contre les dégradations... Parfois, je suis content de ne pas voir cette déchéance.

À son accent, Odwyn devina qu'il n'était ni celte ni saxon. Il chercha son regard et sursauta. Les pupilles du vieillard étaient voilées par une membrane d'un blanc laiteux.

– Pardon, je manque à tous mes devoirs ! déclara alors Rowan. Permettez-moi de nous présenter. Mon nom est Rowan. Et voici mon ami Odwyn.

L'homme eut un petit rire :

– Oh, des jouvenceaux bien élevés ! De nos jours, ça devient rare... Depuis l'invasion des Saxons, les bonnes manières se perdent... Je m'appelle Decimus Aemilius. En d'autres temps, vous m'auriez donné le titre de général...

– Vous êtes romain ? laissa échapper Odwyn.

Un sourire se dessina sur le visage du vieillard :

– Sommes-nous donc les vestiges d'un autre âge pour que les jeunes générations s'étonnent en nous voyant ? Hum... Dis-moi, quel bon vent vous amène ?

– Nous sommes en route pour le pays de Galles. Nous espérions trouver ici un gîte où dormir cette nuit...

– Le pays de Galles ? répéta le vieillard en hochant la tête. Vous n'êtes pas au bout de vos peines !

Il déplaça son poids d'un pied sur l'autre avec une grimace de douleur et demanda :

– D'où arrivez-vous ?

– De Camelot.

– Camelot ? sursauta Decimus en les fixant de ses yeux blancs. Vous êtes de la maison d'Arthur ?

– Si vous aviez encore l'usage de vos yeux, vous verriez que nous portons un pourpoint à dragon rouge, confirma Rowan.

Les épaules du vieillard s'affaissèrent.

– Marcus ! cria-t-il. Tu aurais pu me prévenir ! Espèce d'empoté, comment as-tu pu négliger ce détail ? Tu es aveugle, toi aussi ?

D'un seul coup, une cinquantaine d'hommes en armes surgirent de tous les coins de la place. Leur chef, un homme en pourpoint et bottes de cuir qui devait avoir entre trente et trente-cinq ans, courut vers le vieil homme et se découvrit devant lui :

– Père, on n'y voit rien... Voilà une demi-heure que la nuit est tombée...

– Ce n'est pas une raison ! tonna Decimus. Comment veux-tu que l'armée romaine gagne encore des batailles avec des gens comme vous !

– Vous... vous êtes des soldats ? bredouilla Odwyn, abasourdi. Mais... je croyais que les troupes s'étaient retirées.

– La plupart, oui, bougonna Decimus. Mais une phalange de la Legio Sextae Victrix, la seule à avoir le sens de l'honneur, je tiens à le préciser, est restée ici pour défendre la ville et ses habitants.

Marcus ricana :

– Une phalange... c'est beaucoup dire ! Plutôt les derniers rescapés de cette ville. Nous n'avons reçu aucune formation militaire.

– Je vous ai appris tout ce que vous aviez besoin de savoir, gronda Decimus.

Marcus poussa un soupir. Manifestement, son père et lui n'en étaient pas à leur première discussion sur le sujet.

– Occupe-toi de nos hôtes. Je me charge du reste.

– Oui, Père, acquiesça Marcus avec lassitude.

L'aveugle s'éloigna en claudiquant. Odwyn nota qu'il s'orientait sans l'aide de son bâton. Il devait connaître la ville comme sa poche.

– Pardonnez-moi de vous avoir si mal accueillis, s'excusa Marcus en tendant la main à Rowan. Mais les Saxons nous ont si souvent attaqués ces derniers temps que nous nous méfions. Grâce au ciel, votre victoire nous permet de souffler un peu. Depuis, ils se tiennent tranquilles. Mais ce n'est que partie remise. Bientôt, les raids recommenceront...

– Je vous trouve bien pessimiste, observa Odwyn. Après une défaite aussi cuisante, ils y regarderont à deux fois avant d'attaquer...

Marcus le regarda d'un air grave :

– C'est ce que Rome a cru lorsqu'ils ont débarqué du nord et que nous avons repoussé leurs premiers assauts. Mais Rome s'est trompée ! Nous sommes en 502, et l'Empire n'existe plus ! Tout ce qu'il en reste, ce sont des bouts de royaumes et de principautés, disséminés çà et là. Rome elle-même, après avoir été la capitale du monde civilisé avec plus d'un million d'habitants, sombre dans la décadence. Et Théodoric, qui a pourtant le soutien de Byzance, n'a pas les moyens d'enrayer ce processus. La Domnonée britannique, à l'ouest de la Bretagne, n'est qu'un petit pays en comparaison de l'Empire, et Arthur un roitelet de rien du tout qui n'arrivera pas à inverser le cours de l'histoire.

– Arthur, un roitelet ? s'insurgea Rowan en tirant l'épée. Prends garde, Romain ! Si toi et les tiens avez renoncé à votre Empire, grand bien vous fasse ! Camelot ne périra pas !

En le voyant tirer l'épée, les archers se préparèrent à tirer mais Marcus les arrêta d'un geste.

– Souhaitons-le, et pour vous, et pour nous ! Nous avons besoin de stabilité politique, sinon, nous reviendrons à l'état sauvage.

Il sourit à Rowan, qui remit son épée au fourreau, et conclut en hochant la tête :

– Vous devez être fatigués. Venez, je vais vous montrer les thermes... Vous vous êtes déjà baignés dans des thermes romains ?

Chapitre 10

Le fils de la prêtresse de Diane

Après avoir pris leurs quartiers dans l'une des maisons inoccupées de la ville, Odwyn et Rowan se rendirent aux thermes avec Marcus.

Odwyn gardait un souvenir épouvantable de la seule fois où il s'était baigné dans une piscine. Car Kay, sous prétexte d'aguerrir ses élèves, les obligeait à prendre un bain glacé à la fin de leur échauffement quotidien, et ce, même en plein hiver. Cette plaisanterie avait d'ailleurs failli coûter la vie à deux des écuyers. Odwyn n'avait aucune envie de renouveler l'expérience.

Le trio déboucha bientôt sur une petite place fermée par une sorte de temple au fronton orné de bas-reliefs. La surprise cloua les garçons sur place. L'édifice était d'une taille réellement impressionnante. Ils ne s'étaient pas attendus à pareille splendeur.

– Autrefois, les sources d'Aquae Sulis étaient réputées dans tout l'Empire ! expliqua Marcus en gravissant les marches du perron. Il fut un temps où l'argent y coulait à flots...

Il tira une clef de sa poche et la fit tourner dans la serrure. Tous trois pénétrèrent dans un hall de marbre éclairé par des vasques murales où brûlaient de petits feux. Les murs étaient entièrement recouverts de fresques représentant des nymphes, des naïades et des monstres marins.

– Oh ! s'exclama Rowan en tombant en arrêt devant l'image d'un navire attaqué par des animaux fabuleux.

Les yeux brillants, il récita quelques vers dans une langue inconnue d'Odwyn.

Marcus émit un petit sifflement admiratif:

– L'invocation à la muse du grand poète Homère au début de l'*Odyssée*! Bravo, mon jeune ami. Alors, ce que l'on raconte est vrai? Arthur est un ardent défenseur de notre culture?

Odwyn, les laissant discuter entre eux, s'approcha du tableau pour en examiner les détails. Quelques instants plus tard, Rowan le rejoignit et traduisit pour lui:

– *Raconte-moi, Muse, cet homme subtil qui erra si longtemps, après qu'il eut renversé la citadelle sacrée de Troie. Et il vit les cités de peuples nombreux, et il connut leur esprit; et, dans son cœur, il endura beaucoup de maux, sur la mer, pour sa propre vie et le retour de ses compagnons. Mais il ne les sauva point, contre son désir; et ils périrent par leur impiété, les insensés!*

Odwyn jeta à son ami un regard en coin. D'un seul coup, il le découvrait sous un jour nouveau: il le savait brave et courageux, ardent au combat et habile à manier l'épée, mais il ignorait que c'était aussi un garçon sensible et cultivé qui connaissait ses classiques...

– Vous n'êtes pas au bout de vos surprises! déclara Marcus avec un sourire. Suivez-moi!

Il les conduisit dans un petit vestiaire et commença à se déshabiller. Les deux garçons l'imitèrent. Odwyn s'arrangea pour glisser discrètement son médaillon dans la poche de son pourpoint. Puis, à l'exemple de Marcus, il prit une serviette sur une pile et la noua autour de sa taille.

– Avant d'aller nous baigner, nous devons nous laver! annonça Marcus en les entraînant dans la pièce à côté.

Là se trouvait un bac dans lequel de l'eau chaude se déversait en cascade et s'évacuait par un siphon.

Marcus lança un gros cube blanc à chacun des garçons.

– Qu'est-ce que c'est? demanda Odwyn, intrigué par l'odeur.

– Du savon. Mouillez-le et frottez-vous avec. Vous verrez, ça mousse... Quand vous aurez fini, vous vous rincerez sous l'eau.

La piscine elle-même était une salle d'environ cent vingt pas de long sur soixante-dix de large. Comme le hall d'entrée, les vestiaires et la pièce réservée aux ablutions, elle était éclairée par des lampes à huile et des braseros.

Croyant entendre un bruit d'ailes, Odwyn renversa la tête en arrière, mais la voûte en arc de cercle était si haute qu'elle était plongée dans l'obscurité.

Marcus déposa sa serviette sur un banc et descendit les quelques marches conduisant au bassin.

– Qu'est-ce que vous attendez ? interpella-t-il les garçons. Venez !

Odwyn hocha la tête et grommela :

– Si l'eau est aussi froide qu'à Camelot, rien ni personne ne me fera entrer là-dedans !

Du bout du pied, il tâta la température :

– Oh ! s'écria-t-il, surpris. Mais... elle est chaude !

Marcus éclata de rire :

– Bien sûr, qu'est-ce que tu croyais ? Ces eaux jaillissent des profondeurs de la terre. Elles ont fait la richesse de cette ville. Récemment encore, les gens venaient en foule...

Les garçons entrèrent dans l'eau avec volupté.

– Ah..., murmura Rowan en fermant les yeux. C'est divin !

Les bras en croix, il se laissa flotter paresseusement. Odwyn, lui, était beaucoup moins à l'aise. Voyant sa gêne, Marcus lui demanda :

– Qu'y a-t-il ? Ça ne va pas ?

– Je... euh, c'est difficile à expliquer..., balbutia le garçon. Cet endroit me fait penser à une église. Pas comme celle de Redruth, non... Pourtant, il y a quelque chose... ou un esprit...

Il s'interrompit, incapable de formuler ce qu'il ressentait.

Marcus, cessant de nager, se mit debout. Il avait de l'eau jusqu'à la poitrine.

– Tu ne crois pas si bien dire ! s'exclama-t-il. Ces thermes font partie d'un ensemble dédié à la déesse Minerve. Tu n'imagines pas le nombre de cérémonies rituelles qui ont eu lieu ici. Aujourd'hui, elles sont tombées en désuétude... Mais, autrefois, ces eaux chaudes étaient considérées comme une bénédiction des dieux.

Changeant de ton, il ajouta :

– Je vous dois des excuses, tous les deux. Je crains de vous avoir mal jugés. S'il existe encore des gardiens de la civilisation en Bretagne aujourd'hui, c'est bien dans l'entourage de votre roi qu'il faut les chercher. Je constate avec plaisir que vous avez le sens des choses cachées et qu'elles vous inspirent du respect.

Il frappa dans ses mains. De derrière les colonnes surgirent aussitôt des nuées de serviteurs, parmi lesquels un grand nombre de femmes. Horriblement gêné, Odwyn s'enfonça dans l'eau pour cacher sa nudité.

Marcus, au contraire, sortit du bassin sans aucun complexe.

– Le *laconicum*[1] est-il prêt ? demanda-t-il au domestique qui lui remettait une serviette.

– Oui, Maître, répondit celui-ci en s'inclinant.

Marcus se tourna vers les garçons :

– Venez ! Vous n'avez encore rien vu.... Et ne vous inquiétez pas, ces femmes sont plus proches des vestales que des courtisanes.

– Je ne connais ni les unes ni les autres, souffla Rowan à l'oreille d'Odwyn, mais j'ai l'impression qu'on n'a pas le choix...

1. **Laconicum** : « étuve sèche ».

Odwyn soupira et se hissa sur le bord. Puis, sans oser lever les yeux, il prit la serviette que lui tendait une femme, s'en ceignit et quitta la pièce précipitamment.

– Le *laconicum* est une curiosité, surtout dans ces régions du Nord, expliqua Marcus en les précédant dans une alcôve où il faisait une chaleur torride. Étendez vos serviettes sur cette margelle et asseyez-vous. Mais attention ! Pas à même la pierre ; sinon, vous risquez de ne plus pouvoir vous tenir en selle avant un moment !

Ils ne tardèrent pas à ruisseler de sueur. Odwyn avait du mal à respirer tant l'air était suffocant. Il avait la gorge sèche et les sinus en feu.

Marcus renversa un sablier et s'installa à côté de lui :

– Il ne faut pas rester trop longtemps ici, surtout quand on n'est pas habitué...

Odwyn, incapable de dire quoi que ce soit, se contenta d'opiner.

Marcus sourit. Très décontracté, il semblait se reposer. Quant à Odwyn, il s'essuyait le front à chaque instant et ne quittait pas le sablier des yeux. Alors qu'il croyait son supplice bientôt terminé, Marcus prit de l'eau dans un seau à l'aide d'une louche et la versa sur la pierre chaude. Elle s'évapora aussitôt en chuintant, et un nuage de vapeur emplit le *laconicum*.

C'était plus qu'Odwyn ne pouvait en supporter. Il se sentit défaillir.

– Laissez-moi sortir ! articula-t-il dans un râle.

Marcus eut pitié de lui et lui ouvrit la porte. Odwyn se rua dehors en titubant.

– Après le bain de chaleur, un peu de fraîcheur ! annonça gaiement son mentor en lui donnant une petite tape sur l'épaule.

Et, avant que les garçons aient eu le temps de comprendre ce qui leur arrivait, il les saisit par les poignets et sauta avec eux dans un petit bassin.

Quel choc ! L'eau était si froide qu'ils en eurent le souffle coupé. Les yeux exorbités, la bouche ouverte, Rowan voulut crier, mais aucun son ne sortit de sa gorge. Puis il se mit à tousser et à hoqueter, battit des mains et sortit de l'eau en tremblant de tous ses membres. D'abord incapable de réagir, Odwyn remonta lui aussi sur le bord dès qu'il eut retrouvé sa respiration.

Marcus les rejoignit et leur donna une serviette en riant.

Odwyn se frictionna vigoureusement. L'envie de traiter leur hôte de tous les noms d'oiseaux possibles le démangeait, mais, pendant qu'il se séchait, il se rendit compte qu'il s'était rarement senti aussi bien. Tout son corps était envahi d'une douce torpeur. C'était une impression délicieuse.

À son retour dans le vestiaire, il constata avec horreur que leurs affaires – et donc son médaillon – avaient disparu.

– Vos habits étaient sales, j'ai demandé qu'on vous les nettoie, expliqua Marcus. Mais, rassurez-vous, j'ai veillé à ce qu'on vous procure des vêtements dignes de vous.

Il ouvrit un coffre et en sortit deux chemises de laine blanche à rayure rouge.

– Tenez, voici des *tunicae angusticlaviae*, dit-il, c'est l'uniforme de nos troupes montées. Essayez-les, je pense qu'elles devraient vous aller.

Rowan enfila la chemise de laine. Elle lui arrivait jusqu'à mi-cuisses.

– C'est confortable, reconnut-il. Malgré les courants d'air...

– Resserre-la avec cette ceinture, répondit Marcus en lui remettant une lanière de cuir. Et voici aussi une paire de sandales. En bottes, vous ne seriez pas très à l'aise pour la fête de ce soir...

– La fête ? répéta Odwyn avec étonnement.

– Mais oui ! Je ne vous en ai pas encore parlé ? Nous célébrons votre victoire sur les Saxons !

De l'extérieur, la maison de Decimus Aemilius ressemblait à un petit fort dépourvu de fenêtres. Mais, lorsqu'ils entrèrent dans l'atrium, Odwyn et Rowan eurent l'impression de pénétrer dans un autre monde. Une multitude de flambeaux et de lampes à huile diffusaient une lumière chaude. Des serviteurs circulaient avec des plats chargés de victuailles parmi les convives confortablement installés sur des divans. Les femmes, dont certaines étaient d'une beauté si époustouflante qu'Odwyn en fut intimidé, étaient vêtues de robes somptueuses et la plupart des hommes arboraient l'uniforme de l'armée romaine. Tous portaient des toasts à la gloire des vainqueurs...

D'un seul coup, les rires cessèrent et le brouhaha s'éteignit.

– Ah ! s'écria Decimus. À ce que j'entends, nos hôtes sont arrivés !

Aidé par un jeune garçon, il se leva et alla à la rencontre de ses invités. Il était lui aussi en uniforme, même si sa tenue de général surpassait de très loin celles des officiers et simples soldats.

– Chers amis ! lança-t-il à la cantonade, j'ai le plaisir de vous présenter deux jouvenceaux de la maison d'Arthur ! Comme vous le savez, ce grand roi et ses chevaliers ont réussi à repousser les assauts des Saxons lors d'une bataille héroïque dont on n'a pas fini d'entendre parler !

Les convives applaudirent avec enthousiasme.

– Ces chevaliers me paraissent bien jeunes pour livrer bataille, observa un homme ventripotent à la barbe blonde, dont le teint rougeaud indiquait qu'il avait déjà bu plus que de raison.

– Nous ne sommes pas encore chevaliers, répondit Rowan en s'inclinant. Nous ne sommes que des écuyers au service de nos seigneurs.

Des rires étouffés saluèrent ces paroles. Des dames échangèrent quelques mots à voix basse avec leur voisine en se cachant derrière leur main.

– Nous sommes les fils de nobles seigneurs décidés à s'unir autour d'Arthur et des chevaliers de la Table ronde pour sauver ce qui reste de votre civilisation prestigieuse. Avec l'aide de Dieu, nous ferons briller le flambeau de la connaissance dans ce monde gagné par les ténèbres...

Cette déclaration un peu pompeuse trahissait le texte appris par cœur, mais elle ne manqua pas de produire un certain effet. Les ricanements s'estompèrent et le silence revint. Seuls quelques-uns, dont le maître de maison, perçurent la critique à peine voilée que recelaient ces propos. Mais Decimus fit comme s'il n'avait rien remarqué :

– Bien parlé, mon jeune ami ! Dans des temps aussi troublés que ceux que nous vivons, nous devons nous serrer les coudes. Alors, même si certains d'entre nous ont tendance à s'enorgueillir d'une gloire passée dont le mérite revient à leurs pères et qu'ils n'ont pas su préserver, essayons de regarder vers l'avenir avec confiance !

Et il conclut en frappant dans ses mains :

– Et maintenant, festoyons !

Un gong retentit. La porte de la cuisine s'ouvrit, et une longue procession de serviteurs entra, portant des plateaux d'argent chargés des mets les plus raffinés et les plus appétissants qu'Odwyn eût jamais vus.

Rowan enfourna une bouchée et grogna, la bouche pleine :

– Ah..., maître Anselme devrait en prendre de la graine !

Puis il se tourna vers Decimus à qui l'on versait du vin, et s'excusa :

– Pardonnez-moi. J'espère n'avoir froissé personne...

Decimus fit la grimace :

– Pas de souci, mon garçon. Ta remarque était justifiée. Nous sommes incontestablement sur la pente descendante. Ce soir, c'est la dernière fois que je peux offrir de cet excellent vin de Toscane. Après, ma cave sera vide et nous en serons réduits à boire la bière locale. Ce n'est pas une perspective très réjouissante. Mais nous avons connu des situations bien pires. Comment as-tu trouvé les thermes ?

– C'était divin ! répondit Odwyn. Je ne me suis jamais senti aussi bien.

– Mais ? l'interrogea Decimus. Car il y a un mais, n'est-ce pas ?

Odwyn hésita, craignant de commettre un impair :

– Vos serviteurs... est-ce que ce sont des esclaves ?

Decimus secoua la tête et répondit le plus naturellement du monde :

– Non. Depuis que Rome a adopté le christianisme comme religion d'État, l'esclavage a beaucoup reculé. Les hommes et les femmes que tu vois ici sont volontaires pour travailler. Ils reçoivent un salaire en nature et bénéficient de la protection de la ville.

La femme qui servait Decimus lui demanda :

– Pardon, Maître, puis-je dire quelque chose ?

Le vieillard opina.

– Chacun contribue au bien public en fonction de ses capacités, expliqua la jeune femme en se tournant vers Odwyn. Je ne suis peut-être qu'une servante ; mais, au conseil, ma voix a le même poids que...

Brusquement, elle se tut, porta la main à son cou avec une expression d'étonnement douloureux, et s'écroula, face contre terre. Une flèche était plantée dans sa nuque. Elle ouvrit la bouche comme un poisson hors de l'eau et rendit son dernier soupir.

Vif comme l'éclair, Marcus tira Odwyn en arrière, renversa une table et s'en fit un bouclier. À la seconde même, une seconde flèche se ficha dans le bois avec un bruit sourd.

– Là-haut ! cria Marcus en montrant le toit.

Se voyant découvert, l'archer, un homme dissimulé dans une houppelande noire, battit précipitamment en retraite. Marcus s'élança vers la sortie en faisant signe à quelques amis de le suivre. Rowan n'hésita pas un instant. Il ramassa un couteau tombé de la table et leur emboîta le pas. Odwyn voulut l'imiter, mais Decimus le retint par la manche.

– Pas toi ! commanda-t-il d'une voix basse, mais qui ne souffrait aucune discussion. Je ne voudrais pas que le meurtrier ait une autre chance d'atteindre sa cible.

– Mais..., balbutia Odwyn, cette femme...

– ... t'a sauvé la vie, chuchota Decimus de façon à n'être entendu que de lui seul.

– Quoi ? sursauta le garçon, incrédule. Vous voulez dire que... c'est moi qu'il visait ?

Pour toute réponse, Decimus fouilla dans sa poche et lui glissa quelque chose dans la main.

Ouvrant la paume, Odwyn reconnut son médaillon :

– Co... comment...

L'aveugle ne le laissa pas achever :

– D'où tiens-tu ce bijou ?

– C'est mon secret...

Decimus lui broya l'épaule :

– Si tu tiens à la vie, tu dois me le dire. Je te promets que personne, pas même ton compagnon, n'en saura jamais rien. Parle !

– Il me vient de ma mère, avoua Odwyn avec désespoir.

– De ta *mère* ? répéta Decimus avec insistance.

– Oui. Elle est morte en me mettant au monde. Ce médaillon à la licorne est tout ce qui me reste d'elle. D'après ce que l'on m'a raconté, elle était romaine et s'appelait Valeria.

– Valeria, murmura Decimus en détournant la tête.

Odwyn se figea :

– Vous l'avez connue ?

Le vieillard ne répondit pas tout de suite. Le cœur battant à tout rompre, Odwyn attendit qu'il se décide à poursuivre. Enfin, il déclara :

– Je l'ai rencontrée, en effet. C'était bien avant ta naissance. À l'époque, elle était prêtresse de Diane, la déesse de la Chasse et de la Lune.

Tétanisé, Odwyn regarda Decimus avec des yeux écarquillés. Celui-ci reprit :

– Elle était venue du continent pour inaugurer un temple. Mais, le matin de la cérémonie, alors que tout était prêt, elle avait disparu. Elle avait laissé une lettre dans laquelle elle demandait pardon en disant qu'elle n'avait pas eu le choix, sans préciser ce qui l'avait poussée à rompre son vœu. Tu l'ignores peut-être, mais les prêtresses de Diane ne sont pas autorisées à se marier ni à avoir des enfants...

Decimus se pencha et chuchota à l'oreille d'Odwyn :

– Valeria était une jeune fille étonnante. Très déterminée, assez refermée sur elle-même, et d'une rare perspicacité.

Certains prétendaient qu'elle avait le don de seconde vue et qu'elle avait accès à des réalités invisibles aux yeux des mortels. Aurais-tu hérité de ce don ?

Odwyn hésita. Tout tournait autour de lui.

– Je... je ne sais pas, bégaya-t-il en se rappelant la fois où, après avoir délivré Merlin, il avait eu la vision fugitive de tatouages sur le buste du vieux mage. Il m'est arrivé des choses que je ne m'explique pas. Mais il se peut aussi que mon imagination m'ait joué des tours...

– Permets-moi d'en douter... Crois-moi, mon garçon, si tu possèdes le même don que ta mère, tu dois te mettre à l'écoute de ta voix intérieure. C'est très important.

Posant la main sur le bras d'Odwyn, il ajouta :

– Le bruit court que ta mère détenait la clef d'un trésor extraordinaire. Et je me demande si cette clef ne serait pas cette amulette, justement...

– Vous savez de quel trésor il est question ?

Decimus secoua la tête et réfléchit quelques instants avant de murmurer :

– Ce n'était pas de l'or, non... De cela je suis presque sûr. Ce devait être quelque chose de beaucoup plus précieux. Mais je ne me rappelle pas quoi...

Il grimaça un sourire édenté :

– À mon âge, je n'ai plus toute ma tête, tu comprends...

Un brouhaha mit fin à leur conversation. L'aveugle approcha son visage tout près de celui d'Odwyn et articula d'une voix rauque :

– Tu dois me promettre de ne dire à aucun des habitants de cette ville qui tu es. En échange, je m'engage à ne révéler l'existence de ce médaillon ni à ton ami Rowan ni à Arthur.

Odwyn hésita, puis il se décida et serra la main qu'il lui tendait :

– Entendu...

Decimus lui broya les os d'une telle poigne qu'Odwyn laissa échapper un petit cri.

– Parfait. Je suis content que tu te sois montré raisonnable. Et maintenant, range-moi ce médaillon. J'entends les autres qui arrivent...

Odwyn passa la chaîne autour de son cou et cacha son bijou sous sa tunique. Il était temps, car, au même instant, la porte s'ouvrit avec fracas, et Rowan, Marcus et ses amis firent irruption dans la pièce. Ils transportaient un homme inanimé.

– Devine qui a voulu t'abattre ? s'écria Rowan en déposant son fardeau.

Odwyn sursauta. Son agresseur portait un pourpoint à dragon vert.

– Mordred ? articula-t-il dans un souffle.

– Pas lui, mais un de ses hommes.

– Il est mort ?

– Nous n'avons eu aucun mal à le rattraper, répondit Marcus. Hélas ! quand nous avons voulu l'interroger, il a avalé une petite capsule et s'est effondré.

– Moi, je sais pourquoi il a voulu tuer Odwyn, lança Rowan à la cantonade. Lors du siège de Camelot, Odwyn a infligé à Mordred une défaite cuisante. Ça ne m'étonne pas que ce fourbe ait voulu se venger.

Odwyn considéra avec tristesse la femme étendue à côté de l'assassin. La malheureuse avait payé pour lui... Avait-elle de la famille ? Il l'ignorait et, d'ailleurs, il préférait ne pas le savoir. Il avait bien assez de soucis comme ça...

– L'homme avait sûrement des complices, déclara Decimus. Avez-vous fouillé partout ?

– J'ai donné l'ordre à tous les hommes disponibles de passer la ville au peigne fin, acquiesça Marcus. Mais il y a tellement de maisons abandonnées que cela va nous prendre au moins une journée.

– Cherchez les chevaux ! conseilla son père. Cet homme n'a pas agi seul ; et lui et ses comparses ne sont certainement pas venus à pied. Or les chevaux ne sont pas faciles à cacher...

Marcus approuva d'un signe de tête et tourna les talons. Odwyn s'élança derrière lui :

– Je vous suis !

– Tu es fou ! s'écria Rowan. C'est beaucoup trop dangereux ! C'est toi qui es visé, je te le rappelle !

– Tu ne voudrais pas que je reste ici à me tourner les pouces alors que cette pauvre femme a été tuée à ma place ! répliqua Odwyn d'une voix étranglée.

– Cette réflexion est tout à ton honneur, dit doucement Marcus en lui posant une main sur l'épaule. Cependant, si les sbires de Mordred arrivent à t'abattre, elle sera morte pour rien.

Odwyn était écartelé. Rowan acheva de le persuader :

– Il a raison. En plus, nous ne leur serions pas d'un grand secours : il fait nuit, et nous ne connaissons pas la ville...

Quatre servantes s'approchèrent. L'une d'elles retira la flèche et la déposa sur la poitrine de la jeune femme, puis elles enveloppèrent le corps dans un grand drap et l'emportèrent.

– Qu'allez-vous faire d'elle ? demanda Odwyn d'un ton oppressé.

– Sa dépouille sera brûlée demain matin à l'extérieur des murs, expliqua Decimus. Ce soir, il est trop tard.

– Elle avait de la famille ? voulut encore savoir Odwyn.

L'aveugle leva la tête comme quelqu'un qui fixe le lointain et murmura, songeur :

– Oui, elle laisse un mari et deux petites filles.

Il faisait un temps gris et maussade lorsque Odwyn vint rejoindre Rowan et Marcus à la table du petit déjeuner le lendemain matin. À en croire les cernes qu'il avait autour des yeux, il devait avoir très mal dormi. Il salua Marcus, s'assit et saisit un morceau de pain d'une main tremblante. Rowan et son hôte échangèrent un regard inquiet.

– Alors ? demanda Odwyn sans lever les yeux. Vous avez trouvé des indices ?

Marcus lui servit un peu de lait :

– Non, il semble qu'il ait agi seul. Donc nous devons nous attendre à ce que d'autres lui succèdent.

– Dans ce cas, nous ne pouvons pas rester ici, déduisit Rowan.

– Vos chevaux sont déjà sellés, opina leur hôte. Vos vêtements vous attendent et je vous ai fait préparer des provisions.

– Merci, fit Rowan avec reconnaissance.

Marcus lui tendit un petit étui de cuir :

– Ceci est une carte de la région. Je ne vous garantis pas qu'elle soit à jour, car elle date de l'occupation romaine, mais j'ai pensé que cela vous rendrait service.

Rowan s'inclina :

– Nous sommes vos obligés. Si, un jour, il y a quoi que ce soit que Camelot puisse faire pour vous...

– Je m'en souviendrai le moment venu, répondit Marcus avec gravité. Il est bon de savoir que nous avons encore un allié puissant en la personne du roi Arthur.

Et il ajouta avec un regard oblique sur Odwyn :

– Vous partirez dès la fin de la cérémonie. Je cours en avertir mon père.

Resté seul avec son ami, Rowan lui tendit un fruit :

– Prends quelque chose ! Tu n'as presque rien mangé !

– Je n'ai pas faim, grogna Odwyn en repoussant son écuelle.

Rowan hésita, puis il dit en cherchant ses mots :

– Écoute, ce n'est pas ta faute si cette pauvre femme a été abattue !

– Justement, si ! s'écria Odwyn avec désespoir. Elle est morte à cause de moi ! De même, je suis responsable de la mort d'Humbert et... et...

Il faillit ajouter « celle de ma mère », mais se reprit juste à temps.

– C'est ridicule, voyons ! protesta Rowan. Tu n'y es pour rien !

– Si ! Dans la mesure où c'est moi qui étais visé ! Quant à Humbert, s'il ne m'avait pas rencontré, il serait encore en vie !

Rowan ouvrit des yeux ronds :

– Hein ? Comment peux-tu dire une chose pareille ? Alors que nous avons pris des risques énormes pour le délivrer du cachot ?

– Ce n'est pourtant pas difficile à comprendre ! gémit Odwyn en se prenant la tête dans les mains.

– Je comprendrais peut-être si tu m'expliquais, répliqua Rowan avec une pointe d'irritation. Depuis ton aller-retour à Redruth, je ne te reconnais plus... Que s'est-il passé là-bas ?

– Je t'ai déjà dit que je ne voulais pas en parler ! s'emporta Odwyn en se levant avec brusquerie.

Et il sortit en claquant la porte.

Un vent glacial s'était levé. La procession s'engagea sur le pont reliant Aquae Sulis à la rive nord de l'Avon. En tête marchaient le mari de la défunte et ses deux petites filles, suivis de Decimus et Marcus. Venaient ensuite près de deux cents personnes, soit presque tous les habitants de la ville. Rowan et Odwyn formaient la queue du cortège.

La coutume voulait que tout se passe en silence, sans discours ni chants funèbres, ce qui rendit la situation encore plus pénible à Odwyn. Au bout d'une demi-heure, la foule parvint dans un champ au milieu duquel avait été érigé un bûcher. On y déposa le corps enveloppé dans un linceul.

Decimus s'avança. Sans doute voulait-il adresser quelques mots de réconfort à la famille, mais le veuf ne lui en laissa pas le temps. Il prit ses deux filles par la main et, s'approchant avec elles du bûcher, il leur murmura quelque chose à l'oreille. Bien qu'il ne pût l'entendre, Odwyn n'avait aucun mal à imaginer ce qu'il leur disait : qu'elles devaient être fortes... que leur mère ne souffrirait jamais plus...

Luttant contre les larmes, il vit l'homme s'emparer d'un flambeau et mettre le feu au bûcher. En quelques secondes, un immense brasier s'éleva.

« Si seulement j'avais eu le Graal, cette femme ne serait pas morte ! » songea Odwyn avec désespoir.

Frappé par une illumination soudaine, il tressaillit de tout son être. C'était donc ça ! Le destin dont lui avait parlé Merlin, le chemin semé d'embûches qu'il était appelé à suivre... sa voie consistait à trouver le Graal afin de soulager les misères humaines ! Mais, pour cela, il fallait que Lancelot guérisse. Et donc qu'ils se dépêchent de reprendre la route, car le temps leur était compté.

Odwyn tira Rowan par la manche :

– Partons ! chuchota-t-il.

Rowan acquiesça d'un signe de tête et ils se dirigèrent sans bruit vers leurs chevaux attachés à un arbre à la lisière du champ.

Ils sautèrent en selle, jetèrent un dernier regard sur la colonne de fumée qui s'élevait dans le ciel et prirent la direction de Glevum[2], à la frontière du pays de Galles.

2. Aujourd'hui Gloucester.

Chapitre 11

La Terre Gaste

Rowan et Odwyn reçurent un accueil de moins en moins chaleureux au fur et à mesure qu'ils progressaient vers le nord, où les hauts faits d'Arthur et de ses chevaliers étaient peu connus. Trouver un gîte pour la nuit ou, tout simplement, acheter de la nourriture, releva bientôt de l'exploit, et ils bénirent Marcus de leur avoir fourni des provisions.

Lorsqu'ils eurent franchi la Severn, laissant Glevum derrière eux, brusquement, le temps changea. Le ciel se chargea de gros nuages noirs, et le vent se mit à souffler en tempête. Le déluge semblait imminent, pourtant, il ne tomba pas une goutte de pluie.

Les deux écuyers avançaient difficilement. Leurs réserves s'amenuisaient. Au soir du troisième jour, ils ne trouvèrent pour s'abriter qu'un petit muret de pierres. Ils s'enveloppèrent dans leurs couvertures et se blottirent l'un contre l'autre. Il n'était même pas question de faire du feu tellement il y avait de vent.

– Cette terre est inhospitalière au possible ! ronchonna Odwyn. Les sources sont taries, les rivières ne coulent plus, les arbres se dessèchent sur pied... Tout n'est que mort et désolation !

Il mordit dans le dernier morceau de viande salée donnée par Marcus et grinça des dents :

– On ne peut même pas manger sans que du sable vous entre dans la bouche !

– Tu sais à quoi ça me fait penser ? demanda Rowan, la tête rentrée dans les épaules. À la région autour de Tintagel, là où Mordred a érigé sa citadelle... C'est tout aussi désertique. Le problème, c'est que nous ne pouvons pas continuer indéfiniment à chevaucher le ventre creux...

– Tu crois qu'on devrait faire demi-tour ?

– Demi-tour, peut-être pas... mais chercher un autre chemin, oui...

Odwyn regarda dans sa besace et la rejeta avec une moue de dépit.

– Tu as sans doute raison... Nous avons à peine assez d'eau pour tenir deux jours...

Rowan remonta sa couverture jusqu'au menton et dit en claquant des dents :

– Si seulement il ne faisait pas si froid ! Qui prend la première garde ?

– Toi, répondit Odwyn.

– D'accord. Tu me relèveras à minuit. Et malheur à toi si je ne trouve pas un solide petit déjeuner à mon réveil !

Odwyn se roula en boule. Il avait quatre heures de sommeil devant lui. Ce n'était pas beaucoup, d'autant plus qu'il n'avait pas fermé l'œil les nuits précédentes. Vaincu par la fatigue, il s'endormit sur-le-champ.

Rowan le réveilla en sursaut :

– Vite, réveille-toi !

Odwyn se redressa et se frotta les yeux. Le ciel pâlissait déjà.

– Quoi ? Qu'y a-t-il ? Et d'abord, quelle heure est-il ?

– Je... je me suis endormi ! bégaya Rowan, effondré. C'est... c'est une catastrophe... Nos chevaux ont disparu !

Son ami bondit sur ses pieds :

– Qu'est-ce que tu dis ?

– Nous sommes perdus, murmura Rowan, penaud. Sans montures et sans eau...

Odwyn regarda autour de lui. Hormis les couvertures dans lesquelles ils avaient dormi, il ne leur restait plus rien.

– Bon sang... nos armes ! s'exclama-t-il en se frappant le front.

– Envolées, confirma Rowan, la mine sombre. C'est ma faute... Si je ne m'étais pas assoupi...

Odwyn s'approcha de l'endroit où ils avaient attaché leurs chevaux et mit un genou en terre.

– Des traces de pas ! annonça-t-il.

Rowan se décomposa :

– Les hommes de Mordred... Mon Dieu ! Ils nous ont retrouvés !

– J'en doute... Ils nous auraient tranché la gorge pendant notre sommeil.

Rowan haussa les épaules :

– Bah, ce n'était même pas la peine... De toute façon, sans montures ni nourriture, nous n'avons aucune chance de nous en sortir...

Odwyn n'était pas du genre à s'avouer vaincu :

– Nous ne le saurons que lorsque nous aurons essayé ! Voyons si nous pouvons revenir sur nos pas...

Ils se mirent aussitôt en route. Comme la veille, une bise glaciale les transperçait jusqu'à l'os. Ils avançaient courbés en deux, serrant frileusement leur couverture autour de leur cou. Au bout d'une heure, Odwyn déclara :

– Inutile d'insister. Le vent a effacé nos traces...

– Orientons-nous d'après le soleil, suggéra Rowan en levant les yeux.

Hélas ! le ciel était uniformément gris.

– La mousse pousse toujours sur la face nord des troncs, réfléchit Odwyn à voix haute.

– Sauf qu'il n'y a pas un arbre à l'horizon ! répliqua Rowan sur un ton acerbe. Et rien qui ressemble à de la mousse...

– Alors, fions-nous à notre bonne étoile ! Quelle direction prendrais-tu ?

Rowan fit un tour sur lui-même et tendit le bras :

– Il me semble qu'hier nous avons franchi ces crêtes...

– Alors, allons-y ! décréta Odwyn avec un entrain forcé.

Ils mirent presque toute la journée à atteindre la chaîne montagneuse.

Malgré leur fatigue, ils trouvèrent encore la force de grimper sur une hauteur. Ils espéraient apercevoir un village ou une masure...

Mais non. À leurs pieds s'étendait à perte de vue un paysage désolé et sans vie, des terres poussiéreuses où ne poussaient que des cailloux. On n'entendait même pas un cri d'oiseau.

– Je ne comprends pas, gémit Rowan, au désespoir. Je pourrais pourtant jurer qu'on est passés par ici.

Plissant les yeux, il scruta l'horizon.

– Là-bas ! s'écria-t-il soudain.

Et il ajouta, l'index pointé vers la droite :

– Tu vois ce que je vois ?

Odwyn mit la main en visière :

– Hum... Une colonne de fumée ?

– Exactement ! Et, là où il y a du feu, il y a des gens !

– Mais c'est au moins à deux jours de marche ! protesta Odwyn. D'ici là, nous aurons eu dix fois le temps de mourir de soif !

– Tu as déjà vu quelqu'un mourir de soif en Bretagne ? ricana Rowan. Courage ! Je suis sûr que nous allons trouver une source ou un ruisseau. Le contraire est impossible...

– Je ne demande qu'à te croire, répondit Odwyn sur un ton songeur. En tout cas, s'il y a de l'eau quelque part, elle est bien cachée...

Rowan ne l'écoutait pas. Plein d'espoir, il se remit en marche. Odwyn le suivit en soupirant.

Le lendemain au milieu du jour, ils atteignirent le fond d'une vallée désertique où la seule végétation consistait en quelques rares souches creusées par les ans, et de l'herbe d'un jaune souffreteux, si dure qu'elle crissait sous leurs pas. Si des hommes avaient vécu là autrefois, ils avaient saccagé la région.

– Tu as remarqué cette bande de cailloux ? demanda soudain Rowan à Odwyn. On dirait le lit d'une rivière. Allons voir. Sous les galets, on trouvera peut-être un peu d'eau.

Rowan avait raison, il y avait bien un ancien cours d'eau. Sans perdre de temps en paroles inutiles, les deux garçons commencèrent à déplacer les pierres et fouillèrent le sable à mains nues. Au bout d'un moment, ils rencontrèrent une couche de terre plus humide et réussirent à creuser un trou de deux pieds de profondeur.

– C'est bizarre, observa Odwyn sans cesser de fouiller le sol. Ce trou devrait déjà être plein d'eau !

Il s'acharna de plus belle. Une petite flaque finit par se former. Rowan récolta un peu d'eau boueuse entre ses mains et la but avidement. Il la recracha aussitôt.

– Pouah ! s'écria-t-il avec dégoût. Elle est infecte ! On ne peut pas boire ça !

Odwyn goûta l'eau du bout des lèvres et la recracha aussi sec.

– Tu as raison, dit-il en faisant la grimace. Elle est salée !

– Bon sang ! s'emporta Rowan en tapant du poing. Quand je pense au mal qu'on s'est donné... Tout ça pour rien !

– Au lieu de t'énerver, tu ferais mieux d'économiser ta salive, recommanda Odwyn en l'aidant à se relever. Viens ! Continuons tant que nous en avons encore la force.

– Je ne m'explique pas la présence d'eau saumâtre dans le lit de cette rivière, murmura Rowan, sourcils froncés. Un jour, Ulfin nous a raconté que, à l'issue des guerres entre Rome et Carthage, les Romains avaient systématiquement brûlé toutes les maisons et répandu du sel dans les champs pour les rendre impropres aux cultures...

– Tu crois que ce pays a été délibérément dévasté ?

Rowan opina :

– À moins qu'on ne lui ait jeté un mauvais sort. Ce qui n'est guère plus encourageant...

Il donna un coup de pied dans un caillou et se mit en marche, la tête basse.

À la tombée de la nuit, la température déjà glaciale chuta encore de manière vertigineuse. Grelottants, les deux amis se blottirent l'un contre l'autre pour se réchauffer. Ils avaient si soif qu'Odwyn ne pensait qu'à boire.

Rowan était à bout de forces. Il ne cessait de piquer du nez. Mais à peine s'endormait-il que le froid le réveillait en sursaut. C'était une véritable torture.

Soudain, un éclair déchira la masse compacte des nuages noirs et menaçants qui pesaient sur la région comme une chape de plomb. D'autres éclairs se succédèrent, mais sans amener la pluie. L'air était étouffant. C'était une atmosphère de fin du monde.

Lorsque l'aube parut, blafarde, Odwyn s'émerveilla d'être encore en vie. Il s'étira en priant le ciel que ce jour leur apporte la délivrance. Une chose était sûre : ils ne survivraient pas à une autre nuit à la belle étoile.

Au loin, la colonne de fumée balisait toujours l'horizon. Alors, bien qu'ils eussent tout juste la force de mettre un pied devant l'autre, ils repartirent, indifférents à tout ce qui les entourait. Parfois, ils trébuchaient sur des cailloux ou s'accrochaient aux ronces, mais ils n'y prenaient pas garde. Quand l'un tombait, l'autre le relevait.

Ils parvinrent ainsi en haut d'un petit promontoire. En contrebas, ils aperçurent un hameau à l'aspect misérable.

– Le village a l'air abandonné, murmura Rowan.

– Ne dis pas de bêtises ! le rabroua Odwyn. Les gens sont bien au chaud dans leur masure. La fumée vient forcément d'une cheminée...

Il pressa le pas. Soudain, tout se mit à tourner autour de lui. Il tenta de lutter contre le vertige, mais sa faiblesse eut raison de lui, et il s'écroula sans connaissance.

X

Lorsqu'il rouvrit les yeux, un visage parcheminé était penché sur lui.

– Tiens, bois ça, dit un vieil homme à la bouche édentée en lui présentant un petit gobelet.

Odwyn se redressa légèrement et goûta le breuvage du bout des lèvres. C'était de l'eau, un peu salée, certes, mais délicieuse en comparaison de celle de la veille. Il la finit d'un trait et retomba en arrière. Cet effort l'avait épuisé.

– Encore ! demanda-t-il dans un souffle.

– Je regrette, fit l'homme en secouant la tête. C'est tout ce que je peux te donner. Cela représente déjà la ration d'une journée.

Odwyn battit des cils :

– Où est Rowan ?

– Ici ! lui répondit son ami dans son dos.

– Que m'est-il arrivé ?

– Quand tu as vu le village, tu t'es senti pousser des ailes... Mais tu as présumé de tes forces...

– Où sommes-nous ?

– À Dinas Emrys. Les rares voyageurs à venir s'égarer dans ce coin l'appellent la Terre Gaste.

Odwyn ouvrit des yeux ronds :

– La Terre Gaste ? Mais alors... C'est ici que Lancelot...

– Qui est Lancelot ? l'interrompit le vieux.

– Un chevalier de la Table ronde.

– Un chevalier..., répéta l'homme en se lissant la barbe. J'en ai vu passer quelques-uns, en effet. Mais je ne me souviens plus de leurs noms...

– Que signifie « Terre Gaste » ? questionna Rowan.

Le vieillard eut un rire enroué :

– Ce n'est pas difficile à comprendre... Regarde autour de toi, tu verras...

Rowan se mordit les lèvres. Sa question était stupide.

– Pourtant..., hésita Odwyn, on a l'impression que ça n'a pas toujours été ainsi.

– C'est vrai, opina le vieux. Du temps du roi Goon du Désert, c'était même une région florissante... Et puis, un jour, Mordred est arrivé. Il a tué le roi Goon et saccagé les champs. Depuis, la rivière s'est tarie. C'était il y a longtemps, quatorze ans, je crois...

– Quoi ? s'étrangla Odwyn. Mordred est passé par ici ? Il y a quatorze ans ?

– Si je te le dis, mon jeune ami... Il a tout brûlé. Rien n'a repoussé derrière lui.

– Mais alors... pourquoi n'êtes-vous pas partis vous installer ailleurs ? s'étonna Rowan.

Le vieillard posa sur lui un regard apitoyé.

– Ce n'est pas faute d'avoir essayé. Hélas ! nous sommes victimes d'un maléfice. Chaque fois que nous avons tenté de nous en aller, nous nous sommes retrouvés à notre point de départ.

Odwyn réfléchit :

– Tout à l'heure, vous avez dit avoir vu des chevaliers.

– Oui. Autant que je m'en souvienne, ils ont toujours échoué chez nous sans l'avoir voulu. Tous cherchaient la citadelle de Goon du Désert.

– Que sont-ils devenus ?

Le vieux haussa les épaules :

– Aucune idée ! Ils sont morts sans doute ; à moins qu'ils n'errent quelque part... En tout cas, on ne les a jamais revus.

– Qu'est-ce qui vous fait croire qu'ils sont morts ?

– Tu en poses des questions, mon garçon ! Si tu veux le savoir, tu n'as qu'à te rendre à la citadelle. De toute façon, vous ne pouvez pas rester ici. Nous-même savons à peine de quoi vivre.

Dinas Emrys était un village complètement endormi qui semblait hors du temps. Pas un de ses habitants n'avait moins de cinquante ans. Il n'y avait pas d'enfants. Il y régnait un silence absolu. On aurait dit l'antichambre de la mort.

Rowan et Odwyn se rendirent vite compte qu'ils étaient indésirables. Les gens n'essayaient même pas de leur cacher combien ils étaient pressés de se débarrasser d'eux. L'eau était rare, la nourriture chiche ; personne ne se souciait de leur venir en aide.

– On ne peut pas rester ici, déclara Rowan à la nuit tombante. Ce lieu exerce sur les gens un pouvoir délétère. Il leur pompe toute leur énergie, les ronge de l'intérieur. Ils n'ont plus ni joie ni espoir. Si nous nous attardons davantage, nous mourrons.

En leur for intérieur, tous deux se posaient la même question : comment quitter Dinas Emrys si tous les chemins y ramenaient ?

– Je ne vois qu'une solution, murmura Odwyn. Si une malédiction pèse sur ce pays, il faut la briser. Plutôt que de chercher à fuir les ténèbres, nous devons les affronter.

Bien qu'il eût parlé à voix basse, leur hôte avait entendu :

– Vous voulez vous rendre à la citadelle ?

– Vous savez comment on y va ?

– Évidemment ! Mais rien ni personne ne me fera monter là-haut.

– Vous préférez végéter ici jusqu'à la fin de vos jours ? s'exclama Rowan avec indignation. Vous trouvez que c'est mieux ?

Le vieux haussa les épaules.

– Je ne vois pas ce que nous pourrions faire d'autre. Et puis, tant que nous restons entre nous, nous avons assez pour vivre.

– Seulement, il ne faut pas que des étrangers viennent troubler votre quiétude ! siffla Rowan entre ses dents. Sinon, c'est tout l'équilibre de votre charmante communauté qui est menacé. Bon sang, ça me rend malade ! Partons, Odwyn... Un jour de plus dans ce patelin, et je crois bien que je vais devenir fou...

– La folie..., releva le vieil homme sur un ton pensif. Ne parle pas de ce que tu ne connais pas, jouvenceau.

Se tournant vers la porte, il déclara :

– Vous voyez ce col entre les deux collines, là-bas ? Derrière, il y a une vallée. Suivez-la. Au bout, vous trouverez le piton sur lequel se dresse la forteresse de Goon. Ou du moins ce qu'il en reste.

– Je suppose qu'il est inutile de vous demander un peu d'eau ?

L'homme ricana :

– Même si j'en avais, je ne vous la donnerais pas ! À quoi bon ? Car vous courez à votre perte : là-haut, soit vous mourrez, soit vous sombrerez dans la folie.

– Alors, adieu ! répondit Odwyn en tournant les talons.

– C'est ça ! grommela le vieux dans son dos. Partez donc !

Sa voix se perdit dans une quinte de toux. Il ne leur avait même pas souhaité bonne chance.

Chapitre 12

La malédiction de Dinas Emrys

– Que penses-tu de cette histoire ? demanda Rowan lorsqu'ils eurent laissé le village derrière eux.

Odwyn hocha la tête :

– Pas grand-chose... Tout ce que je sais, c'est que Lancelot a séjourné par ici.

– Tu en es sûr ?

– Certain. Il me l'a dit lui-même.

Entre-temps, ils étaient arrivés dans la vallée. Ils n'étaient plus très loin de l'ancien château de Goon du Désert, dont on apercevait la tour au sommet d'un piton rocheux.

– Seulement, je ne m'explique pas comment il a pu perdre la raison..., reprit Odwyn en réfléchissant tout haut. Pour briser la volonté d'un chevalier aussi aguerri... Il a dû passer par des épreuves terribles...

– Tu oublies le poison, objecta Rowan.

Odwyn hocha la tête d'un air perplexe :

– C'est vrai...

Ils s'engagèrent sur le sentier menant à la forteresse et le gravirent en silence. En arrivant en haut, ils marquèrent un temps d'arrêt. Le décor était sinistre. Ah, on pouvait dire que Mordred avait fait du bon travail ! Seuls le donjon et le corps de garde étaient encore debout. Le reste n'était que ruines et désolation. Un vent glacé soufflait parmi les décombres.

Les garçons franchirent le portail en frissonnant. Soudain, apercevant un semblant de margelle au milieu de la cour, Odwyn poussa un cri :

– Un puits !

Les garçons se précipitèrent, pleins d'espoir. C'était bien un puits, en effet. Rowan se pencha au-dessus du trou, mais il ne vit pas d'eau. Il ramassa alors vivement un caillou et le jeta au fond. Il s'écoula quelques secondes avant qu'un « plouf » assourdi se fasse entendre.

– C'était de l'eau, tu crois ? demanda Rowan d'une voix vibrante.

Odwyn attrapa le vieux seau tout rouillé toujours accroché à sa corde, et le fit descendre au fond. Il ne récolta qu'une boue noire et visqueuse qui dégageait une odeur fétide.

– Beurk ! fit-il avec dégoût.

Rowan se boucha le nez :

– Ce puits a été empoisonné.

– Malédiction ! pesta Odwyn en donnant un coup de pied rageur dans le seau.

Rowan le tira par la manche :

– Viens, allons explorer le donjon. Peut-être trouverons-nous quelque chose à manger... Même si je ne me fais pas beaucoup d'illusions !

Ils gravirent l'escalier croulant conduisant à la porte d'entrée.

– Maintenant, je comprends pourquoi Goon du Désert était surnommé le Seigneur des corbeaux, dit Rowan en désignant un blason gravé dans la pierre du linteau.

Odwyn sentit tout son sang se figer dans ses veines. À côté du corbeau, il y avait une licorne, représentée en plein saut.

Qu'est-ce que cela voulait dire ?

Comme il ne bougeait pas, Rowan se retourna :

– Qu'y a-t-il ? Ça ne va pas ?

Odwyn se secoua :

– Si, si...

Il suivit son ami à l'intérieur. Dans la salle des gardes, une nouvelle surprise l'attendait. Divers objets épars indiquaient que quelqu'un avait campé là. Il y avait des bouts de chandelles, une couverture, un gobelet et, surtout, un écu abandonné au milieu de la pièce. Rowan mit un genou en terre et le retourna pour voir le blason. Il le reconnut sans hésiter :

– Ça alors ! Trois lions sur fond bleu ! Pas de doute, Lancelot est bien venu ici...

Odwyn regarda autour de lui.

– Et voici son épée ! s'exclama-t-il. Elle est encore dans son fourreau !

– Donc, il n'a pas eu à se battre, murmura Rowan, songeur. Pourtant, il s'est forcément passé quelque chose. Sinon, il ne serait jamais parti sans son équipement...

Voyant qu'Odwyn inspectait partout, il s'étonna :

– Que cherches-tu ?

– À manger. Ici, c'est peine perdue. Essayons les autres pièces.

– Bonne idée, approuva Rowan sans grand espoir.

Mais les hommes de Mordred s'étaient livrés à un pillage systématique ; il n'y avait plus ni meubles ni vaisselle, rien que des gravats et de la poussière.

En revenant dans la salle des gardes, les garçons remarquèrent un détail qui avait échappé à leur attention. Près de la cheminée se trouvait une importante quantité de bois, ce qui semblait indiquer que Lancelot avait eu l'intention de séjourner ici un certain temps. Odwyn ne tarda pas à découvrir les pierres à feu. Bientôt, une douce chaleur envahit la pièce.

– Au moins, nous ne mourrons pas de froid ! tenta de plaisanter Rowan en s'allongeant à même le sol.

Il bâilla à se décrocher la mâchoire et annonça :

– Je suis épuisé...

– Dors ! lui répondit Odwyn en le couvrant de la courtepointe. Demain, nous aviserons.

– Bonne idée ! grogna Rowan.

Fermant les yeux, il sombra dans un sommeil sans rêves.

Odwyn était exténué, lui aussi. Pour ne pas s'endormir, il se mit à faire les cent pas. À un moment, il s'approcha de la fenêtre et regarda dehors. Les paysages désolés de la Terre Gaste s'étendaient à perte de vue.

Soudain, tout se mit à tourner autour de lui. Il se cramponna à l'appui de fenêtre et, mettant ce vertige sur le compte des privations, il marmonna :

– Maudite faim...

S'ils ne trouvaient pas très vite à boire et à manger, ils ne quitteraient pas cet endroit vivants...

Quand il se retourna, la pièce était métamorphosée. Les murs étaient ornés de tapisseries magnifiques dont les couleurs étaient rehaussées par la lumière mordorée d'une multitude de lampes à huile. Au milieu se dressait une longue table à laquelle était assis un vieillard. De haute taille, pour ne pas dire gigantesque, il portait sur sa tête une couronne incrustée de pierres précieuses.

Les mets les plus appétissants étaient disposés devant lui : volailles rôties, viandes en sauce, légumes croquants, fruits frais... Odwyn en eut l'eau à la bouche. Le roi ne touchait à rien. Il semblait en proie à de grandes souffrances.

– Approche, jouvenceau, dit-il en faisant signe à Odwyn de s'asseoir. Et tiens-moi donc un peu compagnie...

Odwyn obéit comme dans un rêve.

– Tu meurs de faim, à ce que je vois, observa l'auguste vieillard en lui tendant une coupe de fruits. Sers-toi, mon garçon !

Odwyn ne résista pas longtemps à la tentation : il prit une pomme et mordit dedans à belles dents. Elle était délicieusement juteuse. Ensuite, il s'attaqua à un poulet, le plus tendre qu'il eût jamais mangé, puis à d'autres victuailles tout aussi savoureuses. Curieusement, les plats ne désemplissaient pas. Par un étrange prodige, ils se regarnissaient au fur et à mesure qu'il se servait.

– Mon nom est Bran de Corbenic, déclara le roi en regardant Odwyn d'un air douloureux.

Odwyn avala de travers et s'excusa :

– Pardon, Sire, je manque à tous mes devoirs... Je m'appelle Gwydion.

Une grimace de souffrance déforma les traits du vieillard qui porta les mains à sa jambe. Odwyn vit avec effroi qu'il était blessé et saignait abondamment.

Mû par une impulsion soudaine, il ne put s'empêcher de demander :

– Qui vous a infligé cette blessure, Sire ?

– Depuis le temps que j'attends qu'on me pose cette question ! s'exclama Bran de Corbenic, des larmes plein les yeux.

Dépliant son grand corps agité de tremblements, telle une chandelle qui se consumerait à l'envers, il se dressa de toute sa hauteur devant Odwyn.

– Grâces vous soient rendues, roi Gwydion ! dit-il, le visage rayonnant.

Et il ajouta d'une voix de stentor :

– Enfin je suis libre ! Libre !

Le garçon se boucha les oreilles. Ce n'était pas la peine de hurler ! Il voulut se lever, mais une douleur fulgurante lui vrilla le cerveau, et il s'effondra sur le sol.

Il se prit la tête dans les mains, en proie à des élancements insupportables. Il avait la sensation d'étouffer et ne comprenait pas pourquoi sa bouche était pleine de poussière. Des spasmes et de violentes crampes d'estomac le plièrent en deux. Secoué par une quinte de toux, il chercha avidement sa respiration, et réprima un haut-le-cœur.

Du coin de l'œil, il vit son ami brandir l'épée de Lancelot et frapper la cheminée comme un dément. Lui non plus n'était plus dans son état normal. D'ailleurs, au moment où Odwyn se faisait cette réflexion, Rowan se jeta sur lui sans crier gare et l'entraîna de force à l'extérieur. À peine tous deux eurent-ils débouché dans la cour qu'ils perdirent connaissance.

Lorsque Odwyn revint à lui, un soleil radieux brillait dans le ciel sans nuages.

– Bonté divine ! s'exclama-t-il, la bouche sèche. Que s'est-il passé ?

À côté de lui, Rowan cligna des yeux :

– Je crois bien que nous avons chassé les fantômes de Dinas Emrys !

– Qu'est-ce que tu racontes ?

Rowan se leva, puis il l'aida à se mettre sur ses pieds :

– Viens, tu vas voir...

Ils montèrent les quelques marches conduisant dans la grande salle et se figèrent sur le seuil. À l'intérieur, le chaos était indescriptible. Rowan avait porté de tels coups à la cheminée que des pierres s'étaient descellées. Plissant les yeux, Odwyn découvrit une niche dans le conduit. À l'intérieur se trouvait une coupe remplie d'un liquide noir comme la nuit.

– À un moment, tu m'es tombé dessus, expliqua Rowan. Sans doute à cause de la fièvre, car tu délirais. Et c'est ce qui nous a sauvés : si tu ne m'avais pas réveillé, nous serions morts tous les deux. Grâce au ciel, je me suis rendu compte que des émanations pestilentielles s'échappaient de la cheminée. L'odeur m'a fait penser aux produits que Merlin utilise parfois. Quand des guerriers ont de vilaines blessures, avant de les soigner, il les endort avec un narcotique qui sent horriblement mauvais.

Odwyn s'appuya sur lui. Il était d'une faiblesse extrême.

– Tu crois que c'est cette substance qui a empoisonné Lancelot ?

Rowan secoua la tête :

– Nenni. En revanche, je suppose qu'elle l'a poussé à boire de l'eau du puits, de même que tu t'es mis à lécher le plancher. J'imagine qu'il est arrivé de Dinas Emrys à peu près dans le même état que nous, c'est-à-dire à demi mort de faim et de soif...

– Si je comprends bien, murmura Odwyn, un pli en travers du front, il est tombé dans un guet-apens, et nous aussi. Mais pourquoi Goon du Désert aurait-il piégé la citadelle ?

– Pour protéger un trésor, peut-être...

Il se mit à genoux et déblaya la cheminée. Sous les cendres se trouvait une dalle de pierre dans laquelle était scellé un anneau en métal. Rowan s'arc-bouta dessus sans succès.

– Je n'y arrive pas ! gémit-il. Aide-moi !

En unissant leurs efforts, ils parvinrent à soulever la pierre et à la faire glisser sur le côté. Dessous, ils découvrirent une cavité où était déposé un petit coffre très richement sculpté.

– Le Graal ! murmura Odwyn dans un souffle.

Ils saisirent le coffret par les poignées et le déposèrent au milieu de la pièce. Odwyn essaya de l'ouvrir, en vain. Il était fermé à clef.

– Recule ! ordonna Rowan en dégainant l'épée de Lancelot.

Il abattit l'arme de toutes ses forces, mais la serrure résista au choc.

– Il nous faudrait la clef! déclara-t-il après deux ou trois autres essais tout aussi infructueux.

– Si ce coffre contient le Graal, nous devons rentrer à Camelot sur-le-champ, observa Odwyn.

– Tu as raison, approuva Rowan. À deux, nous devrions arriver à le porter.

Il ceignit l'épée de Lancelot, épaula l'écu aux trois lions sur fond bleu, et lança :

– En route, il n'y a pas une minute à perdre !

Ils sortirent avec leur trésor.

– Il reste quand même un problème, grogna Rowan en descendant l'escalier. Si nous ne trouvons pas à boire très rapidement, je n'arriverai jamais jusqu'au village !

Dehors, le froid mordant de la veille avait laissé la place à une douceur relative. L'air était encore frais, mais il soufflait une brise délicieuse

– Tu entends ? s'étonna Rowan.

– Des oiseaux ! se réjouit Odwyn. C'est incroyable !

– Pas ça ! répliqua Rowan. Écoute !

En se concentrant, Odwyn distingua un murmure. Ce bruit... ce n'était pas possible ! Et pourtant, si... de l'eau coulait tout près ! Les garçons, interloqués, échangèrent un bref regard, puis coururent avec leur fardeau jusqu'au portail. Un torrent bondissait gaiement sur les rochers. Au fond de la vallée, la rivière miroitait au soleil.

– La source ! s'écria Odwyn. Elle est de nouveau alimentée !

Fous de joie, ils se précipitèrent vers le ruisseau et se désaltérèrent longuement. L'eau était fraîche et délicieuse. Après avoir bu jusqu'à satiété et s'être lavés à grande eau, ils s'aspergèrent à qui mieux mieux comme des gamins. Ils finirent par tomber dans les bras l'un de l'autre :

– Regarde, dit Rowan en désignant un vol de sept corbeaux qui planaient paresseusement au-dessus d'eux, la nature revit !

J'ai l'impression que la malédiction qui pesait sur ce pays a été brisée.

– Peut-être est-ce parce que j'ai posé la bonne question..., marmonna Odwyn, songeur.

Rowan fronça les sourcils :

– De quelle question parles-tu ?

– C'est difficile à expliquer... Hier soir, pendant que tu dormais, j'ai vu la salle des gardes sous un jour complètement différent. Il y avait une table à laquelle trônait un roi d'une taille gigantesque. Il était blessé et perdait beaucoup de sang. Je ne sais pas pourquoi, je me suis souvenu des paroles de Lancelot, à qui le Graal est passé sous le nez parce qu'il n'a pas eu la présence d'esprit d'interroger le Roi pêcheur sur ses blessures. Le pauvre... il ne se le pardonnera jamais.

Rowan le regarda avec des yeux ronds :

– Et toi, tu lui as demandé ?

Odwyn opina :

– Tu aurais entendu le cri qu'il a poussé !

Son ami s'étrangla :

– Tu... Tu veux dire que tu aurais rencontré le spectre de Goon du Désert ?

– Ce n'est pas le nom qu'il m'a donné. Il s'est présenté comme Bran de Corbenic. D'après ce que m'a raconté Merlin, c'est le premier de la lignée des Rois pêcheurs, chargés par Joseph d'Arimathie de veiller sur le Graal.

Rowan secoua la tête :

– Jamais entendu parler...

– C'était un géant. Il était au moins deux fois plus grand que Kay. Et les plats qui se trouvaient sur la table ne désemplissaient pas. Je pouvais manger tout ce que je voulais, ils se regarnissaient au fur et à mesure.

– Je ne voudrais surtout pas te vexer, déclara Rowan avec précaution. Mais je crains que tu n'aies rêvé. À mon avis, les vapeurs toxiques t'ont brouillé la cervelle.

– Mais alors... Comment se fait-il que les sources coulent de nouveau ? Les oiseaux sont revenus, et...

Rowan haussa les épaules.

– Bah, simple coïncidence... Et d'ailleurs, ça m'est égal ! Du moment que nous sommes sauvés...

Posant la main sur l'épaule d'Odwyn il ajouta :

– Et maintenant, retournons au village annoncer la bonne nouvelle à ses habitants. Même si, par Dieu, ils ne le méritent pas !

Chapitre 13

Pris au piège !

Les changements survenus autour du château s'étaient propagés à une vitesse stupéfiante à toute la Terre Gaste. Partout, la nature revivait. Alors que, la veille encore, Rowan et Odwyn n'avaient traversé que des paysages désertiques, des multitudes de fleurs multicolores égayaient les bords des chemins, et les arbres morts aux moignons rabougris déployaient des ramures couvertes de pousses vert tendre. Rowan et Odwyn marchaient d'un pas allègre. La joie de voir la végétation s'épanouir sous leurs yeux leur donnait des ailes.

Le village n'avait pas échappé à ce renouveau, ses habitants eux-mêmes étaient transformés. Rassemblés sur la place, ils discutaient entre eux comme des gens qui, se réveillant d'une longue nuit de cauchemar, voient se lever le jour avec soulagement. Quand Rowan et Odwyn parurent, tous s'écartèrent d'un même mouvement.

– Soyez les bienvenus, nobles seigneurs ! les salua le seul des villageois à avoir partagé avec eux le peu qu'il possédait.

Sur ces mots, il mit un genou en terre et se prosterna devant eux. Il n'y avait plus chez lui la moindre trace de lassitude ou d'accablement, comme si un poids écrasant était tombé de ses épaules.

Aussitôt, les autres l'imitèrent : tombant à genoux, ils rendirent à Odwyn et à Rowan un hommage princier.

Ceux-ci, posant leur fardeau, échangèrent un regard interrogateur.

– Relevez-vous, je vous en prie ! dit Odwyn en tendant la main à leur hôte. Nous ne méritons pas ces égards...

Personne ne bougea.

– Il y a une raison au fait que vous n'ayez pas vu un seul homme jeune ou dans la force de l'âge à Dinas Emrys, répondit le porte-parole des villageois sans lever les yeux. Tous les paysans valides se sont rendus l'un après l'autre à la citadelle pour essayer de briser le maléfice. Las ! aucun n'est jamais revenu. Seuls les vieillards et les infirmes qui n'avaient aucune chance de réussir sont restés ici. Il était entendu entre nous que nous prêterions serment d'allégeance à celui qui nous délivrerait de la sécheresse. Aussi, dit-il à l'adresse d'Odwyn, nous vous demandons de bien vouloir être notre suzerain.

Le garçon en resta sans voix. Au bout d'un moment, s'étant ressaisi, il demanda :

– Et si je ne veux pas ?

– Nous ne saurions vous y contraindre. Cependant, nous en serions très peinés.

Rowan se pencha vers Odwyn et lui souffla à l'oreille :

– Refuse ! Cela ne peut t'attirer que des ennuis. Tu te rends compte de la responsabilité que cela représente ?

Odwyn réfléchit. D'un seul coup, les deux blasons figurant sur le linteau du donjon lui revinrent en mémoire. À côté du corbeau de Goon du Désert, il y avait une licorne. Comme sur son médaillon. Ce n'était sûrement pas un hasard.

– C'est bon, j'accepte ! trancha-t-il. Désormais, je serai votre roi.

– Tu es fou ? chuchota Rowan à son oreille. Tu n'as pas la moindre idée de la manière dont on dirige un royaume. Même si celui-ci n'est guère étendu...

Le vieil homme s'inclina jusqu'à terre :

– Grâces vous soient rendues, sire. Nous vous en sommes reconnaissants.

– Quel est ton nom ? voulut savoir Odwyn.

– Daffydd. En quoi pouvons-nous vous servir ?

– Eh bien, Daffydd, en premier lieu, je désire instituer un représentant qui administrera le domaine en mon nom pendant mon absence. Toi, Daffydd, je te confie cette charge.

Si l'homme fut surpris de cette décision, il n'en laissa rien paraître :

– Bien, sire.

– De quoi allez-vous vivre pendant les prochains mois ? s'inquiéta Odwyn.

Le vieux tourna les yeux vers la forêt toute proche :

– Vos terres sont giboyeuses, sire. Si vous nous permettiez d'y chasser...

– Accordé ! fit Odwyn sans même lui laisser le temps de finir.

Le vieux parut soulagé :

– Merci. Peut-être pourrons-nous échanger les peaux contre du blé et ensemencer nos champs dès cette saison. Si je comprends bien, vous et le jeune seigneur avez l'intention de nous quitter ?

– Oui, mais je reviendrai, promit Odwyn. Même si je ne peux pas vous dire quand...

– Vous êtes le maître. Libre à vous d'agir comme vous l'entendez.

– Pour l'heure, je ne puis rien de plus. Cependant, je compte que vous mettrez tout en œuvre pour que ce domaine redevienne prospère. Vu la manière dont vous avez traversé les temps difficiles, qui, je l'espère, sont définitivement derrière vous, je vous crois capables de relever ce défi.

– Vous vous moquez, sire. Nous ne méritons pas votre confiance, et vous le savez...

– Je ne me moque pas. Je regrette d'avoir à vous laisser. Mais, encore une fois, je reviendrai. Et, ce jour-là, je n'arriverai pas les mains vides.

Daffydd opina :

– Avez-vous besoin de quelque chose ?

Odwyn réfléchit :

– Ce qu'il nous faudrait, c'est une monture pour chacun. Avez-vous des chevaux à nous fournir ?

– Je regrette, fit Daffydd. Nous avons abattu la dernière carne qui nous restait au début de l'hiver.

– Alors nous continuerons à pied.

Une femme s'avança, le sourire édenté, mais le visage rayonnant. Elle tendit à Odwyn deux gourdes de peau et un petit sac de vivres en le regardant comme si elle voyait en lui un fils perdu depuis des années, et lui caressa la joue de sa main rugueuse.

– C'est tout ce que nous avons, mais nous sommes heureux de pouvoir vous l'offrir, dit Daffydd. Et je vous donne ma parole que vous ne reconnaîtrez pas cet endroit lorsque vous y reviendrez.

Odwyn le remercia d'un sourire. Puis Rowan et lui saisirent la caisse par les poignées, et ils se mirent en route.

Rowan attendit que le village soit loin derrière eux pour demander sur un ton mi-étonné, mi-railleur :

– Qu'est-ce qui t'a pris de te prêter à ce jeu-là ?

Odwyn, qui ne comprenait pas très bien lui-même ce qui l'avait poussé à agir de la sorte, haussa les épaules, gêné :

– Je ne sais pas... Ces gens ont tellement souffert... Je crois que j'ai voulu leur donner un peu d'espoir... Je ne vois pas où est le mal. Du moment que je ne cause de tort à personne...

Rowan ricana :

– Cela te chiffonne donc tant que ça d'être le seul gueux au milieu de tous ces fils de roi ?

– Cela n'a rien à voir..., se défendit Odwyn.

– Dans ce cas, il faut que tu m'expliques ! s'emporta Rowan. Tu n'as pas l'air de t'en rendre compte, mais les responsabilités que tu as prises sont beaucoup trop lourdes pour tes épaules. Une chose est d'avoir de l'ambition, une autre de péter plus haut que son derrière !

Odwyn frémit sous l'insulte et lâcha le coffret qui, déséquilibré, échappa aux mains de Rowan.

– Admettons que j'aie fait une erreur, marmonna Odwyn. Mais je ne vois pas en quoi je te devrais des explications, et encore moins des excuses !

– Oh, bien sûr que non, Majesté ! grinça Rowan entre ses dents. Ce serait indigne de vous !

Furieux, il tourna le dos à son ami et alla s'asseoir sur une pierre. Il y avait une souche de l'autre côté du chemin. Odwyn s'y laissa choir.

Ils ruminèrent leur mauvaise humeur en silence. Jusqu'au moment où un corbeau se posa sur le coffre et se mit à donner de petits coups de bec sur le couvercle. On aurait dit qu'il attendait quelque chose.

Quelques instants plus tard, six autres vinrent se percher dans un arbre à quelques pas de là.

– On dirait les mêmes que ceux qui tournoyaient au-dessus de la citadelle ! remarqua Rowan.

Comme pour lui donner raison, le premier poussa un croassement éraillé.

Odwyn tendit la main pour caresser son plumage noir et brillant, mais l'oiseau, sautillant sur son bras, alla se percher sur son épaule d'un air qui semblait dire : « J'y suis, j'y reste. »

Rowan ouvrit des yeux médusés. Toute trace de colère avait disparu de son visage.

– Quel est ce prodige ? murmura-t-il avec un étonnement mêlé de crainte.

Le corbeau le fixa d'un œil perçant, puis il déploya ses ailes et alla rejoindre les autres. Rowan frissonna.

– Ne restons pas ici ! Je n'aime pas ça...

Les deux garçons saisirent le coffre et se mirent en marche. Ils parvinrent bientôt à une patte-d'oie. S'orientant d'après le soleil, ils prirent à droite. Mais les oiseaux se posèrent devant eux, les sept parfaitement alignés. Ils leur barraient la route.

– Tant pis, grogna Rowan. On n'a qu'à prendre un autre chemin.

Il voulut faire demi-tour, mais le chef des corbeaux fondit sur lui et lui cribla la tête de coups de bec.

Paniqué, Rowan essaya de le chasser. Mais l'oiseau était tenace.

– Bon sang, Odwyn, fais quelque chose ! pesta Rowan.

Odwyn eut une seconde d'hésitation, puis il cueillit le corbeau délicatement entre ses doigts et le plaça sur son épaule en disant :

– J'ai l'impression qu'ils veulent qu'on les suive !

Il se produisit alors quelque chose d'incroyable : l'oiseau opina, agitant la tête de haut en bas. Le message était on ne peut plus clair.

Abasourdi, Rowan passa la main dans ses cheveux. Il ne saignait pas, c'était déjà ça ! Il bougonna :

– Soit. Suivons-les. De toute façon, ils ne nous laissent guère le choix.

À peine eut-il fini sa phrase que le corbeau et ses compagnons s'envolèrent à tire-d'aile. Tant que les garçons les suivaient, tout allait bien. Mais dès qu'ils essayaient de changer de direction, la riposte était immédiate. Pas question de sortir du droit chemin ! Le moindre faux pas était sanctionné par des coups de bec plus ou moins douloureux.

Au bout d'un moment, Rowan perdit patience :

– Merlin ne t'a rien donné qui puisse nous aider à nous débarrasser de ces sales bêtes, par hasard ?

– Non, répondit Odwyn en s'efforçant de ne pas montrer combien cette question le troublait.

Car il ne croyait pas au hasard. Plus il y réfléchissait, plus il était convaincu qu'il existait un lien entre l'insistance de ces corbeaux, leur présence à la citadelle et le blason de Goon du Désert. Mais lequel ?

En haut d'une colline où subsistaient les restes d'une tour de guet en bois délabrée, ils assistèrent à un coucher de soleil de toute beauté. La plaine qui s'étalait à leurs pieds jusqu'à une lointaine ligne de crêtes baignait dans la lumière pourpre du crépuscule.

Rowan posa son fardeau et se massa les reins.

– J'en ai plein les bottes ! lâcha-t-il en grimaçant. Arrêtons-nous ici. Cet endroit me paraît parfait pour bivouaquer.

Leurs compagnons ailés ne manifestant aucune objection, les deux adolescents dressèrent leur campement. Ce fut vite fait. Puis Rowan attrapa la besace qui contenait leurs provisions, y prit un bout de pain rassis, le coupa en deux et en donna une moitié à Odwyn.

Celui-ci mordit dedans avec précaution.

– Immangeable ! s'exclama-t-il en le recrachant, dépité. Il est rance.

– Quand je pense que les habitants de Dinas Emrys n'ont rien eu d'autre à se mettre sous la dent pendant quatorze ans ! observa Rowan en émiettant son quignon pour le lancer aux corbeaux.

Il prit un malin plaisir à les viser à la tête. Jusqu'au moment où l'un des volatiles poussa un croassement furieux.

Rowan se leva, épousseta son pourpoint et s'abîma dans la contemplation du paysage. Le disque rouge feu du soleil était près de disparaître. Au loin, une frange dorée ourlait la ligne de crêtes. De la forêt s'échappaient des effilochures de brouillard d'un blanc vaporeux qui s'accrochaient aux replis du terrain. Le temps était comme suspendu. Pendant quelques instants, les garçons se crurent hors du monde.

Rowan soupira puis, profitant de ce qu'on y voyait encore, il dirigea ses pas vers la forêt.

– Où vas-tu ? lui demanda Odwyn.

– Chercher du bois. La nuit s'annonce froide. On a intérêt à faire du feu.

Odwyn se leva et se mit lui aussi en quête de combustible.

Un peu plus tard, après avoir choisi un emplacement relativement à l'abri du vent, Odwyn constitua un petit tas de brindilles et y ajouta une poignée d'herbes sèches. Puis Rowan frotta les pierres à feu trouvées dans les affaires de Lancelot, mais l'opération s'avéra plus difficile que prévu car le vent, en dispersant les étincelles, réduisait ses efforts à néant. Le jeune écuyer commençait à désespérer quand une mince colonne de fumée grise s'échappa enfin du petit tas. Presque aussitôt, alors que jaillissaient les premières flammes, un croassement suraigu retentit dans le ciel, et un corbeau plongea en piqué, toutes griffes dehors. Rowan n'eut que le temps de se jeter sur le côté. Il s'en était fallu de peu qu'il ne se fasse lacérer.

– Sale bête ! s'écria-t-il, fou furieux, tandis que l'oiseau étouffait le feu en battant des ailes avec frénésie.

À bout de nerfs, il ramassa une pierre et leva le bras, prêt à la lancer sur le corbeau. Mais Odwyn le saisit par le poignet et se jeta par terre. Ils roulèrent sur le sol.

– Tu es fou ! protesta Rowan.

– Regarde ! chuchota son ami en tendant le doigt vers la plaine.

Plissant les yeux, Rowan distingua des cavaliers. Ils étaient trois, tous vêtus de noir.

– Combien on parie que ce sont les hommes de Mordred ? demanda Odwyn tout bas.

– Par la malepeste ! Comment ont-ils fait pour nous retrouver ?

Odwyn haussa les épaules.

– Facile. Ils nous ont suivis à la trace.

– Dans ce cas, pourquoi ne nous ont-ils pas rattrapés plus tôt ? Avec leurs chevaux, ils sont beaucoup plus rapides que nous...

Rowan leva la tête. Au-dessus d'eux, la lune brillait dans le ciel sans nuages.

– En tout cas, nous ne pouvons pas rester ici. S'ils nous cherchent, c'est ici qu'ils viendront en premier. Or le Graal ne doit à aucun prix tomber entre leurs mains.

Ils rassemblèrent leurs affaires en toute hâte. De nouveau, Rowan prit l'écu de Lancelot en bandoulière, Odwyn se chargea de leurs maigres effets, et ils prirent leur précieux coffret à bout de bras. Du menton, Odwyn fit signe à son ami de suivre les corbeaux. Une fois n'est pas coutume, ceux-ci étaient parfaitement silencieux. Ils entraînèrent les garçons droit vers la forêt et les guidèrent à travers les fourrés de plus en plus denses comme si l'endroit n'avait pas de secret pour eux. Au bout d'un moment, ils débouchèrent à découvert. Devant Odwyn s'étendait une vaste étendue herbeuse.

– Ça ne me plaît pas, chuchota Rowan en regardant anxieusement autour de lui. Dans ces prairies, nous serons repérables à plusieurs lieues de distance. Si les hommes de Mordred nous voient, nous n'avons aucune chance d'en réchapper.

Les corbeaux furent intraitables. Ils harcelèrent les garçons jusqu'à ce que ceux-ci se résignent à les suivre.

– Bah ! marmonna Odwyn. Jusqu'à présent, cela nous a plutôt bien réussi...

Il trébucha sur une pierre et fit un pas de côté. Les roseaux cachaient une boue noire et compacte, dans laquelle il s'enfonça instantanément jusqu'au genou. Le sol se dérobait sous lui, la vase l'aspirait, menaçant de l'engloutir. Il dut faire un effort considérable pour s'en arracher et reprendre pied sur la terre ferme.

Tandis qu'il se remettait de son émotion, haletant, Rowan leva les yeux au ciel :

– Des corbeaux comme guides dans des marais ! On aura tout vu ! Si un jour mon père apprend que j'ai été assez fou pour me lancer dans une telle aventure, je vais me retrouver consigné à la cuisine pour un bout de temps...

Odwyn n'était guère plus rassuré. Pressé par les oiseaux qui le houspillaient sans relâche, il regardait les tourbières en se demandant dans quel piège ils étaient en train de se fourvoyer. Cependant, il existait bien une sorte de gué, indiscernable à l'œil nu, stable et praticable... à condition de ne pas dévier d'un pouce du chemin indiqué par les corbeaux !

Les garçons marchaient l'un derrière l'autre, portant toujours leur coffre à bout de bras. Parfois, lorsque le passage était suffisamment large, les oiseaux les laissaient souffler un peu, mais jamais très longtemps. À peine avaient-ils récupéré qu'il leur fallait déjà repartir.

Ces marais ne ressemblaient en rien aux paysages arides de la Terre Gaste. Et, pourtant, il en émanait une impression de désolation tout aussi poignante. La lande était recouverte d'une couche de brouillard tenace, pas très épaisse, certes – elle arrivait à peine au nombril de Rowan –, mais suffisamment dense pour que les deux écuyers ne voient pas leurs pieds.

Curieusement, cet endroit n'était pas aussi désert qu'ils l'avaient cru.

– Un village ! s'écria Odwyn en croyant voir briller des lumières.

Rowan se frotta les yeux, épuisé, et scruta l'obscurité. Il lui sembla voir des halos de clarté, sans doute des bougies aux fenêtres d'un hameau.

S'essuyant le front d'un revers de manche, il murmura :

– Je ne sais pas... Ce sont peut-être des feux follets... les âmes des voyageurs égarés qui ont trouvé la mort dans les marais et qui sont condamnés à y errer éternellement.

Odwyn frissonna.

– Plus vite nous aurons quitté cet endroit, mieux ça vaudra. Je ne sais pas pourquoi, il me donne la chair de poule. Je n'ai jamais vu un lieu aussi... *maléfique*.

– D'accord avec toi, opina Rowan avec gravité. Viens, allons-nous-en.

Ils reprirent leur fardeau. Au moment de repartir, soudain pétrifié, Odwyn s'affola :

– Où sont-ils ?

– Qui ça ?

– Les corbeaux ! Je ne les vois plus !

Tremblant des pieds à la tête, Odwyn se tourna vers son ami.

– Sans... sans eux, nous n'avons aucune chance de nous en sortir, articula-t-il en claquant des dents. Bientôt, il y aura deux feux follets de plus à l'endroit où nous nous trouvons.

– Ne dis pas de bêtises ! le rabroua Rowan. Moi, je suis bien content d'être débarrassé d'eux. Ils me faisaient mille fois plus peur que tous les marais de la terre.

Il fit un pas en avant.

– Viens ! Il suffit de tâter le terrain et de ne poser les pieds que là où c'est stable.

Il n'avait pas fini sa phrase qu'un cavalier surgi de nulle part se dressa de toute sa hauteur devant eux. Odwyn crut d'abord à une illusion, mais le cheval le convainquit du contraire en s'ébrouant bruyamment. Sans un mot, l'homme tira son épée du fourreau et la pointa sur les deux écuyers terrifiés. Moins d'une seconde plus tard, une double cavalcade se fit entendre dans le dos d'Odwyn et de Rowan. Ils firent volte-face, paniqués, et se retrouvèrent face à un chevalier au visage dissimulé derrière un turban noir.

Celui-ci, ôtant sa coiffure, découvrit un visage balafré. Il grimaça un sourire hideux :

– Il me semble que nous nous sommes déjà rencontrés, jouvenceau !

Cette voix... Odwyn l'aurait reconnue entre mille :

– C'est vous qui avez enlevé Humbert de Llanwick !

– En effet. Hélas ! il n'avait pas sur lui ce que nous cherchions. Cependant, le contenu de cette caisse apaisera peut-être les tourments de mon maître. Il est d'une humeur exécrable. Mais si nous lui rapportons le remède à ses maux, je suis sûr qu'il m'en sera particulièrement reconnaissant.

– Comment nous avez-vous retrouvés ? demanda Rowan d'une voix oppressée.

L'homme eut un ricanement sec, comme un bruissement de feuilles froissées.

– Vous ne vous êtes même pas donné la peine d'effacer vos traces ! À un moment, toutefois, j'ai cru que vous nous aviez semés. Mais non. À présent, fais tes prières, jouvenceau ! Car tu ne quitteras pas cet endroit vivant !

Sur ces mots, il se dressa sur un étrier, prêt à descendre de cheval, quand un croassement se fit entendre juste au-dessus de lui.

Moins d'une seconde plus tard, tels des vautours fondant sur leur proie, les corbeaux attaquèrent les trois cavaliers. Ceux-ci se débattirent de leur mieux, faisant tournoyer leur épée autour d'eux, mais l'un des chevaux, affolé, se cabra, et les deux autres l'imitèrent. Les animaux étaient devenus incontrôlables.

Les sbires de Mordred avaient beau se défendre comme des lions, non seulement les corbeaux ne leur laissaient aucun répit, mais ils cherchaient à leur crever les yeux. Soudain, le chef de la bande poussa un hurlement déchirant, et la petite troupe s'enfuit au triple galop.

C'était l'erreur à ne pas commettre.

Non loin se trouvait une étendue noire, légèrement surélevée, qui pouvait passer pour un îlot de terre ferme. En réalité, c'était un piège mortel. À peine eurent-ils posé le pied dessus que les chevaux s'y enlisèrent. Deux des cavaliers sautèrent à bas de leur monture. Ils se retrouvèrent aussitôt avec de la boue jusqu'à la taille et commencèrent à s'enfoncer inexorablement.

Pétrifiés, les garçons assistèrent à leur lutte désespérée contre la mort. Mais le combat était perdu d'avance.

Au moment de disparaître, les chevaux poussèrent des hennissements déchirants. Jamais Odwyn n'avait entendu quoi que ce soit d'aussi effroyable. Puis la boue se referma sur eux. Seules quelques bulles témoignaient du fait qu'ils s'étaient tenus là un instant auparavant. Pendant ce temps, les hommes tentaient de se maintenir à la surface en nageant, mais l'issue était inévitable.

– On ne peut pas les laisser se noyer ! s'exclama Odwyn, les yeux agrandis par l'horreur. Essayons de les aider !

Rowan le retint :

– Trop tard ! On ne peut rien pour eux.

Odwyn ferma les yeux. Lorsqu'il les rouvrit, quelques instants plus tard, tout était terminé. Un silence terrifiant prit possession de la lande.

Odwyn fut secoué par un sanglot.

– C'était eux ou nous, le raisonna froidement Rowan. S'ils n'avaient pas péri, ils nous auraient passés au fil de l'épée. C'est bien fait pour eux !

– Personne ne mérite de finir comme ça ! protesta Odwyn, indigné par la froide indifférence que manifestait son ami.

Celui-ci haussa les épaules.

– Il n'y a aucun regret à avoir, je t'assure. Si tu avais voulu les sauver, tu aurais été englouti avec eux.

Il lui tendit la main pour l'aider à se relever, et ajouta :

– Allons, debout !

Mais Odwyn secoua la tête.

– Comment peux-tu manquer de cœur à ce point ?

– Il y a des combats qui sont dans l'ordre des choses, répondit Rowan, qui commençait à perdre patience. Arthur contre Mordred, le Bien contre le Mal, la lumière contre les ténèbres... Il en a toujours été ainsi, et ce n'est pas demain que ça s'arrêtera...

– Arrête tes sornettes ! cingla Odwyn, furieux.

L'ordre des choses... Cet argument, il le connaissait par cœur. C'était celui qu'avançait Do Griflet quand il avait besoin de justifier sa passivité devant les aléas de l'existence. Il enchaîna sur un ton acide :

– Bientôt, tu vas me raconter que chacun doit rester à la place qui lui a été assignée par Dieu, et que c'est le destin...

– Et alors ?

Odwyn faillit lui demander où était sa place dans ce bel ordonnancement, mais il se mordit les lèvres.

– Qu'est-ce qui t'arrive ? s'étonna Rowan. Il y a des moments où je ne comprends pas tes réactions... Depuis que tu es rentré...

Il y avait des sujets qu'Odwyn ne voulait pas aborder. Il ne le laissa pas achever :

– Je ne supporte plus de voir les gens tomber comme des mouches autour de moi. J'ai l'impression de semer la mort partout où je passe.

– Hum, je vois..., fit Rowan sur un ton qui démentait ses paroles.

Et il détourna les yeux.

Odwyn sentit – ou plutôt, il en eut soudain la certitude – que ses états d'âme n'intéressaient pas vraiment son ami.

Et une profonde tristesse s'empara de lui. Car c'était la première fois qu'une ombre venait ternir leur amitié.

Chapitre 14

La magie de Coundrie

L'aube naissait déjà lorsque, exténués et les bras gourds d'avoir porté leur fardeau toute la nuit, les deux garçons se retrouvèrent enfin sur la terre ferme. Ils pensaient pouvoir se reposer, mais les corbeaux ne leur accordèrent pas le moindre répit. Au contraire, ils les obligèrent à avancer à marche forcée, et ne leur permirent de ralentir qu'une fois parvenus sous le couvert d'une épaisse forêt.

C'était un endroit étrange, presque irréel. Les arbres poussaient si serrés qu'ils formaient un écran compact et à première vue impénétrable. Pourtant, Odwyn et Rowan progressaient sans difficulté ; il n'y avait ni buissons ni taillis dans le sous-bois, rien qu'un tapis de mousse vert foncé où perlaient des gouttes de rosée. Des oiseaux chantaient, mais on ne les voyait pas.

Odwyn n'aimait pas la forêt. On ne savait jamais ce qui pouvait arriver. À tout moment, on risquait de tomber nez à nez avec une harde de sangliers affamés ou, pire, un ours mal luné. Voilà pourquoi il ne s'y aventurait qu'avec prudence, et encore, jamais très profondément.

Ici, c'était différent. Dans cette futaie régnaient une paix et une quiétude absolues. On aurait dit qu'une main invisible protégeait toute chose.

Il cligna des yeux. Sur sa gauche, les arbres plus espacés laissaient filtrer les rayons du soleil, et on apercevait une petite clairière inondée de lumière verte. Soudain, une silhouette se découpa à contre-jour dans la trouée. Il se pinça pour s'assurer qu'il ne rêvait pas :

– Pégase !

À l'appel de son nom, l'étalon blanc leva la tête et pointa les oreilles. Reconnaissant Odwyn, il hennit joyeusement et s'approcha de lui au petit trot. Le garçon lui caressa les naseaux :

– Si tu savais comme je suis content de te retrouver, mon vieux !

Rowan était moins détendu. Lui aussi avait aperçu son cheval. Mais, à la différence de son ami, il y avait vu le signe d'un danger imminent. L'épée à la main, il scrutait les alentours, prêt à défendre chèrement sa vie. Odwyn rit de sa réaction :

– Qu'est-ce qui te prend ?

– Si nos chevaux sont là, nos voleurs ne doivent pas être bien loin, répondit Rowan, les lèvres pincées.

Entendant du bruit dans son dos, il fit volte-face. Personne. Ce devait être le vent.

– Allons-nous-en d'ici ! gronda-t-il sans desserrer les dents. J'ai la désagréable impression qu'on nous observe.

– Tu l'as dit, jouvenceau ! lui répondit une voix qui semblait venir de partout et de nulle part. La forêt a des yeux, elle voit tout ! Elle a aussi des dents, et il arrive qu'elle morde. Mais rassurez-vous, damoiseaux. Ici, vous êtes en sécurité.

Odwyn fit un tour complet sur lui-même. Ils étaient seuls.

– Montrez-vous, qui que vous soyez ! tonna Rowan en brandissant son épée.

Brusquement, une main le saisit par le poignet et lui fit lâcher son arme. De derrière un arbre surgit une femme au visage caché par un voile de cheveux gris. Enveloppée dans un manteau de lierre, elle avait le dos voûté par le grand âge, mais une voix de jeune fille.

Odwyn était tétanisé, incapable de remuer le petit doigt. Rowan, lui aussi, était privé de réaction ; il n'essayait même pas de se soustraire aux griffes de cette étrange créature.

– Je m'appelle Coundrie, déclara-t-elle en lui lâchant le bras.

Rowan retrouva instantanément l'usage de ses membres, mais non sa faculté de penser. Son esprit était comme engourdi.

– Alors, c'est vous que nous cherchons ! s'exclama Odwyn, à la fois soulagé et surpris. C'est Merlin qui nous envoie !

La vieille lui tapota la main du bout des doigts, ce qui eut pour effet de lui rendre sa liberté de mouvement, et murmura avec gravité :

– Je vous attendais...

Elle passa devant eux avec une incroyable légèreté, à croire qu'elle se déplaçait sans toucher terre, et leur fit signe de la suivre.

Odwyn ramassa l'épée de Rowan et la lui tendit :

– Je crois que tu n'en auras pas besoin.

Son ami émergea de sa torpeur :

– Que s'est-il passé ?

– C'est Coundrie, répondit Odwyn. Nous sommes arrivés.

Et, suivi de Rowan, il emboîta le pas à la magicienne.

X

Coundrie vivait dans une grotte, à proximité d'une cascade qui se déversait dans un grand lac. Odwyn hésita un instant avant de se résoudre à en franchir le seuil.

À Redruth, il avait connu un ermite, un homme à l'esprit un peu dérangé, qui croupissait dans une caverne humide, loin du monde et de l'agitation des hommes.

Il passait ses jours à prier, comptant sur la générosité des paysans pour assurer sa subsistance. Mais eux ne l'entendaient pas de cette oreille. Pour qui se prenait-il, ce fainéant ? S'il croyait pouvoir s'adonner à ses bondieuseries à leurs dépens, il se trompait ! Qu'il aille donc au diable, s'il ne voulait pas travailler !

Odwyn se secoua et pénétra à l'intérieur.

Quand ses yeux se furent accoutumés à l'obscurité, il constata avec étonnement que le décor n'avait rien à voir avec la misérable tanière du vieil anachorète. La grotte était beaucoup plus grande qu'il ne l'aurait cru. La lumière y entrait par deux ouvertures orientées à l'est, sous lesquelles trônait une table de pierre ronde avec six chaises disposées autour. Ainsi, la magicienne avait l'habitude de recevoir des visiteurs !

Chaque renfoncement de la paroi, chaque niche, chaque rebord était utilisé pour ranger les innombrables flacons, fioles et bocaux qui encombraient l'espace.

Spontanément, Odwyn ôta ses bottes et les déposa à côté du coffre, à l'entrée de la grotte. Comme partout dans la forêt, le sol était recouvert d'un épais tapis de mousse verte dont le contact était agréablement doux et frais. Il sembla à Odwyn qu'une sève bienfaisante pénétrait en lui par la plante de ses pieds et l'irradiait tout entier. L'idée qu'il était un arbre puisant la sève par les racines lui traversa l'esprit.

Poussant Rowan du coude, il lui fit signe de se déchausser.

– Après le voyage que vous venez de faire, vous avez sûrement une faim de loup, déclara Coundrie en s'approchant du foyer où de la soupe bouillonnait dans un grand chaudron.

À l'odeur du potage se mêlait celle des plantes et des herbes aromatiques pendues au plafond. Odwyn en eut l'eau à la bouche. Depuis l'instant où Coundrie avait surgi devant eux, avec ses cheveux gris qui lui tombaient sur le visage, la peur lui avait tellement noué l'estomac qu'il en avait oublié combien il avait faim et soif. À présent, il ne pensait à rien d'autre.

Coundrie ordonna aux garçons de s'asseoir et disposa devant eux deux écuelles qu'elle remplit de soupe. Puis elle trancha une miche de pain encore fumante, et s'installa sur un tabouret à l'écart.

– Vous ne mangez pas avec nous ? s'étonna Odwyn.

– Non. Je n'ai pas faim.

Odwyn goûta la soupe du bout des lèvres. Elle était brûlante, mais absolument délicieuse. Dès la première cuillerée, ses forces lui revinrent et il se sentit revivre. Oubliées, les privations des derniers jours ! Il débordait de vitalité et d'énergie.

Il prit un bout de pain et le trempa dans sa soupe.

– Ah ! grogna Rowan avec délectation. Jamais rien mangé d'aussi bon...

Il finit son écuelle en deux temps trois mouvements et se resservit en chuchotant à l'oreille d'Odwyn :

– Dommage qu'il n'y ait pas un morceau de lard pour aller avec !

Il avait parlé à voix basse. Mais Coundrie avait l'ouïe fine.

– Tttt, jamais de viande ! protesta-t-elle. Je ne tue pas d'animaux. Si tu veux, je peux te donner un peu de fromage.

– Pardon ! ce... ce n'est pas ce que j'ai voulu dire, s'excusa Rowan en rougissant. Au contraire, nous vous sommes reconnaissants de votre hospitalité. C'est très généreux de votre part...

Coundrie accueillit ces paroles en silence. Puis elle déclara en hochant la tête :

– Des garçons bien élevés... Par les temps qui courent, c'est plutôt rare. Je comprends que Merlin ne veuille pas quitter la cour d'Arthur.

Odwyn saisit la balle au bond :

– Justement... À propos de Merlin...

– Quelqu'un est malade ?

Odwyn opina du bonnet.

– Qui est-ce ?

– Lancelot. Il a été empoisonné.

– Quoi ? s'écria la magicienne, visiblement bouleversée. Le fils de Viviane ?

De nouveau, Odwyn acquiesça d'un signe de tête. C'était la troisième fois qu'il entendait ce nom.

– J'ai sur moi un papier avec la liste des ingrédients dont Merlin a besoin pour préparer un contrepoison, expliqua-t-il en se levant.

Coundrie eut un petit geste de la main :

– Pose-le sur la table. Je le regarderai plus tard.

Repoussant son écuelle, Rowan se tourna vers leur hôtesse :

– Pourquoi nous avez-vous volé nos chevaux ?

À sa voix, Odwyn devina qu'il était nerveux. Il n'en admira que plus son audace.

– Dinas Emrys, répondit laconiquement Coundrie. Vos chevaux n'auraient pas survécu à la sécheresse. Or il fallait que vous traversiez la Terre Gaste. On ne trouve la forteresse de Goon du Désert que si on ne la cherche pas.

Rowan plissa le front :

– Je ne comprends pas...

– Il y a quatorze ans, lorsque Mordred a envahi la contrée, il a découvert la trace d'un trésor censé procurer le salut et l'immortalité...

– Le Saint Graal ! laissa échapper Odwyn.

– C'est cela même, confirma Coundrie. Fort heureusement, bien que le bâtard d'Arthur ait eu pour lui l'avantage d'une supériorité écrasante, Goon a réussi à déjouer ses projets. Il a si bien brouillé les pistes que le dragon vert n'a jamais pu s'emparer du Graal. Pour se venger, Mordred a empoisonné la source et détruit la citadelle après avoir passé le roi Goon au fil de l'épée.

– Donc, vous et Merlin aviez tout arrangé à l'avance..., déduisit Odwyn.

– En partie seulement, réfuta la magicienne. Merlin n'a pas les ingrédients nécessaires pour guérir Lancelot.

– Alors, vous saviez que nous allions venir ? murmura Rowan.

– Oui. De même que je savais comment mettre le trésor de Dinas Emrys à l'abri des convoitises.

Odwyn tourna les yeux vers le coffre. Rowan et lui l'avaient posé à l'entrée de la grotte. Devant, les sept corbeaux montaient la garde.

– Le Graal se trouve-t-il dans cette caisse ? demanda-t-il.

– Je n'en sais rien, répondit Coundrie.

– Avez-vous les moyens de l'ouvrir ? intervint Rowan.

– Certes. Mais ce n'est pas à moi de le faire.

Elle se leva et se dirigea vers le fond de la pièce et écarta un rideau en disant :

– Si vous voulez être frais et dispos demain matin pour reprendre la route, vous avez intérêt à dormir. Vos lits sont faits. Vous devriez vous coucher.

Brusquement, la fatigue s'abattit sur les garçons comme une chape de plomb. Odwyn bâilla à se décrocher la mâchoire et se leva péniblement. Il crut qu'il n'arriverait jamais à atteindre son lit. Rowan ne tenait plus debout non plus. Il gagna la chambre en titubant, le regard vitreux, et se laissa choir sur sa couche.

Allongé dans le noir, Odwyn tenta de lutter contre le sommeil. Trop de questions se bousculaient dans sa tête, et il brûlait d'en connaître les réponses. Mais Coundrie tendit la main, et ses paupières se fermèrent malgré lui.

Quelle était donc cette chanson aux accents langoureux ? Remué jusqu'aux entrailles par une mélodie venue du fond des âges, Odwyn se demanda s'il ne rêvait pas. Mais non. La musique qui avait percé son sommeil venait de la forêt, apportée par le vent qui agitait doucement les feuilles des arbres.

Il ouvrit les yeux. Par la fenêtre, il vit que la lune brillait dans le ciel étoilé. Rowan ronflait doucement, la bouche entrouverte. Odwyn faillit le réveiller, mais il se ravisa et, repoussant sa couverture, il se leva et sortit.

La forêt paraissait plus vivante que jamais. Chaque arbre, chaque brin d'herbe semblait pénétré de la magie propre à la nature. Dans ce décor enchanteur, l'homme n'avait pas sa place.

Il aperçut Coundrie près du lac, entourée d'animaux de toutes sortes, telle une mère parmi ses enfants. Outre les sept corbeaux, il y avait là des cerfs, des ours, des loups, des lièvres, des lynx, des blaireaux, des renards... tous en parfaite harmonie les uns avec les autres. L'oreille dressée, ils se tenaient immobiles, complètement sous le charme de la musique envoûtante qui emplissait la nuit.

La magicienne lui tournait le dos. Elle commença à se dévêtir. Elle avait noué ses cheveux en chignon sur sa nuque, et son dos, ses bras, ses jambes étaient entièrement couverts de peintures représentant les animaux qui l'entouraient. Se sentant observée, elle se retourna et lui sourit.

Était-ce un mirage ? Une illusion due au clair de lune ? Odwyn aurait juré qu'elle changeait d'aspect au rythme de sa chanson. Tantôt elle lui apparaissait comme une vieille femme, tantôt comme une jeune fille. Il plissa les yeux. Elle prit les traits d'une femme mûre. Quelques minutes plus tard, il la vit se voûter, se rider et reprendre l'apparence qu'il lui connaissait.

L'un des ours, ayant remarqué Odwyn, s'approcha de lui en trottinant. Bien qu'il n'y eût pas la moindre trace d'agressivité dans ses yeux, le garçon comprit qu'il était prié de s'éloigner, et il se retira dans la grotte sans un regard en arrière.

Rowan dormait du sommeil du juste. Odwyn s'enveloppa dans sa couverture et réfléchit. Il avait déjà vu des tatouages similaires à ceux de Coundrie. Mais où ? Il ne s'en souvenait plus.

Soudain, la mémoire lui revint : Mais oui, bien sûr ! Sur le corps de Merlin, à Tintagel, lorsqu'ils l'avaient libéré du cachot où Mordred le retenait prisonnier !

Il se redressa un sursaut. Quel lien existait-il entre le conseiller du roi et la vieille magicienne ? Quelle était la nature de la dette qu'elle avait envers lui ?

Odwyn se prit la tête dans les mains. Son imagination s'emballait. En pensée, il vit les animaux commencer à se battre. Au milieu d'eux se trouvait la licorne. Elle tua le dragon sous ses yeux.

Quand Rowan et Odwyn se réveillèrent, le lendemain matin, ils étaient aussi frais et dispos que s'ils avaient dormi plusieurs jours d'affilée. La mauvaise humeur de Rowan était envolée. Il semblait avoir tout oublié de leur altercation dans les marais. Odwyn, quant à lui, était toujours sous le charme de la chanson entendue dans la nuit.

Une irrésistible odeur de pain frais les fit sauter de leur lit. Coundrie leur servit une eau claire qui acheva de dissiper leur soif et effaça le souvenir de leur marche à travers la Terre Gaste.

Comme la veille au soir, leur hôtesse leur tint compagnie, mais en retrait sur son tabouret, aussi immobile qu'une statue.

– J'ai mis dans vos sacoches tous les ingrédients demandés par Merlin, ainsi que des provisions pour la route, annonça-t-elle de sa voix chantante et si bizarrement juvénile.

Rowan mordit dans son pain et demanda, la bouche pleine :

– Comment allons-nous faire pour sortir de la forêt et retrouver notre chemin ?

– Les corbeaux vous guideront.

Rowan soupira :

– J'espère qu'ils ne nous imposeront pas encore un rythme d'enfer, comme à l'aller...

– Pas cette fois, rassure-toi. Cependant, je vous conseille de ne pas traîner : la vie de Lancelot ne tient qu'à un fil. Si on ne le soigne pas très vite, le poison qui le ronge aura raison de sa résistance.

Rowan recula sa chaise.

– Vous avez raison, allons-y ! Il n'y a pas une minute à perdre.

Odwyn se leva.

– Merci pour votre hospitalité, dit-il en s'inclinant devant Coundrie.

– C'était un honneur de pouvoir t'accueillir sous mon toit, répondit-elle à mi-voix.

Légèrement déstabilisé, Odwyn jeta un coup d'œil en coin à son compagnon, occupé à lacer ses bottes. Pourquoi ne l'avait-elle pas mentionné ?

Après avoir récupéré son écu et son épée, Rowan se dirigea vers la sortie. Parvenu devant Coundrie, qui n'avait pas bougé de son tabouret, il dit avec un petit salut :

– À mon tour de vous remercier...

Sur ces mots, il sortit sans attendre la réponse.

– Que voilà un jouvenceau hargneux ! commenta Coundrie. Son cœur est plein de fiel, de haine et de jalousie.

– Rowan, plein de *haine* ? releva Odwyn, stupéfait.

– Oh, il cache bien son jeu ! assura la magicienne. Peut-être ignore-t-il lui-même les sombres sentiments qui l'agitent. Mais ils sont là, au fond de lui...

Sur ces mots, elle se leva. L'odeur de résine et de fruits de la forêt qui flottait autour d'elle évoquait une chaude journée d'été.

– Raconte-moi ce qui s'est passé au château de Goon..., exigea-t-elle en lui prenant la main.

– Je ne sais que dire, bredouilla Odwyn, troublé par son parfum. Tout ce que j'ai vécu m'a semblé tellement irréel. Je crois bien que j'étais sous l'emprise de vapeurs qui m'ont brouillé la cervelle...

– Goon du Désert était le descendant direct d'un roi légendaire, un géant du nom de Bran de Corbenic...

Odwyn sursauta :

– Je vois qui c'est. Je l'ai rencontré. En songe.

– Le roi Bran était le gardien d'un trésor qui lui avait été confié par un homme venu d'un pays lointain, au-delà des mers du Sud. Ce trésor se présentait sous la forme d'une coupe qui ne se vidait jamais et qui donnait l'immortalité à celui qui la possédait.

– Le Graal..., murmura Odwyn, submergé par le souvenir de sa rencontre avec le roi.

– Jamais le roi Bran n'a porté cette coupe à ses lèvres, poursuivit la magicienne, tant était grand son respect pour cette relique. Il a payé sa vénération de sa vie. Blessé à mort lors d'une bataille contre les Irlandais, il a fait le serment suivant : aussi longtemps que ses restes reposeraient en terre de Bretagne, ses descendants légitimes régneraient et veilleraient sur le Graal. Mais si jamais le Graal ou la Bretagne venaient à être menacés, son esprit reviendrait et ne connaîtrait pas le repos jusqu'au jour où le danger serait écarté, et où un homme de sa lignée serait monté sur son trône.

Elle tendit la main vers lui et la posa à l'endroit où se trouvait son médaillon, caché sous sa chemise.

Sous ses doigts, le bijou devint brusquement très chaud, presque brûlant. Odwyn ne savait plus que penser. Goon du Désert était le dernier des descendants de Bran... Sur le fronton du donjon, à côté du corbeau, figurait une licorne...

Pâle comme la mort, il balbutia :

– Êtes-vous en train de me dire que je suis appelé à succéder à ce roi ?

– Je n'ai rien dit de tel. La seule chose, c'est que tu es différent de tous ceux qui gravitent autour d'Arthur. En quoi, c'est à toi de le découvrir. Le médaillon que t'a légué ta mère t'y aidera.

– Valeria... À Aquae Sulis, j'ai appris qu'elle était prêtresse de la déesse Diane. Il paraît qu'elle a disparu du jour au lendemain. Pourquoi ?

Coundrie ne répondit pas.

– Suis-je le fils de Goon du Désert ? insista Odwyn.

– Il fut un temps où seule comptait l'ascendance maternelle, éluda la magicienne. C'était la seule manière d'être sûr de l'hérédité de quelqu'un. Il peut y avoir un doute sur l'identité du père. Tandis qu'on sait toujours qui est la mère. Il a fallu l'arrivée des Romains et de la religion chrétienne pour que les mœurs changent et que le droit évolue.

– Qui suis-je ? s'écria Odwyn, au désespoir. Si vous le savez, par pitié, dites-le-moi !

Jamais il n'avait été aussi près de la vérité. Il était tendu comme un arc.

– Tu es Gwydion, le fils de Valeria. Si tu veux en apprendre davantage, cherche à savoir qui était ta mère. Et maintenant, va ! Et salue Merlin de ma part. À présent, lui et moi, nous sommes quittes.

Odwyn sortit en titubant. Rowan l'attendait avec les chevaux. Il lui tendit les rênes et demanda d'une voix qui trahissait son impatience :

– De quoi avez-vous discuté pendant tout ce temps ?

– Coundrie m'a donné des instructions pour la préparation du contrepoison, mentit Odwyn en s'étonnant de la facilité avec laquelle ces paroles lui venaient aux lèvres.

Rowan avait réparti leur charge : les provisions et les affaires de Lancelot sur sa monture, et le précieux coffret sur Pégase.

Les sept corbeaux étaient là, perchés sur une branche juste au-dessus de lui. Odwyn jeta un regard en direction de la grotte, mais Coundrie ne se montra pas.

– En route ! lança Rowan. Plus vite nous aurons quitté cet horrible endroit, mieux ce sera !

Il fit claquer sa langue. Comme s'ils n'avaient attendu que ce signal, les corbeaux prirent leur envol, et les chevaux s'ébranlèrent.

Chapitre 15

L'héritage de Bran de Corbenic

Certes, Odwyn et Rowan durent faire quelques crochets pour éviter les Saxons qui pullulaient dans la région ; mais, pour le reste, leur retour se déroula sans anicroche. Bien que Coundrie leur eût donné des provisions pour deux semaines, au bout de cinq jours à peine, les collines du Somerset étaient déjà en vue. Ils rallièrent Cadbury le surlendemain.

Lorsqu'ils se présentèrent devant les portes de Camelot, les corbeaux qui les avaient guidés sans jamais les quitter leur faussèrent compagnie pour se poser dans un gros tilleul. Leur mission était terminée.

La sentinelle, reconnaissant les deux écuyers, sonna du cor, et la nouvelle de leur arrivée se répandit comme une traînée de poudre d'un bout à l'autre de la citadelle. Tout le monde se précipita dans la cour pour les accueillir. Ils étaient restés absents plus longtemps que prévu, et l'on commençait à s'inquiéter à leur sujet.

La première personne qu'Odwyn aperçut fut Katlyn. Elle se tenait en haut de l'escalier du donjon central. Souriante, elle lui adressa un petit signe de la main. Il lui rendit timidement son salut.

Accouru avec Cecil, Orlando prit le cheval de Rowan par la bride et glissa avec une mimique expressive :

– On se demandait si vous n'étiez pas tombés aux mains de Mordred...

– Il s'en est fallu de peu, répondit Rowan sur un ton absent. Ses hommes nous ont suivis pendant un bon bout de temps.

Il n'arrêtait pas de regarder dans tous les sens.

– Et vous les avez semés ?

– Non, répondit sèchement Rowan, la mine renfrognée. Ou plutôt...

– Quoi donc ? s'impatienta Cecil. Raconte ! Que s'est-il passé ?

– Ils nous ont rattrapés, expliqua Odwyn. Mais dans les marais. Et ils se sont noyés sous nos yeux.

À sa tête, Cecil comprit que ce souvenir était pénible et que son camarade n'avait pas envie d'en parler. C'était un garçon plein de tact. Il se garda d'insister.

Odwyn se mit à décharger son barda.

– Qu'est-ce que c'est ? demanda Orlando en désignant le coffre du menton.

– Courez prévenir Merlin ! ordonna Rowan à Cecil. Dites-lui que nous avons les ingrédients nécessaires à la préparation du remède.

– Là-dedans ? s'étonna Cecil.

– Qu'attendez-vous pour faire ce qu'on vous demande ? s'emporta Rowan. Dépêchez-vous, morbleu !

Orlando fronça les sourcils :

– C'est bon, c'est bon, on y va... Pas la peine de t'énerver comme ça !

Cecil et lui échangèrent un regard ironique et s'éloignèrent en direction de la tour.

Odwyn se demandait quelle mouche avait piqué son ami. C'était bizarre, pendant tout le trajet du retour, il avait été d'excellente humeur. Alors pourquoi...

Soudain, la lumière se fit dans son esprit.

– Ne t'inquiète pas, lui dit-il, tandis qu'ils conduisaient leurs chevaux à l'abreuvoir. Si elle n'est pas venue te saluer, c'est qu'elle n'a pas pu se libérer...

– De qui veux-tu parler ?

– Aileen. J'ai bien vu que tu la cherchais partout.

Rowan ne répondit rien. De retour à l'écurie, l'œil noir, il dessella son cheval comme si sa vie en dépendait. Au bout d'un certain temps, il se redressa et grommela :

– Je rentre après plus de quinze jours d'absence, elle savait pertinemment que notre mission était dangereuse, et elle n'interrompt pas ce qu'elle est en train de faire pour m'accueillir ? Par Dieu, même ta Katlyn était là pour te souhaiter la bienvenue !

Odwyn faillit rétorquer que ce n'était pas *sa* Katlyn, mais il sentit que ce n'était pas le moment.

Complètement abattu, Rowan se laissa choir sur une botte de paille.

– Je ne sais pas pourquoi, articula-t-il dans un souffle, j'ai l'impression que ma vie est en train de basculer.

Désemparé, Odwyn suggéra du bout des lèvres :

– Peut-être pourrais-tu demander conseil à Gauvain ? Les affaires de cœur, manifestement, ça le connaît !

– Odwyn, *s'il te plaît* ! gronda Rowan. Je ne vais quand même pas m'adresser à ce vieil ivrogne ! Comment veux-tu qu'un poivrot comme lui comprenne quoi que ce soit à...

Interrompu par un toussotement, il se retourna en sursaut. Dans la porte s'encadrait la haute silhouette d'Arthur. Le roi n'était pas seul. La plupart des chevaliers de la Table ronde, dont Gauvain, l'accompagnaient. Il y avait fort à parier qu'il avait tout entendu.

Rowan se tassa sur lui-même et maugréa :

– Quand on parle du loup...

Arthur passa sans un mot devant les deux écuyers et se dirigea, comme aimanté, vers le coffre. Il le considéra un instant debout ; puis, religieusement, il s'agenouilla et en caressa le couvercle de bois.

Les yeux du roi brillaient d'une telle convoitise qu'Odwyn en fut choqué. Si cet objet contenait bien le Graal, l'endroit était mal choisi pour l'ouvrir. Quoi ? Pas de cérémonie grandiose ? Pas de festivités ? Arthur était-il donc à ce point impatient qu'il ne pouvait attendre plus longtemps ?

– Griswald ! appela le roi. Viens ici !

Le maître armurier s'approcha, muni d'un certain nombre d'outils. Il les disposa soigneusement sur le sol et en choisit un.

Brusquement, Odwyn sentit qu'on lui touchait l'épaule. C'était Merlin.

– Salut à toi, Gwydion, chuchota le vieux mage à son oreille. Vous avez fait bonne route ?

– Si on veut, répondit le garçon sans entrer dans les détails. En tout cas, nous avons fait bonne pêche. Votre idée était excellente : nous vous rapportons non seulement les ingrédients dont vous avez besoin, mais aussi le Graal.

– Le Graal ? répéta Merlin avec une grimace ironique. Ah bon ?

Odwyn ne se laissa pas démonter :

– Coundrie m'a aussi chargé de vous dire qu'elle estime avoir payé sa dette. Désormais, vous êtes quittes.

Entre-temps, Griswald avait essayé d'ouvrir la caisse avec différents outils, en vain. Il prit une grosse pince et fit une nouvelle tentative qui se révéla aussi infructueuse que les précédentes.

À force, Arthur commençait à s'énerver. Il regarda Griswald s'escrimer encore quelques instants, puis, perdant patience, il se redressa, le bouscula et tira Excalibur de son fourreau.

– Écartez-vous, tous autant que vous êtes ! cria-t-il d'une voix sourde.

Saisissant l'épée à deux mains, il la brandit au-dessus de sa tête... et l'abattit de toutes ses forces.

Il manqua son coup. Il avait tapé à côté.

Il fronça les sourcils, surpris, et se prépara à frapper encore.

Cette fois, la lame atteignit la serrure et la brisa, dans une gerbe d'étincelles. Satisfait, Arthur rengaina son épée, puis il s'agenouilla derechef devant le coffre et en souleva imperceptiblement le couvercle.

Tous retenaient leur souffle. Le roi leur tournait le dos, aussi ne voyaient-ils ni l'expression de son visage, ni ce que contenait le coffre. Enfin, au bout de longues minutes, le roi se releva et fit volte-face. Il était livide et avait l'air bizarrement dérouté. Dans ses mains, il tenait non une coupe, mais... un énorme crâne.

Un murmure parcourut l'assistance.

– Raté ! Ça, ce n'est pas le Graal ! lança Gauvain.

Sa remarque n'amusa personne.

Merlin s'avança.

– Donnez-moi ce crâne, Majesté.

Soudain, un déclic se produisit dans la tête d'Odwyn.

– Bran ! s'écria-t-il. Bran de Corbenic !

Merlin sourit en coin. Hochant la tête, il demanda :

– Ah ! je vois que tu as fait sa connaissance... Lui as-tu posé la question qu'il fallait ?

Odwyn opina du chef.

– Suis-je bête..., murmura le vieux mage. C'est évident. Sinon, tu n'aurais jamais pu mettre la main sur ce trésor.

– Ce *trésor* ? répéta Gauvain ironique. Je voudrais bien savoir en quoi ce crâne, certes particulièrement volumineux, peut avoir une valeur quelconque ?

Perceval se détacha du groupe et déclara après avoir observé les restes du roi Bran :

– Il existe une vieille légende selon laquelle l'ennemi n'aura plus de prise sur cette île dès lors que ces os reposeront en terre de Bretagne. Et il paraîtrait, toujours selon cette même légende, que Bran de Corbenic descendrait directement des dieux antiques.

– Alors, ça voudrait dire que ces os n'étaient pas... en terre de Bretagne ? bredouilla Rowan, en proie à la plus extrême confusion.

– Non, répondit Odwyn. Goon du Désert a dû sentir que son royaume risquait de tomber aux mains de Mordred, et il a caché cette caisse à un endroit de son château où il était sûr que personne ne le trouverait.

Arthur dissimulait mal sa colère. Si prestigieuse fût-elle, cette relique ne l'intéressait pas.

Il sortit de l'écurie sans un regard pour ses chevaliers.

Merlin prit doucement le crâne des mains de Perceval et le reposa dans le coffre avec les autres ossements.

– Je le garderai chez moi jusqu'à ce que nous ayons décidé de ce que nous voulons en faire, déclara-t-il.

Il n'y eut aucune objection. Les chevaliers se retirèrent un à un. Bientôt, il ne resta plus que Merlin avec les deux garçons. Odwyn se rendit compte alors qu'il n'avait pas vu Kay, et son cœur se serra. Comme Rowan devait se sentir seul ! Ni Aileen ni le sénéchal n'avaient jugé bon de venir l'embrasser.

Odwyn ouvrit la bouche pour le réconforter, mais son ami ne lui en laissa pas le temps. Le visage fermé, il quitta l'écurie sans un mot.

Merlin le suivit des yeux.

– Pauvre garçon ! le plaignit-il sur un ton qui paraissait sincère. Je me fais du souci pour lui. Aucun fils ne mérite d'être traité si durement par son père.

– Sire Kay est-il encore furieux d'avoir dû nous laisser partir ?

– À moins qu'il ne vous en veuille d'être rentrés si vite, entiers et, surtout, les mains pleines...

Odwyn n'en crut pas ses oreilles :

– Quoi ? Vous insinuez... qu'il aurait souhaité que son fils meure en cours de route ?

– Ce n'est pas ce que j'ai voulu dire. Il a trop besoin de Rowan. Cependant, il aurait sans doute préféré que vous échouiez dans votre mission. Pour lui, le retour de Lancelot est la pire catastrophe possible. Tous deux se haïssent. Or Lancelot a toujours eu la faveur du roi, bien plus que Kay. S'ils n'avaient pas été l'un et l'autre des chevaliers de la Table ronde, ils se seraient certainement entretués.

Il marqua une pause avant d'ajouter :

– Pauvre Rowan ! Malheureusement, on ne peut rien pour lui. C'est à lui de décider s'il veut continuer à être une marionnette entre les mains de son père, ou vivre comme il l'entend. Où sont les ingrédients que t'a donnés Coundrie ?

Odwyn prit une sacoche dans ses affaires et la lui tendit. Merlin y jeta un bref coup d'œil et hocha la tête d'un air approbateur :

– Parfait ! Dépêchons-nous d'aller préparer ce remède...

Chapitre 16

Disputes à la Table ronde

Les jours suivants, il régna à Camelot un calme trompeur. Chacun vaquait à ses occupations en évitant soigneusement d'aborder la question du Graal ou des ossements trouvés dans le coffre rapporté par Odwyn et Rowan. Mais la tension était palpable. Dans ce climat pesant, tous attendaient que le roi prenne la parole.

Mais Arthur restait muet !

On ne le voyait plus. Depuis qu'il avait ouvert le coffre rapporté par Odwyn et Rowan, il vivait retranché dans ses appartements, servi par une petite poignée de valets triés sur le volet, et ne recevait personne.

La reine Guenièvre et la princesse Aileen ne se montraient pas non plus. Les mauvaises langues prétendaient qu'elles étaient confinées chez elles sur ordre du roi. Parmi les motifs invoqués, celui qui revenait le plus souvent était la jalousie.

Les chevaliers qui avaient assisté à l'ouverture du reliquaire avaient une autre interprétation. Eux mettaient le comportement du roi sur le compte de sa déception. À leurs yeux, il était clair que le vieil homme avait subi un choc dont il ne se remettait pas. Certains allaient même jusqu'à le dire atteint de démence sénile.

Il ne se trouva personne pour démentir ces racontars. Le seul qui aurait pu ramener le calme dans les esprits était Merlin, mais il ne sortait pas de chez lui, consacrant tout son temps à essayer de sauver Lancelot.

Dans cette atmosphère délétère, Kay faisait figure d'exception. En tant que sénéchal, c'était à lui d'assurer la bonne marche du royaume en l'absence du souverain. Selon son habitude, il menait tout le monde à la baguette. Peu lui importaient le rang ou la fortune, chacun était prié d'accomplir son devoir.

Et nul ne s'en plaignait, Odwyn moins que tout autre.

Leur emploi du temps étant réglé comme du papier à musique, les écuyers enchaînaient leçon sur leçon. Odwyn progressait à vue d'œil. Il montait de mieux en mieux à cheval et devint très vite excellent cavalier. Il se révéla exceptionnellement doué pour le tir à l'arc. En une semaine, il rattrapa tous ses camarades. Huit jours plus tard, pas un n'égalait son habileté.

Rowan était tel qu'en lui-même. Sans doute souffrait-il de la froideur de son père et de la désaffection d'Aileen, mais il ne le montrait pas. Parfois, quand il se croyait seul, il posait son masque, et Odwyn voyait bien combien il était malheureux.

En plus de son entraînement, Odwyn avait repris les cours de lecture et d'écriture. Chaque fois qu'il en avait le loisir, il se plongeait dans l'abécédaire prêté par Katlyn. À présent, non seulement il maîtrisait l'alphabet, mais il savait aussi lire et écrire une dizaine de mots latins.

Katlyn n'avait jamais évoqué la posture scabreuse dans laquelle tous deux avaient été surpris par Merlin, et Odwyn lui en savait gré, car cet incident le rendait malade de honte. Ah ! si seulement il avait pu l'effacer de sa mémoire ! D'ailleurs, et c'était un signe supplémentaire de la morosité ambiante, plus personne ne faisait des gorges chaudes à ce sujet. Les plaisanteries vaseuses sur Katlyn et lui avaient cessé. Les gens vivaient chacun pour soi.

Odwyn s'adonnait à l'étude avec une application sans faille. Puisqu'il avait la possibilité de s'instruire, il était décidé à en profiter. D'autant que l'évolution de la situation, pour la première fois, lui donnait à penser que Camelot ne résisterait pas toujours aux agressions du monde extérieur et qu'il avait intérêt à être bien armé pour l'existence.

Ce soir-là, quand il se présenta à la porte de Katlyn, la jeune fille lui ouvrit avant qu'il ait eu le temps de frapper :

– Te voilà enfin ! dit-elle en sortant dans le couloir. Merlin veut te voir.

Odwyn fronça les sourcils.

– Que se passe-t-il ?

– Je ne sais pas... J'ai l'impression qu'il s'agit de Lancelot.

Odwyn sentit son pouls s'accélérer. Redoutant le pire, il s'élança derrière la jeune fille. Ils traversèrent la cour au pas de course et montèrent quatre à quatre l'escalier en colimaçon qui conduisait aux appartements du vieux mage. Celui-ci les accueillit avec un sourire chaleureux. Il avait l'air épuisé mais serein.

– Les nouvelles sont bonnes ! annonça-t-il en s'écartant pour les laisser entrer.

Et il ajouta à l'adresse de Katlyn :

– Je n'ai pas eu le temps de ranger la bibliothèque. Si tu veux bien, j'aimerais que tu y mettes un peu d'ordre...

La jeune fille acquiesça, traversa la chambre du malade le plus furtivement possible et disparut par la porte du fond.

Odwyn avança d'un pas. Lancelot, assis dans son lit, mangeait de la bouillie. Il semblait aller beaucoup mieux. Certes, il n'avait encore que la peau sur les os – et encore... elle était toute parcheminée –, mais il n'avait plus l'horrible teint cireux qu'il lui connaissait.

Tournant la tête, il sourit à Odwyn :

– Bonjour Gwydion ! Je ne me trompe pas, c'est bien toi, n'est-ce pas ?

Odwyn opina de la tête, surpris. Rares étaient ceux qui connaissaient son vrai nom.

– Donc, c'est à toi que je dois la vie. Merlin m'a tout raconté.

Il lui tendit la main. Odwyn la lui serra timidement.

– Vous me faites trop d'honneur, messire. En réalité, si vous reprenez le dessus, c'est sans doute grâce au contrepoison que Merlin vous a préparé avec les ingrédients que Rowan est allé chercher au pays de Galles. Moi, je n'ai fait que l'accompagner.

– Rowan ? répéta Lancelot, surpris, en se tournant vers Merlin. Le fils de Kay ?

Merlin fit oui de la tête.

Lancelot leva les yeux au ciel et murmura avec tristesse :

– Quand j'ai quitté Camelot, c'était un bambin qui baragouinait à peine quelques mots !

Il se tut quelques instants et reprit d'une voix étranglée :

– Je n'arrive pas à croire que tant d'années ont filé... Le pire, c'est que je ne me souviens de rien ! Je suis passé complètement à côté de ma vie...

– Courage ! l'exhorta Merlin en s'asseyant au bord du lit. Tout n'est pas encore perdu. Il se peut que la mémoire vous revienne.

– Vous croyez ? murmura Lancelot, plein d'espoir.

– Je n'en doute pas, répondit le vieux mage en lui tapotant la main d'un geste rassurant. J'ai déjà vu des guérisons autrement plus extraordinaires.

Le chevalier se força à sourire. Se tournant alors vers Odwyn, il dit :

– Merlin m'a raconté des choses étonnantes sur ton compte... Il paraît que tu as évité à Camelot de tomber aux mains des Saxons ?

Le garçon, gêné, se racla la gorge :

– J'ai retroussé mes manches, comme tout le monde. Mais les véritables héros, ceux qui ont sauvé Camelot, ce sont les preux qui ont perdu leur vie dans la bataille. Pas moi.

Lancelot hocha la tête.

– Et modeste, en plus ! Voilà qui nous change des autres écuyers, tous ces garçons bien nés et ces petits nobliaux de province qui refusent d'admettre qu'ils sont nés pour servir. La chevalerie ne connaît pas de vertus plus élevées que la générosité et l'abnégation.

– Peut-être parce que je suis fils de paysan, avoua Odwyn qui aimait autant l'informer lui-même de ses humbles origines plutôt que de laisser quelqu'un d'autre s'en charger.

– Il plaisante ! s'exclama Lancelot avec un regard interrogateur en direction de Merlin.

Le conseiller du roi secoua la tête.

– Nenni ! C'est la vérité.

– Ça alors ! laissa échapper le malade. Comment t'es-tu fait admettre à la cour ?

Au souvenir de son aventure, Odwyn eut un petit sourire.

– Un jour où la princesse Aileen est sortie se promener seule avec sa suivante dans la forêt, elle est tombée sur une harde de sangliers. Le hasard a voulu que je passe par là au même moment. J'ai réussi à disperser les animaux...

– Tu étais armé ? s'étonna Lancelot.

– Non. D'ailleurs, même si j'avais été assez fort pour manier l'épée, en les attaquant de front, je me serais fait massacrer ! J'ai agi par ruse.

Le malade réfléchit quelques instants en silence.

– Est-il exact que tu m'as ramené ici et que je serais mort, sinon ?

– Je vous ai ramené ici, en effet. Mais c'est à Merlin que vous devez d'être encore en vie.

– Où m'as-tu trouvé ?

– La première fois que je vous ai vu, c'était au bord d'un lac, non loin de Bodmin Moor.

Lancelot sourit faiblement.

– Ainsi, même dans l'état où j'étais, mes pieds m'ont porté jusque chez moi...

Odwyn écarquilla les yeux.

– Alors, ce que l'on raconte est vrai ? Vous êtes le fils de la Dame du Lac ?

– Oui...

– Pourtant..., balbutia Odwyn, elle a l'air beaucoup plus jeune que vous !

Lancelot ouvrit la bouche, mais sa réponse lui resta dans la gorge.

– Quoi ? s'étrangla-t-il. Tu l'as rencontrée ?

Odwyn confirma :

– Une fois où j'ai failli me noyer. Elle m'a sauvé la vie.

Lancelot le fixa.

– Et tu es certain de n'être qu'un vulgaire laboureur ? D'habitude, Viviane ne se montre pas au commun des mortels !

Odwyn rougit sous l'insulte. Il ouvrit la bouche pour répliquer, mais Merlin fut plus rapide que lui :

– C'est assez, Lancelot a besoin de se reposer, à présent. Et puis, je te rappelle que tu es attendu pour ta leçon, Gwydion. Hâte-toi de rejoindre Katlyn.

Le garçon le considéra d'un air stupéfait. Mais le vieux mage lui désigna la porte du fond d'un geste impérieux, et il comprit qu'il était inutile d'insister. Il s'inclina devant Lancelot et monta à la bibliothèque.

En débouchant de l'escalier, il se heurta à Katlyn qui transportait une pile de livres.

– Oh, pardon ! s'excusa-t-il, confus.

– Ce n'est rien, fit-elle en détournant la tête.

Et elle ajouta en désignant la table du menton :

– Installe-toi, j'en ai pour une minute.

Odwyn aimait bien les moments qu'il passait en sa compagnie. Mieux il la connaissait, plus il l'appréciait. Contrairement à la plupart de ceux qu'il côtoyait à Camelot, elle avait l'esprit délié et un jugement sûr. Son naturel réservé cachait des idées bien arrêtées. Elle portait un regard critique sur ce qui se passait autour d'elle mais, prudente, elle se tenait soigneusement à l'écart des commérages et des intrigues qui constituaient l'essentiel de la vie de cour.

En général, elle gardait ses opinions pour elle. Cependant, quand on lui demandait son avis, elle le donnait sans détour, tout en veillant à formuler sa réponse avec tact, de façon à ne blesser personne.

Odwyn comprenait très bien que Merlin l'ait désignée pour être son professeur. Elle était d'un naturel patient, toujours d'humeur égale, et savait expliquer en termes simples les choses les plus compliquées.

Or, là, elle avait la tête ailleurs. Elle ne cessait de se mordiller les lèvres et répondait évasivement à ses questions.

Au bout d'un moment, n'y tenant plus, il repoussa sa tablette et son stylet, et dit en la fixant :

– Quelque chose te tracasse.

Pour toute réponse, Katlyn hocha la tête.

– Tu peux parler sans crainte, reprit Odwyn. Je sais tenir ma langue.

Elle hésita un long moment, puis se jeta à l'eau :

– Je me fais du souci pour le roi. Depuis le retour de Lancelot, il n'est plus le même. Il râle en permanence, il est irascible, tyrannique...

– Peut-être la présence de Lancelot ravive-t-elle de vieilles blessures..., suggéra Odwyn.

– Qu'est-ce qui te fait penser ça ?

– On m'a raconté que le chevalier et la reine...

– Je vois, l'interrompit Katlyn avec un sourire énigmatique. Mais, tu sais, il faut se méfier des bruits de couloir. La plupart du temps, ils sont faux.

Elle marqua une pause, sourcils froncés comme si elle cherchait par où commencer, et reprit :

– À l'époque des faits, Arthur n'était pas le grand roi qu'il est aujourd'hui. Camelot n'était encore qu'un petit fort en bois construit sur les ruines d'un ancien temple romain et la Table ronde venait juste de naître. Un jour, Guenièvre fut enlevée par un parvenu du nom de Méléagant. Lancelot, qui avait entendu parler de la Table ronde et souhaitait y être admis, vit là l'occasion de se distinguer, et il se proposa pour délivrer la reine. Méléagant ne lui arrivait pas à la cheville. À lui seul, Lancelot réussit à forcer les défenses de sa citadelle et il ramena Guenièvre saine et sauve à Arthur. Dès lors, le roi ne jura plus que par lui. Kay, qui avait toujours occupé la place de favori, en prit ombrage...

– Voilà pourquoi il le hait ! s'exclama Odwyn.

– Kay a tout de suite compris qu'il ne faisait pas le poids contre lui, confirma Katlyn. Du coup, il a cherché le moyen de se débarrasser de lui. Hélas ! il a trouvé ! Car la reine s'était éprise de Lancelot. Il leur a tendu un piège de façon à ce que lui soit suspecté de haute trahison, et elle, d'adultère. C'était une accusation très grave. Cependant, la culpabilité de Guenièvre et Lancelot n'ayant jamais pu être prouvée, Merlin réussit à convaincre le roi que le mieux était de tirer un trait sur cette affaire. Bien sûr, même si Lancelot était très apprécié de la plupart des chevaliers, il ne pouvait plus être question de l'admettre à la Table ronde. Alors, pour l'éloigner sans perdre la face ni désavouer Kay, Arthur lui confia une mission...

– La quête du Graal ! devina Odwyn.

Katlyn opina :

– Lancelot comprit que c'était sa seule chance de laver son honneur. Toutefois, soucieux d'assurer ses arrières, il demanda que son siège à la Table ronde reste vacant jusqu'à son retour.

La lumière se fit dans la tête d'Odwyn. Tout concordait.

– Et il a volé les derniers feuillets du manuscrit de Joseph d'Arimathie ! Il espérait trouver le Graal très rapidement et revenir à Camelot en héros !

Katlyn ouvrit des yeux ronds.

– Alors, toi aussi, tu crois que c'est Lancelot qui a fait le coup ?

Ce fut au tour d'Odwyn d'être ahuri.

– Oui, pourquoi ? Pas toi ?

– Certainement pas. Merlin est peut-être très âgé, mais il n'est pas inconscient au point de se laisser voler ce qu'il a de plus précieux.

– Hein ? s'étrangla Odwyn. Alors... il aurait délibérément confié les feuillets à Lancelot ?

– L'autre jour, en mettant de l'ordre, je suis tombée sur ceci, répondit-elle en se levant.

Elle prit un petit porte-documents en cuir dans les rayonnages et en sortit quelques feuillets, qu'elle tendit à Odwyn.

– Merlin a bien donné l'original à Lancelot. Mais, avant, il en avait fait une copie.

Odwyn secoua la tête, abasourdi. Il n'y comprenait plus rien.

– Mais... pourquoi aurait-il fait une chose pareille ?

– Peut-être..., murmura Katlyn tout bas, peut-être pour précipiter la fin de Camelot. Lancelot a demandé à reprendre sa place à la Table ronde. À l'heure où je te parle, le roi et les chevaliers examinent sa requête...

Odwyn bondit de sa chaise. Cecil avait raison, Camelot était rattrapé par ses démons.

Sans prendre congé de Katlyn, il s'engouffra dans l'escalier et traversa la chambre à toute allure, cherchant Merlin des yeux. Mais il ne le vit pas. Sans doute le vieux mage participait-il au conseil. Quant à Lancelot, il dormait profondément.

Que faire ? se demanda Odwyn.

Soudain, il lui vint une idée.

À la cuisine, c'était la panique. L'usage voulait que les réunions de la Table ronde soient suivies d'un festin. Évidemment, comme le roi avait convoqué ses barons à l'improviste, rien n'était prêt. Maître Anselme s'arrachait les cheveux et distribuait des ordres et des contrordres à ses marmitons qui couraient dans tous les sens. Les servantes plumaient des poulets que les tournebroches faisaient rôtir dans l'immense cheminée où rugissait un feu d'enfer.

Au milieu de toute cette effervescence, personne ne fit attention à Odwyn qui put ainsi se faufiler ni vu ni connu dans le cellier attenant à la cuisine. Il prit une chandelle sur une étagère, s'assura que personne ne l'avait remarqué, et referma la porte derrière lui.

Muni de son lumignon, il écarta la caisse qui masquait l'entrée des souterrains, souleva la trappe et se glissa dans l'ouverture.

Il avait déjà emprunté ce chemin une fois, lorsqu'il avait quitté le château en douce pour délivrer Aileen des griffes de Mordred. Il tourna à gauche à plusieurs reprises et parvint à une petite niche, un endroit ultrasecret d'où l'on avait vue sur la salle du trône. De là, une galerie conduisait jusqu'au donjon principal. Il la suivit jusqu'à un minuscule escalier en colimaçon aux marches à peine assez larges pour y poser les pieds, et s'y engagea le cœur battant. À présent, il avançait en terrain inconnu. Mais si son intuition était bonne...

– Par Dieu, éteins cette lumière ! gronda une voix dans l'obscurité lorsqu'il déboucha au dernier étage. Tu tiens à nous faire repérer ?

Odwyn sursauta :

– Aileen ?

– Ta lampe ! siffla-t-elle entre ses dents.

Il souffla sa chandelle.

– Ici, il faut savoir se déplacer les yeux fermés, chuchota Aileen. Mais, au fait, comment es-tu arrivé jusqu'ici ?

– Quand j'ai dit à sire Ulfin que j'avais l'intention de te délivrer, il m'a livré quelques petits secrets, dont le plan des souterrains... Il fallait que je quitte Camelot sans me faire voir...

– Ah, alors, c'était lui, le mouchard ! murmura la jeune fille sur un ton songeur. Maintenant, je comprends pourquoi la trappe était toujours si difficile à soulever. Il a dû vendre la mèche à mon grand-père, qui aura ordonné de condamner l'accès.

Plissant le front, elle ajouta :

– Qu'est-ce que tu fabriques ici ?

– C'est à moi de te poser la question ! répliqua Odwyn avec irritation. Voilà deux semaines que nous sommes rentrés, et tu nous fuis ! Rowan est fou d'inquiétude.

Elle n'eut pas l'air impressionnée :

– Je ne vois pas pourquoi... Guenièvre et moi avons interdiction de sortir de nos chambres.

– Quoi ? Vous êtes enfermées ?

– Pas à clef. Mais le résultat est le même. Depuis votre retour, Arthur est d'une humeur de dogue. Ce n'est pas le moment de lui désobéir.

– C'est à cause du coffre que nous avons rapporté du pays de Galles, expliqua Odwyn. Rowan et moi croyions qu'il contenait le Graal...

– Et alors ? le pressa Aileen.

– Hélas ! nous nous trompions. Quand Arthur l'a ouvert, il n'y a trouvé que les ossements d'un roi disparu il y a très longtemps.

– Il ne manquait plus que ça..., grommela Aileen. Comme s'il avait besoin qu'on lui rappelle sa condition mortelle ! Il voit bien que l'œuvre de toute sa vie est menacée et que le temps lui est compté. La seule chose qui pourrait le sauver, c'est le Graal. En attendant, chaque jour qui passe le rend plus nerveux.

– Quoi ? s'affola Odwyn. Le roi se meurt ?

Aileen mit un doigt sur ses lèvres.

– Chut, pas si fort ! Il décline, c'est clair. Il n'a plus l'esprit aussi vif qu'il y a quelques années. Il a des idées fixes et se comporte parfois d'une manière qui n'est pas sans rappeler mon père !

Mordred ! Depuis la blessure que lui avait infligée le sénéchal treize ans auparavant, le bâtard d'Arthur – et le pire ennemi de Camelot – avait basculé dans la folie. Il avait des réactions totalement imprévisibles. Odwyn ne pouvait s'imaginer Arthur suivant le même chemin.

De l'autre côté du mur leur parvint une sonnerie de cor. D'un même mouvement, Aileen et Odwyn collèrent l'œil à une fente dans la muraille. Comme le garçon l'avait prévu, ici aussi, on pouvait voir sans être vu.

Debout autour de la table ronde, les chevaliers attendaient le roi. Enfin, celui-ci fit son entrée. Il donnait le bras à la reine. Merlin marchait derrière eux.

– Que tous les serviteurs se retirent ! aboya Arthur. La séance se déroulera à huis clos. Quant à vous, chevaliers, je vous avertis : si un seul mot de ce que nous nous dirons sort de ces murs, je châtierai le félon en lui arrachant la langue de ma main !

Odwyn frissonna. En espionnant les débats, il prenait un risque considérable.

Arthur attendit que les valets soient sortis jusqu'au dernier pour annoncer :

– Les choses se sont passées comme prévu. Les deux écuyers que nous avons envoyés au pays de Galles sont allés jusqu'à Dinas Emrys. Mais ils n'ont pas trouvé le Graal. Je suppose que Goon du Désert l'a caché en lieu sûr avant que Mordred n'attaque sa citadelle. Quoi qu'il en soit, le coffre que Rowan et Odwyn ont rapporté ne contenait que les ossements du roi Bran de Corbenic. Afin que s'accomplisse la prophétie, j'ai l'intention d'organiser une cérémonie au cours de laquelle nous enterrerons les restes de Bran de Corbenic en grande pompe.

– Pourtant, vous semblez chagrin, Majesté, observa Tristan. Ces deux garçons ont rapporté ces précieuses reliques au péril de leur vie, et on pourrait presque croire que vous leur en voulez !

Des remous agitèrent l'assistance. La remarque était d'une impertinence inouïe.

– Sire Tristan ! le tança Kay. Faut-il vous rappeler le respect que vous devez au roi ?

– Depuis quand le roi a-t-il besoin d'un chien de garde ? rétorqua Tristan avec colère. Si je lui ai manqué de respect, qu'il m'en fasse le reproche lui-même !

– Qui a dit que j'avais besoin d'un chien de garde ? rugit Arthur. Je suis encore capable de me défendre seul ! Cependant, il est bon de savoir sur qui on peut compter...

Promenant le regard sur ses barons, il ajouta d'une voix sourde :

– Il y a les vrais amis... et les autres !

Ce propos déclencha un véritable tollé. Les chevaliers s'envoyaient des insultes à la figure, certains semblaient même sur le point d'en venir aux mains. Merlin, tassé sur sa chaise, se frotta les yeux d'un air las. À côté de lui, la reine Guenièvre se tenait parfaitement immobile. Raide comme un piquet, elle affichait un visage de pierre.

Gauvain réclama le silence. Puis il déclara sur un ton de colère contenue :

– Majesté, vous savez que vous avez toujours pu vous appuyer sur nous, même lorsque les temps étaient difficiles. À aucun moment notre loyauté ne vous a fait défaut. Cependant, il nous semble que vous perdez le sens des réalités. La quête du Graal est une mission sacrée, certes, mais doit-elle être notre priorité alors que le royaume se désagrège ?

– Si le royaume est menacé, c'est de l'intérieur ! répondit Arthur, glacial. Qui entendez-vous par « nous » ?

– Nous tous, avoua Gauvain.

– Pas tous ! cria Kay. Je n'en suis pas !

Gauvain soupira :

– C'est bien le problème... Il serait bon, Sire, que vous prêtiez un peu moins foi aux allégations du sénéchal et que vous écoutiez un peu plus vos barons... Sans quoi la Table ronde n'a plus lieu d'être.

Kay bondit de sa chaise.

– Vous parlez comme ce félon d'Ulfin !

– Qui a eu le grand tort de dire tout haut ce que chacun pensait tout bas, répliqua Tristan du tac au tac.

– Trahison ! hurla Kay.

Tristan prit un air apitoyé.

– Ne soyez pas ridicule, sire Kay. Ce n'est un secret pour personne que Camelot dort sur ses lauriers. Mais cela ne vous tracasse pas. La vérité, c'est que vous avez des vues sur le pouvoir. Et que, en demandant à reprendre sa place à la Table ronde, Lancelot risque de contrarier vos projets.

– Qu'essayez-vous d'insinuer ? siffla le sénéchal entre ses dents.

– Oh, c'est très simple : Arthur n'a pas d'autre héritier que Mordred. Tous, nous savons qu'il ne fait pas bon approcher celui-ci de trop près. Et, tous, nous savons que vous rêvez de voir votre fils Rowan monter sur le trône. Pour donner un semblant de légalité à ce qui serait un coup d'État, vous faites tout pour qu'il épouse la princesse. Mais personne n'est dupe de vos manigances !

Kay devint livide.

– Le mieux, c'est que je ne suis pas opposé à cette idée, figurez-vous, poursuivit Tristan sans s'émouvoir. Tous, ici présents, nous sommes déjà très âgés. Le seul moyen d'éviter la ruine de Camelot serait de passer le flambeau à la génération suivante. Je crois même que Rowan pourrait être un bon roi – à condition que son arriviste de père le laisse respirer au lieu d'être tout le temps sur son dos !

Cette fois, c'en était trop. Ivre de rage, Kay dégaina son épée et se rua en avant, prêt à lui trancher la gorge. Les autres se jetèrent sur lui pour l'en empêcher.

– Il suffit ! tonna Arthur. Reprenez-vous, sire Kay !

Kay eut un instant de flottement. Mais le regard que lui décocha le roi eut raison de sa résistance. Il remit son épée dans son fourreau.

– Et vous, lança le roi aux chevaliers, asseyez-vous !

Quand le calme fut à peu près revenu, Arthur déclara d'une voix lasse :

– Pauvres fous ! Si vous essayez de vous entretuer, autant ouvrir tout de suite nos portes aux Saxons... Bon, pour mettre fin à cette discussion pénible et clore le chapitre une fois pour toutes, je décide de rejeter la requête de Lancelot.

– Ce n'est pas si simple, Majesté ! objecta Merlin. Vous avez vous-même instauré à Camelot un mode de gouvernement fondé sur l'égalité entre les chevaliers. Pour être adoptée, une décision doit recueillir la moitié des suffrages. Votre voix ne suffit pas, Sire.

– Merlin a raison ! approuva Gauvain. Que ceux qui s'opposent à la réintégration de Lancelot se fassent connaître !

Le roi était blême de fureur. Cependant, c'était la règle, en effet. Lentement, il leva la main. Seul Kay l'imita.

– Et maintenant, qui est pour ? demanda Gauvain.

Toutes les mains se levèrent. Toutes, y compris celle de Guenièvre, qui disposait d'une voix au même titre que les autres. En voyant que la reine se prononçait en faveur de Lancelot, tous se figèrent. Pour Arthur, c'était un désaveu terrible. Tout à coup, on aurait entendu une mouche voler.

– Qui s'abstient ? articula Gauvain dans un souffle.

– Moi ! annonça calmement Merlin.

– Alors, Lancelot redevient chevalier de la Table ronde, conclut Gauvain.

– Pas si vite ! protesta Kay. Quand on prétend s'en tenir aux règles, on ne peut pas les détourner à son profit ! Or, je vous le rappelle, tout chevalier qui sollicite son admission à la Table ronde doit vaincre au tournoi ceux qui ont voté contre lui !

– Qu'est-ce que c'est que cette histoire ? s'exclama Tristan.

– Sire Kay a raison, confirma Gauvain. C'est la règle. Simplement, comme les candidats ont toujours été acceptés à l'unanimité jusqu'ici, elle n'a jamais eu à être appliquée.

– Soit ! trancha Arthur. Le tournoi aura lieu le jour de la Saint-Jean. La séance est levée.

Sans un regard pour la reine, il se leva et quitta la salle.

Odwyn, complètement sous le choc de ce qu'il avait vu et entendu, s'assit sur la plus haute marche de l'escalier. Les pensées s'entrechoquaient dans sa tête. Il savait qu'il y avait des divergences d'opinion au sein de la Table ronde et que Lancelot divisait les esprits, mais il ne s'attendait pas à une dissension aussi profonde. La rupture paraissait inévitable. Manifestement, Arthur avait perdu l'appui non seulement de ses hommes, mais aussi de la reine. Elle n'avait pas dit un mot de toute la réunion, mais son vote ne laissait aucun doute sur son point de vue.

Aileen s'assit à côté d'Odwyn :

– Triste spectacle... Je crains que ce ne soit le commencement de la fin...

Odwyn secoua la tête. Il n'en revenait toujours pas de la partie qui venait de se jouer sous ses yeux.

– Tu te rends compte..., murmura-t-il. Ils sont passés à un cheveu de s'entretuer !

– Il me semble que Tristan a bien résumé la situation, fit Aileen. Il aurait fallu qu'Arthur se préoccupe beaucoup plus tôt de désigner un successeur...

– Mais..., balbutia Odwyn. Et Rowan ? Je croyais que...

– Oublie Rowan ! le coupa Aileen sèchement. Il est beaucoup trop sous la coupe de son père. Il n'arrivera jamais à s'émanciper. Pour cela, il faudrait qu'il ait ton courage, ta perspicacité et ton autorité naturelle.

– Tu plaisantes ? ricana Odwyn, qui n'avait pourtant pas le cœur à rire. Mon autorité naturelle ? Arrête ! Je crains que tu n'aies une fausse image de moi.

– Cesse de te voiler la face, Odwyn ! Qui a réussi à s'introduire dans le cercle très fermé des écuyers en dépit de tous les obstacles ? Les autres n'ont aucun mérite, ils sont nés avec une cuillère en or dans la bouche. Toi, tu t'es distingué par ta vaillance et ton intelligence. Qui a sauvé Camelot ? Toi ! Sans ton intervention, à l'heure qu'il est, nous serions tous morts. Et qui n'a pas hésité à pénétrer dans le camp adverse pour m'arracher aux griffes de Mordred ? Sire Kay ? Rowan ? Non, le seul à avoir eu ce courage, c'est toi. Pour me sauver, tu as risqué ta vie. Non, tu as beau n'être qu'un humble fermier de Cornouailles, si quelqu'un a la carrure d'un chef, c'est toi.

Il fallut un moment à Odwyn pour comprendre la portée de ces paroles.

– Tu es folle ! souffla-t-il enfin.

– Pas du tout, assura-t-elle. Tu es le seul capable de succéder à Arthur.

Odwyn se leva vivement.

– Trêve de billevesées ! Tu ne sais pas ce que tu dis.

– Sais-tu quel âge avait Arthur quand il s'est emparé d'Excalibur ? répliqua-t-elle en se levant à son tour. Douze ans ! Quand il s'agit de suivre son destin, le nombre des années n'a pas d'importance, Odwyn. Tu n'es pas comme les autres, je le sais ! Tu es appelé à de grandes choses, mets-toi bien ça dans le crâne !

Et, d'une voix radoucie, elle ajouta en s'excusant presque :

– Mon grand-père ne doit pas savoir que je suis sortie de ma chambre. Il faut que je me sauve. À bientôt...

Elle déposa un baiser sur sa joue et s'enfuit avant qu'il ait eu le temps de réagir.

Resté seul, Odwyn s'adossa contre la muraille. La princesse avait-elle perdu la tête ? Roi de Camelot, lui ? Et puis quoi encore ? Aileen ne pouvait pas avoir envisagé sérieusement une chose pareille. Pourtant, elle lui avait paru sincère...

Soudain, une pensée le frappa comme la foudre. Quel que soit celui qui succéderait à Arthur, il faudrait qu'il épouse la princesse ! Elle-même, en effet, ne pouvait pas prétendre à la couronne. Depuis la reine Boadicée, au Ier siècle de cette ère, jamais aucune femme n'était montée sur le trône de Bretagne.

Odwyn sentit une grosse boule se former dans sa gorge. Rowan ne s'y était pas trompé : Aileen avait bien tiré un trait sur lui. Et pour cause... Elle s'était choisi un autre champion !

Chapitre 17

La disgrâce du héros

À l'issue de cette réunion désastreuse, les chevaliers retournèrent à leurs occupations comme si de rien n'était. Jamais les écuyers n'auraient pu soupçonner qu'un drame avait eu lieu autour de la table ronde. La seule chose qui aurait pu leur mettre la puce à l'oreille était le soin particulier avec lequel Kay évitait Tristan et Gauvain, mais le sénéchal avait l'habitude de faire bande à part, si bien que son attitude n'étonna personne.

En fin d'après-midi, en traversant la cour pour monter chez Katlyn, Odwyn aperçut Merlin sur le pas de la porte de la tour ouest. Le vieux mage donnait le bras à un homme d'une maigreur épouvantable. C'était Lancelot. Les yeux clos, le sourire aux lèvres et les cheveux rejetés en arrière, le chevalier offrait son visage aux rayons du soleil couchant.

Merlin fit signe à Odwyn d'approcher.

– Alors, mon jeune ami, que dis-tu des progrès de notre malade ? Pour quelqu'un qui avait déjà un pied dans la tombe, je le trouve en pleine forme, pas toi, Gwydion ?

À ce nom, Lancelot ouvrit les paupières et tendit à Odwyn une main décharnée.

– Ravi de te revoir, jouvenceau !

Odwyn lui rendit son salut.

– Nous nous apprêtions à aller manger un morceau, expliqua Lancelot. Merlin dit qu'il est temps que je me remplume... Tu nous accompagnes ?

– Je... j'aurais bien voulu, balbutia Odwyn. Mais je ne peux pas, je regrette...

– Niquedouille ! protesta Merlin. J'ai prévenu Katlyn que tu ne viendrais pas aujourd'hui. J'estime que tu as droit à une pause de temps à autre. Donc, si le cœur t'en dit, rien ne t'empêche de te joindre à nous.

Odwyn s'inclina et répondit avec une pointe d'irritation :

– Dans ce cas... Cependant, tel que je vous connais, je doute que vous m'invitiez sans raison. Vous devez avoir une idée derrière la tête...

Merlin rit de sa répartie :

– Très juste ! Mais nous en discuterons à table ! Je meurs de faim !

Maître Anselme leur avait préparé un festin princier. Sur la table de la cuisine, récurée à fond, se trouvaient une volaille rôtie et sa garniture de légumes, des coupes remplies de fruits et une miche de pain juste sortie du four, ainsi qu'une carafe de vin d'une belle couleur vermeille. Le couvert était dressé pour trois, signe que l'invitation de Merlin, loin d'être improvisée, était un coup monté.

Dans des moments comme celui-là, Odwyn ne savait plus très bien s'il admirait le conseiller du roi pour sa clairvoyance, ou s'il le détestait à cause de sa manière de manipuler les gens comme des pions sur un échiquier.

– Mets-toi là ! lui ordonna Merlin en prenant place sur le banc.

Odwyn s'assit à côté de lui, face à Lancelot qui semblait d'excellente humeur.

Maître Anselme s'avança.

– Sire Lancelot ! s'exclama-t-il en s'inclinant jusqu'à terre. Permettez-moi, au nom de tous les marmitons et tournebroches, de vous exprimer notre joie de vous revoir parmi nous au terme d'une aussi longue absence. Vous nous avez manqué.

– Je ne peux pas en dire autant..., répondit le chevalier.

Maître Anselme se raidit :

– Pardon ?

– Il me semble avoir quitté Camelot pas plus tard qu'hier.

– Ah ! fit le cuisinier, visiblement soulagé. Et… tout est-il à votre convenance, messire ?

– C'est parfait, maître Anselme, le tranquillisa Merlin en versant du vin dans le gobelet de Lancelot. Comme toujours !

Il remplit la timbale d'Odwyn. Lui-même ne se servit que de l'eau.

Le cuisinier enchaîna quelques courbettes, puis s'éloigna en bombant le torse avec suffisance.

Lancelot se pencha par-dessus la table et chuchota :

– Juste ciel ! Il est gras comme un moine !

Merlin prit une pomme dans le compotier et commença à la peler à l'aide d'un petit couteau.

– Que voulez-vous, dit-il, en quatorze ans, il a eu le temps de faire du lard. Surtout que Camelot a connu des périodes fastes.

– Avez-vous revu les chevaliers ? demanda Odwyn à Lancelot.

– J'ai reçu leur visite ce matin, répondit-il. À part Tristan, c'est fou ce qu'ils ont grossi. Je me demande comment ils font pour tenir en selle !

– Ils ont livré contre Mordred une bataille sanglante et l'ont mis en déroute, observa le conseiller du roi sans lever les yeux.

– Je vois. Et vous, Merlin, vous avez toujours l'art de remettre les gens à leur place mine de rien. Cependant, je conviens que ma remarque était malvenue.

Levant son gobelet, il trinqua avec Odwyn :

– Buvons ! À la santé de Merlin, le véritable maître de Camelot !

Odwyn avala de travers et se mit à tousser.

Le vieux mage soupira :

– Ah, Lancelot, quel plaisir de voir que vous n'avez pas changé ! Je vous assure que votre sens de l'humour m'a manqué... L'aile ou la cuisse, Odwyn ?

– L'aile, répondit le garçon, confus, en frottant son pourpoint tout taché, ce qui ne fit qu'aggraver les choses.

Merlin lui tendit un morceau de poulet et déclara :

– Comme tu l'as deviné, nous ne t'avons pas invité sans raison. À la vérité, nous avons quelque chose à te demander.

Odwyn leva la tête, inquiet. Le vieux mage lui fit signe de manger, et remplit de nouveau son gobelet :

– Pour réintégrer la Table ronde, Lancelot a encore une petite formalité à accomplir. Il faut qu'il triomphe de Kay lors d'un prochain tournoi...

Odwyn but une gorgée de vin.

– Hélas ! regarde-moi : je suis maigre comme un clou ! fit Lancelot en remontant sa manche. Dans l'état où je suis, ce serait déjà bien beau que j'arrive à enfiler mes bottes sans me faire aider. C'est tout juste si je tiens sur mes jambes. Ma santé s'améliore de jour en jour, certes, mais je suis encore beaucoup trop faible pour manier l'épée ! En fait, il me faudrait un écuyer...

Fixant Merlin puis Lancelot avec des yeux ronds, Odwyn balbutia, la bouche pleine :

– Vous... vous ne parlez pas sérieusement ?

– Merlin n'a pas tari d'éloges à ton sujet, poursuivit Lancelot. Ce serait un honneur pour moi de t'avoir à mon service.

Odwyn était trop interloqué pour répondre.

– Il n'est encore jamais arrivé qu'un écuyer reste très longtemps sans maître, observa le conseiller du roi en lui servant de nouveau à boire. Tu es en droit de refuser, naturellement.

Mais, dans ce cas, nous devrons te trouver un autre emploi. À la forge, par exemple. Ou comme palefrenier...

C'était du chantage, et Odwyn le savait. Quel choix avait-il ? Aucun ! Or, après tout ce qu'il avait vécu, il n'était pas prêt à accepter n'importe quelle fonction à seule fin de rester à la cour.

Il mastiqua sa volaille avec application. D'un seul coup, il avait l'estomac noué. Et cela n'avait aucun rapport avec l'excellente chère de maître Anselme. Déglutissant avec peine, il déclara :

– Je ne pouvais espérer plus grand honneur que celui de vous servir, sire Lancelot !

Et il vida son gobelet d'un trait.

X

Le lendemain, Odwyn se réveilla avec une migraine à se cogner la tête contre les murs. Lui qui n'avait jamais bu de vin jusqu'à la veille au soir, il croyait se souvenir que maître Anselme avait rempli deux fois la carafe. Ce qui s'était passé ensuite, il ne se le rappelait pas. Cependant, il avait l'impression désagréable de s'être laissé aller à des propos ou des actes inconsidérés qu'il risquait de regretter toute sa vie.

Il se leva péniblement et se dirigea vers la porte en titubant.

Le samedi, les écuyers étaient dispensés d'entraînement. La matinée était consacrée à l'entretien de leur équipement car, au bout d'une semaine d'exercices sous la férule de Kay et des chevaliers, armes, armures et vêtements avaient bien besoin de réparations.

Il faisait beau. Les garçons étaient sortis dans la cour pour rafistoler ce qui devait l'être.

Odwyn s'arrêta sur le pas de la porte et mit la main en visière. La lumière crue du soleil lui faisait mal aux yeux.

– Hé, les gars ! appela une voix. Regardez qui voilà ! Notre soiffard est debout !

Odwyn fronça les sourcils. Qu'est-ce que cela voulait dire ? Il fit un pas en avant, rata la marche et s'étala de tout son long sous les huées de ses camarades.

Orlando s'approcha et l'aida à se remettre sur ses pieds :

– Diantre ! Tu en tiens vraiment une belle !

– Une quoi ? demanda Odwyn d'une voix pâteuse.

Orlando s'esclaffa :

– Une quoi ? Une gueule de bois, mon vieux ! Hier soir, tu étais tellement soûl que nous nous avons dû te coucher comme un bébé.

– Tu nous as joué un numéro digne d'un jongleur professionnel ! grimaça Rowan.

Odwyn réprima un haut-le-cœur. Puis, s'essuyant le front d'un revers de manche, il murmura :

– Racontez-moi...

– Pour commencer, Lancelot et toi avez fait un concours à qui roulerait le premier sous la table..., expliqua Cecil, hilare. Lancelot a gagné, forcément ! Vu son état, un seul verre aurait suffi à l'expédier dans les brumes d'Avalon.

– Et Merlin ?

– Au bout d'un moment, il a eu pitié de Lancelot et l'a fait transporter dans son lit. C'est là que tu es entré en scène.

– Pas la peine de continuer..., gémit Odwyn en se prenant la tête dans les mains.

– Oh que si ! répliqua Rowan en souriant. C'est dommage que tu ne t'en souviennes pas. Tu as un don impressionnant pour la comédie.

– Pour ça oui ! hennit Cecil. Quand tu nous as mimé les tics de Merlin, on a tous pleuré de rire.

– Ton imitation du roi Arthur était plutôt osée, mais pas mal non plus, gloussa Benedict.

– Mais ce n'était rien à côté de ta parodie du sénéchal, ajouta Orlando avec un clin d'œil éloquent. Ça c'était grandiose !

– Malheureusement, sire Kay n'a pas apprécié la plaisanterie, commenta Cecil. Tu l'aurais vu ! Il a failli te faire jeter au cachot. Tu as de la chance que Rowan ait plaidé ta cause.

– Bref, aujourd'hui, tout le monde ne parle que de tes bouffonneries, conclut Rowan avec un sourire narquois.

Odwyn aurait aimé disparaître cent pieds sous terre.

– Si je comprends bien, murmura-t-il, la mine sombre, j'ai intérêt à monter me changer.

– Bonne idée, approuva Cecil, le visage fendu d'un large sourire. Mais dépêche-toi : Kay a fait savoir qu'il avait un travail à te donner. Il t'attend à la forge.

Aux ricanements de ses camarades, Odwyn s'inquiéta. Connaissant Kay, il pouvait se préparer au pire.

Après s'être lavé et habillé, Odwyn courut à la forge, où il trouva le sénéchal en grande conversation avec maître Griswald. Tous deux penchés sur l'enclume discutaient des dernières modifications à apporter à la nouvelle épée que le sénéchal comptait inaugurer lors du prochain tournoi. Kay prolongea la conversation plus que de raison. Au bout d'un moment, le forgeron hocha la tête. Il avait compris, il n'y avait plus rien à ajouter. Kay attrapa alors une pelle dans un coin et la tendit à Odwyn.

– Viens ! ordonna-t-il, pète-sec.

Il se dirigea vers l'extrémité ouest de la citadelle, où se trouvaient les latrines. L'odeur qui s'en dégageait était pestilentielle. Odwyn se sentit défaillir.

Parvenu devant les lieux d'aisance, Kay déclara :

– La fosse a besoin d'être vidée.

Désignant deux seaux qui traînaient par là, il ajouta :

– Je te donne jusqu'à midi ! Et je te conseille d'avoir terminé d'ici là. Sinon, je te promets qu'il t'en cuira.

Et il tourna les talons.

La fosse, où venait se soulager toute la population de Camelot, était un trou de trente pieds de long sur six de large, profond d'environ deux pieds, au-dessus duquel vrombissaient des nuées de grosses mouches velues.

Cette fois, c'en était trop. Submergé par la nausée, Odwyn se plia en deux et vomit tripes et boyaux. Quand il eut repris ses esprits, il s'essuya la bouche en hoquetant. Deux heures ! Il avait deux heures pour vider cette fosse alors qu'il y avait de quoi occuper quatre hommes une journée entière !

C'était mission impossible. Cependant, on ne désobéissait pas aux ordres de Kay. Les deux seaux dans une main, la pelle dans l'autre, Odwyn descendit dans la fange.

Il s'y enfonça jusqu'à mi-cuisses. Il n'avait plus rien dans l'estomac, sans quoi il aurait certainement vomi une nouvelle fois. Luttant contre le dégoût, il commença à pelleter. Quand il eut rempli ses deux seaux, il sortit de la fosse. À présent, il devait aller les vider à l'extérieur des murs. Ce qui l'obligeait à traverser la cour devant tout le monde.

Il allait se ridiculiser.

Kay lui rendait la monnaie de sa pièce.

En le voyant passer avec son chargement d'immondices, les valets et servantes ne lui épargnèrent pas leurs railleries, en effet. De partout fusaient des rires gouailleurs. Et les écuyers se tenaient les côtes. Il ne vint à l'idée de personne de lui donner un coup de main. La punition infligée par Kay, pour sévère qu'elle fût, était méritée ; Odwyn était le premier à le reconnaître.

Il alla vider ses seaux au-delà des remparts et repartit en sens inverse sous les huées de ceux qui, entre-temps, s'étaient massés dans la cour pour assister à la disgrâce du héros. Il serra les dents. De toute façon, il n'avait pas d'autre choix que de boire la coupe jusqu'à la lie.

– Sire Kay n'a pas changé, à ce que je vois ! s'exclama une voix derrière lui un peu plus tard, tandis qu'il pataugeait au milieu des excréments. Il prend toujours un malin plaisir à accabler les écuyers.

Odwyn se retourna vivement et découvrit Lancelot qui le regardait travailler, assis sur la margelle.

– Oh ! il y a longtemps que sire Kay attendait ce moment, répondit Odwyn sur un ton désabusé.

Il était couvert de fange. On ne distinguait même plus la couleur de son habit. Tout en pelletant, il ajouta :

– Depuis mon arrivée, il n'a pas raté une seule occasion de me faire sentir son mépris.

– Ça ne m'étonne pas, répondit Lancelot en se levant. Mais si ça peut te rassurer, lui et moi, nous sommes plutôt en froid. Je considère d'ailleurs comme une marque d'honneur de l'avoir pour ennemi.

Sur ces mots, le chevalier s'éloigna. Quelques instants plus tard, il revint en poussant une brouette avec une pelle en travers. Il avait ôté son pourpoint.

– Qu'est-ce que..., commença le garçon en ouvrant des yeux ronds.

Pour toute réponse, Lancelot sauta dans la fosse.

– Je prends ma part de responsabilité, expliqua-t-il. L'idée de te soûler était de moi. Merlin m'avait prévenu que tu risquais de refuser d'être mon écuyer, alors j'ai pensé qu'un peu de vin t'aiderait à te décider.

– Un peu de vin..., grommela Odwyn. Vous n'y êtes pas allé de main morte. Mais on ne m'y reprendra plus, j'en fais le serment ! Je ne boirai plus une goutte d'alcool de ma vie.

– C'est ce que je disais aussi à ton âge ! Mais les meilleures résolutions sont celles qu'on ne tient pas. À la fin, je résistais mieux que Gauvain.

– Gauvain ? s'étrangla Odwyn. Vous voulez rire ! À moins de vouloir délibérément se ruiner la santé, personne n'essaierait de rivaliser avec lui !

– C'est aussi mon avis. Voilà pourquoi je ne bois plus que de la bière.

Entre-temps, il avait fini de remplir sa brouette. Lancelot sortit de la fosse.

– Accepte mes excuses, veux-tu ? dit-il en tendant la main à Odwyn.

Odwyn la saisit.

– Sans façon, messire...

Déséquilibré par son poids, Lancelot faillit basculer la tête la première dans la fosse.

– Juste ciel ! Il va falloir que je m'occupe sérieusement de me remettre d'aplomb ! Il ne reste que deux mois avant le tournoi.

Prenant un seau dans chaque main, il ajouta :

– Bon. Considérons ceci comme le début de mon entraînement.

Odwyn lui emboîta le pas avec la brouette.

Quand ils le virent revenir en compagnie de son maître crotté des pieds à la tête, les écuyers échangèrent des regards interloqués.

– On ne va quand même pas laisser un chevalier se charger de cette corvée sans lever le petit doigt ! souffla Rowan.

Ces paroles ne manquèrent pas de produire leur effet. Aussitôt, les garçons coururent chercher des outils à la réserve.

– Merci ! souffla Odwyn à l'oreille de son ami lorsqu'ils se croisèrent dans la cour. Autant c'est gentil de la part de Lancelot de vouloir me donner un coup de main, autant il ne m'est pas d'une grande aide.

– De rien, répondit Rowan. C'est une excellente occasion de montrer à mon père que je ne suis pas d'accord avec ses méthodes. Il est temps que j'apprenne à me démarquer. Cela ne sera sans doute pas facile, mais il le faut. Pour Aileen et pour moi.

Odwyn garda le silence.

– Sire Lancelot est encore loin d'être remis, si tu veux mon avis, poursuivit Rowan en considérant le vieux chevalier décharné d'un air apitoyé. Dans l'état où il est, je ne vois pas comment il pourrait récupérer son titre de chevalier de la Table ronde.

– Il y a peu de chances pour qu'il y arrive, en effet, acquiesça Odwyn. S'il en sort vivant, ce sera déjà bien beau.

– Mon père ne le tuera pas, ce serait contre les règles, fit Rowan. Mais je suis presque sûr qu'il s'arrangera pour que Lancelot périsse dans un accident.

– Hé, vous deux ! les interpella Cecil. Vous avez fini de bavarder, oui ? On n'est pas ici pour rigoler !

– Surtout, ajouta Rowan très vite, si je peux vous être utile en quoi que ce soit, dis-le-moi. Il faut absolument que Lancelot reprenne sa place à la Table ronde. Ne serait-ce que pour embêter mon père.

Odwyn lui sourit avec reconnaissance.

– D'accord, compte sur moi.

Ils partirent chacun dans une direction opposée. Odwyn plaignait son ami de tout son cœur. Celui-ci ignorait qu'il avait déjà perdu Aileen. Fallait-il l'en avertir ? Y avait-il moyen de lui éviter de souffrir ?

Mais que faire ? Lui annoncer : « Désolé mon vieux, mais Aileen trouve que je suis un meilleur prétendant, alors elle souhaite rompre ses fiançailles » ?

Impossible !

Odwyn soupira. Quelques semaines auparavant, les déclarations de la princesse l'auraient comblé de joie. Mais, là, il ne savait qu'en penser. Ne s'était-il pas trompé sur Aileen ? N'était-elle vraiment qu'une froide calculatrice ?

Soudain, il se rappela les paroles de Katlyn, qui lui avait dit qu'Aileen n'avait pas d'amis. Il commençait à croire que c'était vrai.

Midi n'avait pas encore sonné quand les écuyers vinrent annoncer à Kay que le travail était terminé. Le sénéchal accueillit la nouvelle sans broncher, le visage aussi impénétrable que le marbre. L'espace d'un instant, son regard croisa celui de Lancelot, qui se lavait à la fontaine.

– Ce sera tout pour aujourd'hui, articula-t-il d'une voix sans timbre.

En aidant Lancelot, Rowan avait ouvertement pris parti contre son père. Kay n'eut pas un mot pour lui. Mais Odwyn était sûr que son ami ne perdait rien pour attendre. Tôt ou tard, son père lui ferait payer cher son audace.

– Alors, jouvenceau ? lança Lancelot à son écuyer, qui puait comme un putois. À quoi allons-nous occuper notre après-midi ?

– Si vous le permettez, j'aimerais d'abord me laver et récurer mes vêtements, répondit Odwyn.

– Cela me semble une excellente idée ! approuva Lancelot en riant. De mon côté, je vais me changer. Je suppose que mon écu et mon épée ne seront pas prêts avant la fin de la semaine prochaine… En attendant, il faut que je me procure un cheval. Rendez-vous à l'écurie dans une heure. Tu m'aideras à en choisir un.

Odwyn s'inclina.

– Comme il vous plaira, messire.

Odwyn eut toutes les peines du monde à se débarrasser de l'odeur effroyable qui lui collait à la peau. Enfin, après s'être lavé et changé, il se rendit à l'écurie. Lancelot l'y attendait déjà.

– J'ai hâte de voir ce que je vais trouver comme monture, dit-il sur un ton enjoué. Camelot est…. était connu pour l'excellence de ses chevaux.

– Lors de la bataille contre les Saxons, nous avons pris un certain nombre d'étalons à l'ennemi, répondit Odwyn. Il devrait bien y en avoir un à votre convenance…

Ce jour-là, la plupart des chevaliers étaient partis chasser. Ils ne rentreraient pas avant le soir. Pourtant, l'écurie était pleine à craquer. Lancelot examina les chevaux un à un, en leur ouvrant la bouche pour vérifier leurs dents et en leur soulevant les sabots ici ou là. À la fin, il soupira, déçu :

– Je n'en vois aucun qui correspond à ce que je veux.

Soudain, ils entendirent un hennissement furieux suivi d'un martèlement de sabots. L'instant d'après, un palefrenier entra dans l'écurie en titubant. Il était blanc comme un linge et avait une plaie ouverte à la tempe.

– Que t'est-il arrivé ? demanda Lancelot.

– C'est la dernière fois que je m'occupe de ce démon, bougonna le garçon, près de tourner de l'œil. Tant pis si je me couvre de honte, mais je préfère encore perdre mon emploi que d'y laisser ma peau.

– Va à la cuisine et demande qu'on appelle Merlin, conseilla Lancelot. Tu as besoin de soins.

Le garçon le remercia d'un signe de tête et sortit d'une démarche incertaine. De la cour leur parvenait toujours un grand tapage. Intrigué, Lancelot alla voir ce qui se passait.

Dehors, un énorme étalon noir aux yeux injectés de sang ruait et tempêtait en donnant des coups de tête dans tous les sens. Les palefreniers étaient trop terrifiés pour s'en approcher.

– Juste ciel ! s'exclama Lancelot. D'où sort donc ce monstre ?

– C'est le destrier de Mordred, répondit Odwyn, qui avait reconnu l'animal au premier coup d'œil. Je le lui ai emprunté pour sortir du camp lorsque j'ai délivré Aileen.

– En d'autres termes, tu as volé ce cheval au nez et à la barbe de Mordred, c'est bien ça ? demanda Lancelot en le fixant avec incrédulité.

– Nenni. En réalité, c'est Aileen qui...

Il n'eut pas le temps d'en dire plus, car Lancelot éclata d'un rire tonitruant. Le chevalier riait si fort qu'il en avait les larmes aux yeux.

– In... incroyable ! hoqueta-t-il. Merlin avait raison... Tu es vraiment spécial.

– Je ne vois pas en quoi, grogna Odwyn avec une pointe d'irritation ; Je n'ai fait qu'accomplir mon devoir.

Lancelot n'entendit pas la fin de sa phrase. Avec une lenteur étudiée, il s'approcha de l'étalon et déclara d'une voix où perçait l'admiration :

– C'est exactement le cheval qu'il me faut.

– Pardon ? s'étrangla Odwyn. Vous ne parlez pas sérieusement, j'espère ?

Le chevalier sourit.

– Je suis tout ce qu'il y a de plus sérieux, au contraire.

– Vous... vous ne craignez pas qu'il vous tue à coups de sabot ? balbutia le garçon dont les yeux allaient de la frêle silhouette du chevalier au colosse qui avait défiguré le jeune palefrenier.

– Dalgan ne me fera pas de mal.

– Dalgan ? répéta Odwyn C'est ainsi que vous voulez l'appeler ?

– Nenni, c'est son nom.

– Co... comment le savez-vous ? s'étonna le garçon.

Pour toute réponse, Lancelot se livra à une pantomime des plus étranges. Tournant le dos à Odwyn, la tête sur le côté, il s'approcha du pur-sang en décrivant des figures cabalistiques de la main droite. Puis, toujours en regardant par-dessus son épaule, il détacha avec précaution les chaînes par lesquelles Dalgan était attaché, et lui parla d'une voix monocorde.

Peu à peu, le cheval se calma. Il cessa de racler des sabots et baissa la tête. Puis il fit un pas en avant.

Odwyn n'en croyait pas ses yeux. Lancelot avait retourné la situation en un clin d'œil. D'indomptable et sauvage, Dalgan était devenu doux comme un agneau. Il se soumettait à son nouveau maître avec une docilité incroyable.

– Où avez-vous appris ça ? demanda le garçon, abasourdi.

– Bonne question, fit Lancelot avec un sourire hésitant. Sauf que je ne suis pas en mesure d'y répondre. Pas plus qu'à la précédente, d'ailleurs. Je le sais, c'est tout.

Il flatta l'encolure de Dalgan et lui fit traverser la cour en le menant par la bride.

C'était un spectacle peu ordinaire que ce vieux chevalier malingre exerçant sa domination sur un cheval qu'on aurait dit tout droit sorti des enfers. Tous ceux qui assistaient à la scène les regardaient bouche bée, en se demandant par quel prodige Lancelot avait réussi à dompter un si gigantesque destrier.

Soudain, Lancelot mit le pied à l'étrier. Tous retinrent leur souffle, s'attendant à ce que le charme soit rompu. Mais non. Lancelot se hissa en selle sans que l'étalon renâcle. Le chevalier sourit à Odwyn, puis, respirant un grand coup, il talonna sa monture. Dalgan partit comme une flèche et franchit le portail dans un bruit de tonnerre.

Les écuyers qui, entre-temps, avaient rejoint Odwyn, n'en revenaient pas.

– C'est bizarre, murmura Cecil, qui puait encore les excréments. Vraiment bizarre... Je me demande s'il n'y a pas un fond de vérité dans les histoires qui circulent sur le compte de Lancelot...

– Lesquelles ? voulut savoir Odwyn.

– Certains affirment qu'il fait seulement semblant d'avoir perdu la mémoire et que, en réalité, c'est un espion de Mordred.

Chapitre 18

Lancelot et la reine Guenièvre

Le lendemain, Odwyn aida Lancelot à s'installer dans les appartements autrefois occupés par Ulfin. Le chevalier ne possédant rien, hormis le sac que Rowan et Odwyn avaient rapporté de Dinas Emrys, son déménagement fut vite expédié. Cependant, il fallut lui procurer un lit ainsi que quelques meubles et tentures afin de rendre la pièce habitable, car, sur ordre de Kay, elle avait été vidée de son mobilier et de tous ses ornements. Les merveilleuses fresques qui égayaient les murs avaient été badigeonnées à la chaux. Seuls les carreaux de verre des fenêtres étaient toujours en place.

Lancelot s'arrêta sur le pas de la porte et promena le regard sur son nouveau logement. Puis, comme Ulfin avait l'habitude de le faire, il ôta ses bottes et foula pieds nus le parquet en chêne huilé. Odwyn se déchaussa également, puis il pénétra dans la pièce à la fois familière et très différente de ce qu'il avait connu.

– Ulfin était-il un bon maître ? demanda Lancelot comme s'il avait lu dans ses pensées.

Odwyn hésita une seconde et dit du bout des lèvres :

– Il ne m'a jamais traité comme un moins que rien.

– Ça ne répond pas à ma question...

Le garçon se mit à danser d'un pied sur l'autre. Il n'aimait pas parler d'Ulfin, auquel il avait voué une admiration sans bornes et qui l'avait pourtant trahi.

– Que voulez-vous que je vous dise ? lui rétorqua-t-il avec aigreur. Qu'il a la mort d'Humbert de Llanwick sur la conscience ? Et qu'il préméditait un coup d'État ? Oui da ! Son objectif était de voler le livre de Joseph d'Arimathie pour s'approprier le Graal et, fort de ce pouvoir, renverser Arthur de son trône.

Lancelot se laissa choir sur une chaise et murmura, les yeux perdus dans le vague :

– Je savais qu'Ulfin n'était pas d'accord avec Arthur sur la manière d'administrer le royaume. Mais de là à se rendre coupable de haute trahison...

– Vous le connaissiez bien ?

– Ulfin ? Lui et moi étions les plus anciens chevaliers de la Table ronde après Gauvain et sire Kay. Il était comme un frère pour moi. J'ai toujours prisé sa compagnie. C'était l'un des rares à cette cour à savoir lire et écrire. C'est d'ailleurs à lui que les écuyers doivent le privilège de s'instruire.

– En ce moment, je suis le seul à en bénéficier...

Lancelot fronça les sourcils.

– Vraiment ? Quelle honte !

Odwyn haussa les épaules.

– Sans doute Merlin a-t-il mieux à faire. Comme il n'a pas le temps de me donner des leçons, c'est la suivante de la princesse qui s'en charge.

– Branwyn ?

Odwyn secoua la tête.

– Katlyn.

– C'est ça. Je n'ai pas la mémoire des noms.

– Pourtant, vous vous êtes souvenu de Dalgan, hasarda Odwyn.

Lancelot se mordit la lèvre :

– Hum... Je sais ce que l'on raconte. Que je suis un espion à la solde de Mordred...

Fixant Odwyn, il ajouta :

– C'est aussi ce que tu crois ?

Odwyn se força à soutenir son regard.

– Si j'écoute ma raison, commença-t-il en cherchant ses mots, je dois avouer que cette hypothèse me paraît plausible. Il existe tant de zones d'ombre autour de vous...

– Et que te dit ton cœur ? questionna Lancelot.

Odwyn baissa les yeux.

– Je vous tiens pour un preux loyal et sans reproche.

Le visage de Lancelot s'éclaira.

– Merci ! En ce moment, j'ai bien besoin d'amis sur qui compter.

Odwyn sourit.

– Pour ce qui est des amis, vous n'avez pas d'inquiétude à avoir. En revanche, vous feriez bien de vous méfier de vos ennemis. Certains ont le bras long...

Lancelot plissa le front.

– Je vois de qui tu veux parler. Sire Kay, j'en ai pris mon parti. Il ne me tendra jamais la main, trop de choses nous séparent. Arthur me donne davantage de souci. Je lui ai juré fidélité et je n'ai jamais trahi mon serment.

Odwyn garda le silence.

– Oh, je sais très bien ce que tu penses... Les vieilles histoires ont la vie dure. Cependant, il n'y a pas un mot de vrai dans ce qu'on me reproche.

– La reine et vous....

– ... sommes amis ! le coupa Lancelot. En tout bien, tout honneur. Jamais nous n'avons commis d'adultère.

– Tu peux le croire sur parole ! fit une voix dans leur dos. Lancelot est incapable de mentir.

Odwyn se retourna en sursaut. Dans l'embrasure de la porte se tenait Guenièvre. C'était la première fois qu'il la voyait à la lumière du jour, et il fut frappé de découvrir que son visage portait la marque des ans. Certes, elle était encore d'une beauté époustouflante. Avec sa silhouette élancée, son maintien altier, ses longs cheveux auburn qui lui tombaient sur les épaules, et ses yeux d'un bleu limpide, elle aurait pu passer pour une jeune fille. Mais ses rides démentaient cruellement cette impression.

Odwyn s'inclina jusqu'à terre.

– Majesté...

– Relève-toi, Odwyn, dit-elle de sa voix chaude et mélodieuse.

Odwyn se redressa.

– Permettez-moi de me retirer...

– Reste ! ordonna Lancelot. Il serait malséant que la reine et moi soyons seuls dans la même pièce.

– Très bien...

Lancelot mit un genou en terre.

– Ma reine...

– Levez-vous, chevalier, dit-elle en lui tendant la main. Nous nous connaissons depuis assez longtemps pour ne pas nous embarrasser du protocole.

Ému par tant de grâce et de spontanéité, Odwyn s'empressa d'avancer une chaise.

– Vous avez mauvaise mine, Lancelot, observa-t-elle une fois assise.

– Tandis que vous êtes toujours aussi resplendissante qu'une aube d'été.

Elle égrena un petit rire :

– Votre compliment me va droit au cœur, chevalier ! Mais vous confondez le lever du soleil avec le crépuscule. Il me reste moins de temps à vivre que je n'en ai derrière moi.

Odwyn, sentant que la reine et Lancelot étaient unis par un lien d'une nature qui lui échappait, se retira dans l'embrasure de la fenêtre et se fit le plus discret possible.

– Merlin m'a assuré que vous étiez guéri, poursuivit Guenièvre.

– Grâce au ciel, ma santé s'améliore de jour en jour.

– Vous sentez-vous d'attaque pour participer au tournoi ?

– Hélas ! non. Je suis encore trop faible pour affronter sire Kay. Cependant, il reste deux mois avant la Saint-Jean. D'ici là, j'espère avoir repris des forces. Je compte sur Odwyn pour m'y aider.

– Vous avez là un écuyer de grande valeur.

– Certes. Bien qu'il soit modeste à l'excès.

Changeant de sujet, Lancelot ajouta :

– Comment se porte le roi ?

Guenièvre jeta un regard en direction d'Odwyn, comme si elle hésitait à parler en sa présence. Puis elle murmura :

– Il lui devient de plus en plus difficile de gouverner. Le monde change et Camelot n'échappe pas à la vague des bouleversements qui ébranlent le pays. Les Saxons représentent une menace de plus en plus pressante, surtout depuis que Mordred a conclu une alliance avec eux. Chaque jour, de nouveaux navires jettent l'ancre dans l'estuaire de l'Ouse et déversent leurs contingents de guerriers qui viennent renforcer le camp de nos ennemis.

– Vortigern a commis une folie en faisant venir des mercenaires de Germanie, énonça Lancelot avec gravité. Cette décision a précipité la fin du royaume des Celtes, qui avaient déjà assez souffert sous l'occupation romaine.

– C'est pour cette raison qu'Arthur est plus impatient que jamais de découvrir le Graal, opina Guenièvre.

– Il a tort de fonder tous ses espoirs dessus. Il est grand temps de nous rendre à l'évidence : le Graal n'est sans doute qu'un mythe...

– Et c'est vous, Lancelot, qui dites cela ? s'étonna la reine. Vous qui, plus qu'aucun autre, avez été si près de le découvrir ?

– Peut-être, mais je ne l'ai pas. À Dinas Emrys ne se trouvaient que les ossements du roi Bran. Ce que nous n'avons découvert que grâce à la générosité de deux écuyers prêts à tout pour que j'aie la vie sauve.

Guenièvre soupira :

– Je n'aime pas qu'on parle des présents comme s'ils n'étaient pas là. Approche, Odwyn ! Cesse de te terrer dans ton coin...

– Je ne voudrais pas être indiscret, répondit Odwyn en rougissant jusqu'aux oreilles.

– Tu as largement prouvé que tu étais digne de confiance, répliqua la reine. Puisque la bienséance exige que le chevalier et moi nous rencontrions en présence d'un tiers, au moins, jouons franc jeu. Viens ici et raconte-nous tout ce que Rowan et toi avez vu et entendu.

Odwyn lui décrivit d'abord la ville d'Aquae Sulis et ses thermes, et lui parla de leur rencontre avec le vieux général Decimus Aemilius. Puis il lui fit une description de la Terre Gaste et de leur arrivée à Dinas Emrys. De fil en aiguille, il en arriva à leur séjour dans la citadelle de Goon du Désert.

– Tu dis que cette forteresse a été mise à sac par Mordred il y a quatorze ans ? l'interrompit Guenièvre.

Il opina :

– D'après ce que nous ont dit les villageois, le château a été détruit à l'époque de la première guerre. Mordred croyait pouvoir y trouver le Graal. Après l'avoir fouillé de fond en comble, furieux de repartir les mains vides, il a tout rasé à l'exception du donjon. C'est là que Rowan et moi avons découvert l'épée de Lancelot. Nous en avons déduit que vous étiez nécessairement passé par là, messire.

– Vous ne vous êtes pas demandé comment j'avais pu abandonner mes armes ?

– Si, bien sûr. Mais, comme il faisait nuit, nous avons décidé d'attendre le lendemain pour élucider ce mystère. Nous avons fait du feu dans la cheminée et nous nous sommes couchés. Sans nous en douter, nous avions commis la même erreur que vous. Car la cheminée était piégée. Pour prévenir les visites indésirables, Goon du Désert avait dissimulé dans une niche un récipient contenant une substance fumigène, dont les vapeurs ont le pouvoir de brouiller le cerveau. Vous avez certainement respiré ces effluves, sans quoi vous n'auriez jamais bu à la fontaine empoisonnée.

– Merlin m'a dit qu'au cours de cette nuit tu avais eu une vision, fit Lancelot.

– Le roi Bran m'est apparu, en effet, admit Odwyn. Me souvenant des paroles que vous aviez prononcées dans votre délire, je lui ai demandé de me montrer ses blessures.

– Et c'est par ce manquement à la courtoisie que tu as levé la malédiction ? s'étonna la reine.

– Je ne comprends pas..., bafouilla Odwyn, troublé.

– Quelle ironie..., grommela Lancelot avec amertume. Seul un cul-terreux pouvait mener cette mission à bien...

Et il expliqua :

– N'importe quel chevalier sait qu'il est inconvenant d'évoquer les défaillances physiques de quelqu'un. *A fortiori* quand il s'agit d'un roi !

– Et vous n'avez rien trouvé d'intéressant à part le coffre contenant les ossements ? voulut savoir Guenièvre.

– Rien ! Quoi que... Maintenant que vous me posez la question... il m'a semblé que la cachette était plus grande que nécessaire. Comme s'il y manquait quelque chose...

– Si le Graal est quelque part, ce ne peut être qu'à Dinas Emrys, murmura la reine. Cela ne fait aucun doute. Le livre que possède Merlin établit de la manière la plus claire que Bran a été désigné par Joseph d'Arimathie pour veiller sur le Graal, et qu'il a été le premier de la longue lignée des Rois pêcheurs...

– Dans ce cas..., s'exclama Odwyn, comment expliquez-vous que le Graal ne soit plus au château ?

Guenièvre le regarda d'un air impénétrable :

– Si nous avions la réponse à cette question, nous saurions où chercher !

Chapitre 19

Le dernier des Rois pêcheurs

Les craintes de Lancelot s'avérèrent fondées : le bruit que Guenièvre lui avait rendu visite dans ses appartements fit le tour de Camelot en un temps record. Qu'Odwyn eût assisté à leur entretien n'empêcha pas les langues d'aller bon train mais permit néanmoins d'éviter que la réputation de la reine fût entachée. L'honneur était sauf.

Le lendemain matin, au petit déjeuner, les écuyers pressèrent Odwyn de questions. Ils brûlaient d'entendre sa version des faits.

– Ils ont bavardé de manière fort courtoise..., répondit Odwyn, désireux de couper court.

– Quoi ? s'exclama Cecil, incrédule. Pas de regards enflammés, de soupirs langoureux ni de petits gestes tendres ?

– Puisque je vous dis qu'il ne s'est rien passé ! répliqua Odwyn avec irritation. Mais qu'est-ce que vous espériez, à la fin ? Des détails croustillants ? Morbleu, mais j'étais là ! En plus, Lancelot m'a assuré qu'il n'y a jamais rien eu d'un tant soit peu compromettant entre la reine et lui, et je le crois sur parole.

Cecil fit la moue.

– Que veux-tu qu'il dise d'autre ?

– Pour ma part, je suis comme Odwyn, déclara Orlando en se servant une seconde ration de bouillie de millet. Je ne vois aucune raison de mettre l'honnêteté de Lancelot en doute. N'oublions pas qu'il a longtemps été le meilleur des chevaliers d'Arthur. Quand on réfléchit aux exploits qu'il a accomplis, les ragots qui circulent sur son compte paraissent assez ridicules. À mon avis, ce qu'il faut se demander c'est : *qui* a intérêt à faire courir ces bruits ?

Se tournant vers Rowan, il ajouta :

– Comment ton père a-t-il réagi au fait que tu as aidé Odwyn à vidanger les latrines ?

Rowan haussa les épaules.

– Selon son habitude... Il m'accable de son mépris. Mais peu me chaut. Au moins, il n'est pas tout le temps sur mon dos.

– Je suis curieux de savoir si Lancelot sera suffisamment vaillant à la Saint-Jean pour gagner contre lui..., murmura Cecil sur un ton songeur.

– Pour qu'il ait une chance de l'emporter, il faudrait qu'il ait repris cinquante à soixante livres d'ici là ! s'exclama Cecil.

– En deux mois, ce n'est pas impossible, répliqua Odwyn. Il a droit à un traitement spécial. Maître Anselme lui sert de la viande matin, midi et soir.

– Et à quoi s'occupe-t-il entre les repas ? lança Cecil d'une voix amusée. Il digère ?

– Nenni, il s'entraîne avec moi...

– Quoi qu'il en soit..., fit Orlando en s'essuyant la bouche, le tournoi s'annonce doublement serré.

– Pourquoi « doublement » ? s'étonna Cecil.

– Parce que le combat opposera non seulement Lancelot et Kay, mais aussi Rowan et Odwyn, pardi ! Et je me demande bien quelle en sera l'issue...

X

Odwyn n'avait pas encore réfléchi à cet aspect-là de la question. Pourtant, Orlando avait raison : lors d'un tournoi, les chevaliers n'étaient pas les seuls en lice. Leurs écuyers avaient aussi leur rôle à jouer. Ils ne combattaient pas à proprement parler, mais il était de leur devoir de seconder leur maître de toutes les manières possibles. Or Rowan, malgré ses démêlés avec son père, ne ménagerait pas ses efforts. Non pour plaire au sénéchal, mais pour ne pas se retrouver du côté des perdants.

Nul ne savait comment se présenteraient les choses. En tout cas, si Rowan appréhendait le tournoi, il n'en laissait rien paraître.

Au contraire. Au cours des jours précédents, il s'était montré d'une insouciance désarmante : son père le traitait comme le dernier des derniers, la princesse Aileen s'apprêtait à rompre leurs fiançailles, et, pourtant, il ne s'était départi à aucun moment de sa bonne humeur. Même lors de l'entraînement sous la férule de Kay, il s'était montré gai et enjoué.

Odwyn aurait dû s'interroger, mais il avait l'esprit ailleurs. Toutes ses pensées étaient accaparées par la conversation qu'il avait eue la veille avec la reine et Lancelot.

Lorsque midi sonna et que les écuyers se laissèrent choir à l'ombre des remparts pour souffler un peu, il aperçut Merlin qui lui faisait signe d'approcher :

– Tu as une minute ? Je vais nourrir les corbeaux qui nichent dans le tilleul depuis votre retour de Dinas Emrys.

Odwyn vit qu'il portait un panier plein de pain rassis.

– Bien sûr ! opina-t-il en lui emboîtant le pas.

– Comment se porte ton maître ? s'enquit Merlin en chemin.

– Son état s'améliore de jour en jour. Cependant, je suis inquiet pour le tournoi...

Merlin s'assit sur la table de pierre où le roi rendait la justice une fois par mois, et commença à émietter son pain. Les sept corbeaux se jetèrent dessus comme s'ils n'avaient rien mangé depuis leur arrivée.

– Puis-je vous poser une question ? hasarda Odwyn.

Merlin partagea le quignon qui restait en sept et le distribua aux oiseaux. Hochant la tête d'un air entendu, il déclara :

– Tu veux que je te dise si Goon du Désert était ton père... Eh bien, puisque tu me le demandes, la réponse est : oui.

Odwyn sentit son pouls s'accélérer. Il sortit son médaillon de sous sa chemise et murmura :

– Au-dessus de la porte du donjon, à côté du blason de Goon du Désert, il y avait une licorne comme celle-ci.

Merlin épousseta ses vêtements. Puis, fixant Odwyn dans le blanc des yeux, il reprit :

– Tu sais que Goon du Désert était le descendant direct du roi Bran, le premier des Rois pêcheurs...

Odwyn acquiesça.

– Mais ce que tu ne sais peut-être pas, c'est que Valeria, par sa mère, était de la lignée de Joseph d'Arimathie...

Odwyn en resta sans voix. Jusqu'ici, tout ce qu'il avait réussi à glaner comme informations, c'était que sa mère était une prêtresse romaine, et qu'elle était morte en le mettant au monde.

– Alors, je serais..., bégaya Odwyn, trop ébranlé par cette révélation pour formuler sa pensée jusqu'au bout.

– ... le Roi pêcheur, acheva Merlin à sa place. Exact ! Même si j'ignore encore à ce jour par quel hasard du destin les routes de Goon et de Valeria se sont croisées. Ce qui est certain, c'est que leur union a rapproché deux familles que les vicissitudes de la guerre avaient éloignées sous l'empereur Claudius. Seul un très petit nombre de gens savaient que le Graal était à Dinas Emrys. C'était un secret que les Rois pêcheurs se transmettaient de père en fils. Dans ton cas, cela n'a pas été possible, car ton père est tombé dans la bataille contre Mordred.

Odwyn ouvrit des yeux ronds.

– Ce bâtard se doutait que le Graal était à Dinas Emrys ?

– Je ne le crois pas. À mon avis, la forteresse n'était qu'une étape dans sa campagne de conquêtes. Il s'est avancé assez loin à l'intérieur du pays de Galles.

– Vous voulez dire qu'il est passé là par hasard ? s'étonna Odwyn, troublé.

Soudain, des images de bataille sanglante se mirent à danser devant ses yeux et il eut la vision de son père mourant sous les coups de Mordred.

– Je parlerais plutôt de fatalité, répondit Merlin. Goon a dû croire qu'on l'avait trahi. En tout cas, il a eu peur pour le Graal et pour l'enfant à naître. Il a préféré éloigner Valeria. Elle est partie en emportant la sainte coupe, avec mission de la cacher dans un endroit sûr. Hélas, au pays de Galles, la piste de ta mère se perd pour réapparaître du côté de Chulmleigh. Seulement, à ce moment-là, Valeria n'est plus en possession du Graal...

– C'est donc qu'elle s'en est défaite en cours de route, murmura Odwyn. Mais où ?

– Ça, mon garçon, c'est la question que tout le monde se pose.

Il prit le médaillon des mains d'Odwyn et le regarda attentivement :

– Je suis presque sûr que ce médaillon est la clef du mystère...

– Mordred a dû comprendre à un moment ou à un autre qu'il était passé à deux doigts de trouver le Graal, réfléchit Odwyn à voix haute. Sinon, il n'aurait pas traqué ma mère.

– Valeria n'était pas seule. Elle était escortée par un preux que tu as bien connu.

– Humbert de Llanwick ! devina Odwyn. Alors, c'était un chevalier de mon père ?

– Nenni. Comme il lui avait été refusé de siéger à la Table ronde, il sillonnait le pays comme une âme en peine. Ta mère l'a engagé en tant que garde du corps, afin de la protéger, elle et son enfant. J'ai toujours regretté qu'il n'ait pas été admis à la Table ronde. Aujourd'hui encore, en dépit de son mode de vie dissolu, je reste persuadé qu'il aurait eu tout à fait sa place parmi nous. Enfin... Toujours est-il que nous avons passé de bons moments ensemble, tous les deux ; même si je ne tiens pas le vin aussi bien que lui, loin s'en faut ! C'est par lui que j'ai retrouvé ta trace. Et, quand Mordred a de nouveau fait entendre parler de lui et qu'il s'est acoquiné avec les Saxons, comprenant que tu étais en danger, j'ai chargé Llanwick de te protéger et de te ramener à Camelot si besoin était. Manque de chance, vous êtes tombés sur les sbires de Mordred. La suite, tu la connais.

Odwyn demeura un long moment silencieux. Quand il eut mis un peu d'ordre dans ses pensées, il murmura :

– Tout était donc planifié de longue date...

– Avec le recul, c'est ce que l'on pourrait croire, en effet. Cependant, le hasard a joué un rôle beaucoup plus important que je ne l'aurais souhaité. Sur Dinas Emrys pèse comme une malédiction. On n'y arrive qu'à condition de ne pas le faire exprès. Sans quoi Mordred n'aurait jamais pu attaquer la forteresse. Or il est littéralement tombé dessus. J'ignorais l'existence de ce sortilège lorsque j'y ai envoyé Lancelot, muni des feuillets soustraits au livre de Joseph d'Arimathie.

– Pourtant, il a bien séjourné à la citadelle ! s'étonna Odwyn.

– Certes, mais il n'avait plus les pages du manuscrit, expliqua Merlin. Il les avait données à Humbert après s'être rendu compte qu'elles ne lui étaient d'aucune utilité.

– Somme toute, ce livre est dénué d'intérêt... Si le Graal ne se trouve plus à l'endroit indiqué, je ne vois pas à quoi il sert.

– Oh ! détrompe-toi : d'après ce que j'ai lu, j'ai l'impression que le Graal ne sera pas facile à reconnaître comme tel, même quand on aura le nez dessus. Le livre t'évitera de te tromper.

Il fouilla dans la poche de son manteau et en retira le manuscrit.

– Prends, Gwydion ! dit-il en lui remettant l'ouvrage relié de maroquin rouge. Puisque tu es le dernier des Rois pêcheurs, il te revient de droit.

Odwyn en fut estomaqué.

– Mais..., bafouilla-t-il. Je ne peux pas conserver un tel trésor ! Dans ma malle, il ne serait pas en sûreté !

– Si tu le désires, je peux te le garder.

– Je vous en serais infiniment reconnaissant.

Merlin opina du chef et remit l'ouvrage dans sa poche d'un air satisfait.

– Tu comprends maintenant pourquoi j'ai insisté pour que tu apprennes à lire et à écrire... C'est essentiel pour trouver le Graal.

– Katlyn veille à ce que je ne néglige pas mes leçons...

Merlin prit le chemin du retour. Odwyn le retint :

– Une chose, encore...

– Oui ?

Pesant ses mots, Odwyn demanda du bout des lèvres :

– Et Arthur ? Il a consacré toute sa vie à la quête du Graal. Quel va être son rôle, désormais ?

– Il lui reste quelque chose de très important à faire. Même si ce n'est pas du tout ce qu'il espérait.

Sur ces mots, le vieil homme se dirigea à grands pas vers le château. Odwyn sentit qu'il était inutile d'insister.

Chapitre 20

Le jardin des douleurs

Odwyn aurait eu besoin de réfléchir aux révélations de Merlin, mais les évènements des jours suivants ne lui en laissèrent pas le loisir.

Plus la date du tournoi approchait, plus il paraissait évident que Lancelot ne serait jamais en état d'affronter un homme qui s'entraînait comme un forcené avec Rowan dès qu'il avait un moment de libre.

Certes, grâce à l'excellente chère préparée exprès à son intention par maître Anselme, Lancelot n'avait plus l'air d'un squelette ambulant. Cependant, il était encore loin d'être l'athlète capable de se mesurer à Kay.

Il décida en guise de dérouillage de se battre contre Odwyn à l'épée de bois. Il croyait que ce ne serait qu'un jeu d'enfant ; ce fut une catastrophe. Au bout de dix minutes à peine, incapable de parer les coups de son écuyer, il s'écroula face contre terre. Il se releva avec un rire forcé, mais Odwyn n'en fut pas dupe. Il avait parfaitement vu la frayeur qui s'était peinte sur son visage.

Dès lors, Lancelot ne s'accorda plus un seul instant de repos.

Il avait fait exécuter par le charpentier de Camelot un parcours semé d'embûches qu'il appelait non sans humour son « jardin des douleurs ». Cela commençait par une douzaine de tonneaux sur lesquels il devait sauter avec armes et armure tandis que Gauvain et Tristan tentaient de lui faire perdre l'équilibre à l'aide de longues lances à la pointe émoussée. Ensuite, il lui fallait ramper sous un filet. Là aussi, ses amis lui compliquaient la tâche à coups de piques. L'étape suivante consistait en une palissade sur laquelle il se hissait au moyen d'une corde. Pour redescendre, c'était très simple, il se jetait en bas.

Commençait alors la partie la plus difficile.

Il s'agissait pour lui, toujours armé de pied en cap, d'avancer en équilibre sur une longue poutre en renversant à la pointe de l'épée des pantins de bois fixés à des tourniquets, le tout en évitant des sacs de sable attachés à des cordes que Tristan et Gauvain balançaient sur lui de toutes leurs forces...

La première fois, Lancelot rata son saut dès le second tonneau et se fit relativement mal à l'épaule. Mais il refusa de s'arrêter sur un échec et recommença derechef. À la fin de la journée, il réussit à franchir trois fûts d'affilée. Le lendemain, six, et le surlendemain, les douze !

Tristan et Gauvain ne connaissaient pas la pitié. Quand le filet ne fut plus un obstacle pour Lancelot, le pauvre était couvert de bleus. Pourtant, pas une fois Odwyn ne l'entendit se plaindre.

Les choses se corsèrent singulièrement quand le chevalier aborda les obstacles derrière la palissade. Car, même s'il avait déjà accompli des progrès spectaculaires, il était encore long à la détente. Entre le moment où son œil lui envoyait une information et celui où sa main lui obéissait, il s'écoulait un quart de seconde qui faillit plus d'une fois lui être fatal.

Mais Lancelot n'était pas du genre à renoncer. Il s'échinait jusqu'à l'épuisement, serrant les dents et malmenant son organisme déjà durement éprouvé bien au-delà des limites du raisonnable. Au bout d'un mois, à force de persévérance, il fut enfin capable de traverser son jardin des douleurs sans trop de casse.

Il était prêt à aborder la suite, le combat direct avec l'adversaire.

La journée était organisée en quatre temps.

D'abord, Lancelot affrontait sire Belvedere. Cet homme petit et rondouillard avait toujours fait à Odwyn l'effet de quelqu'un d'empoté. C'était mal le juger ! En le voyant combattre, celui-ci fut stupéfait de constater qu'il était rapide comme l'éclair, et d'une souplesse incroyable pour son âge. Avant que Lancelot ait eu le temps de dire ouf, il l'allongea d'un coup d'estoc. Lancelot se retrouva les bras croisés dans le dos, incapable de faire un mouvement.

Au spectacle de son maître mordant la poussière, Odwyn sentit une grosse boule se former dans sa gorge. Le pire, c'était que Lancelot pouvait s'estimer heureux d'être encore en vie. Si Belvedere avait combattu *pour de vrai*, en donnant la pleine mesure de son habileté, les conséquences auraient été autrement dramatiques.

Bien qu'il n'y eût pas d'épreuve de tir à l'arc lors d'un tournoi, Lancelot avait insisté pour avoir cette discipline à son programme. Odwyn aimait beaucoup cette activité car, outre la force physique, elle requérait application et concentration. L'esprit demandait à être exercé au même titre que le corps.

Lancelot passait l'essentiel de sa journée en compagnie de Gauvain qui, pour se mettre en condition, n'avait pas ménagé ses efforts. Maître Anselme répétait à qui voulait l'entendre que le chevalier rimailleur et grand amateur de piquette devant l'Éternel n'avait pas touché une goutte de vin depuis deux semaines. Et il s'en portait à merveille. Il n'avait plus ce regard inexpressif qu'on lui connaissait naguère, et avait retrouvé assez d'allant et de prestance pour qu'Odwyn puisse enfin l'imaginer dans la peau du jeune preux qu'il avait été un jour. Gauvain n'avait pas la force de sire Kay, mais il maniait l'épée et le glaive avec une technique diablement efficace – quoique très différente.

Au début, Lancelot ne fit pas le poids. Il évitait certes les coups et les assauts de Gauvain avec une grande habileté, mais il ne tenait pas plus d'une demi-heure à ce jeu du chat et de la souris. Quant à avoir l'initiative, ce n'était même pas la peine d'en parler.

Cependant, Lancelot progressait à pas de géant. Peu à peu, à force de s'entraîner, il reprenait du muscle. Mais Odwyn n'était pas complètement rassuré. Il craignait que Lancelot ait présumé de ses forces et qu'il n'ait à en payer le prix à un moment ou à un autre.

La veille du tournoi, en effet, Lancelot craqua.

Il s'était levé avant le lever du soleil et s'était rendu comme chaque matin au jardin des douleurs pour y effectuer un dernier parcours du combattant.

Quand Odwyn descendit dans la cour avec les autres écuyers, il le trouva plié en deux devant l'écurie, en train de vomir de fatigue.

Sire Kay qui venait de rejoindre ses élèves pour leur distribuer leurs cottes de mailles, observait la scène avec un sourire goguenard, et il héla Odwyn :

– Il semble que sire Lancelot ait besoin de tes services, jouvenceau ! Va ! Aide-le à se remettre d'aplomb. Tu es dispensé d'exercices pour aujourd'hui.

Odwyn étouffa un juron et se précipita au secours de son maître. En le voyant si pâle et si défait, oubliant le respect qu'un écuyer devait à son seigneur, il s'écria :

– Mais qu'est-ce qui vous est passé par la tête ? C'est donc la mort que vous voulez ?

– Quitte à me faire étriller par sire Kay, autant crever tout de suite, gémit Lancelot.

Et il ajouta en haletant :

– C'est fichu, Odwyn. Cessons de nous voiler la face : le combat est perdu d'avance. Je vais me ridiculiser.

– Balivernes ! protesta Odwyn. Regardez-vous ! Vous n'avez plus rien à voir avec le moribond que j'ai ramassé dans la forêt. Vous êtes de nouveau en pleine possession de vos moyens ! La seule chose, c'est que vous en faites trop. Vous devez absolument vous accorder un peu de repos.

Lancelot ricana :

– À t'entendre, on pourrait croire que c'est toi le maître et moi l'écuyer ! Bon, allons trouver Merlin. Peut-être pourra-t-il me concocter une potion qui me redonne du nerf.

– Ne rêvez pas ! Merlin ne vous sauvera pas. L'issue du combat est uniquement entre vos mains.

Odwyn s'interrompit. Une idée venait de germer dans son esprit. Il réfléchit une minute et reprit :

– Sire Kay m'a libéré pour la journée... Attendez-moi ici, je reviens d'ici une minute. Dans l'intervalle, demandez qu'on vous selle Dalgan.

– Pour quoi faire ? s'étonna Lancelot, un rien méfiant.

– Une promenade ! répondit Odwyn en tournant les talons.

Parvenu au bord d'un ruisseau qui serpentait au fond d'un vallon, pas très loin de Camelot, Odwyn arrêta son cheval et mit pied à terre. De l'autre côté du torrent, des vaches paissaient tranquillement dans un pré. Elles s'interrompirent craintivement, puis s'étant assurées qu'il n'y avait rien à craindre des nouveaux venus, elles se remirent à brouter avec une indifférence placide.

– Un jour, sire Ulfin m'a amené ici, expliqua Odwyn en attachant Pégase à un arbre. Il voulait me montrer combien la nature peut être belle par un temps comme aujourd'hui.

Il prit sa besace derrière sa selle et ajouta :

– Asseyez-vous ! Je nous ai pris de quoi manger à la cuisine...

Il étendit une courtepointe et étala dessus un morceau de lard, du pain, quelques pommes et un bout de fromage. Voyant que Lancelot ne semblait pas décidé à descendre de cheval, il lança :

– Vous, je ne sais pas, mais moi, je meurs de faim !

Lancelot parut hésiter, puis il rendit les armes :

– Après tout, tu as sans doute raison...

Il se laissa choir péniblement et rejoignit son écuyer.

Odwyn attacha Dalgan à côté de Pégase et fouilla dans sa gibecière. Il en retira une petite planche en bois et un sac de toile.

– Vous savez jouer aux échecs ? demanda-t-il en s'asseyant.

– Naturellement ! répondit Lancelot, vexé, en s'essuyant les doigts.

– Alors, prouvez-le ! le provoqua Odwyn.

– Ho ! ho ! dit Lancelot. Il me semble avoir déjà vu cet échiquier quelque part.

– C'est celui de sire Ulfin, expliqua son écuyer tandis qu'il disposait les pièces. Il m'en a fait cadeau.

– Il a eu le temps de t'apprendre à jouer ?

Odwyn opina.

– Alors, il va falloir que je m'applique, plaisanta Lancelot.

Il lui présenta ses deux poings. Odwyn désigna le gauche.

– Noirs ! À moi d'ouvrir le jeu !

Il fut vite évident que Lancelot n'arrivait pas à la cheville d'Ulfin, qui était un tacticien hors pair et n'avait jamais laissé à son écuyer l'ombre d'une chance de l'emporter. Il gagna certes la première partie mais dut bientôt s'incliner devant un Odwyn de plus en plus sûr de lui. Après avoir perdu trois parties de suite, il déclara forfait :

– J'abandonne !

Odwyn considéra l'échiquier d'un air étonné :

– Hum. Je ne me savais pas aussi fort...

– C'est la preuve que je ne suis pas seulement diminué physiquement, murmura Lancelot avec tristesse. Ce qui n'enlève rien à ton succès. Tu te débrouilles très bien. Félicitations !

– Je ne pensais pas vous battre, s'excusa Odwyn. J'ai pensé que cela vous changerait les idées...

– Tu es un brave garçon, Odwyn. Je n'aurais pas pu trouver meilleur écuyer. Cependant, j'espère que tu ne m'as pas laissé gagner. Sinon, je vais te le faire payer !

Odwyn grimaça un sourire.

– Nenni, rassurez-vous ! Ce n'est pas mon genre de me faire battre pour le plaisir.

Il arracha un brin d'herbe et le mordilla.

– Avez-vous réfléchi à ce que vous ferez en cas d'échec ?

Lancelot haussa les épaules :

– Je ne sais... J'ai vécu toute ma vie à Camelot. Quant aux treize années que j'ai passées à chercher le Graal, je n'en ai aucun souvenir. Tout ce que je me rappelle, c'est qu'il m'a beaucoup coûté d'en partir.

Il se releva, la mine sombre, et épousseta son vêtement. Puis il lança :

– Rentrons ! Je me suis assez reposé pour aujourd'hui !

Lorsqu'ils arrivèrent à Camelot, en fin d'après-midi, il régnait dans la cour une agitation intense. Les installations du jardin des douleurs avaient été démontées et remplacées par une estrade où un prêtre appelé tout exprès de Cadbury célébrerait la sainte messe le lendemain, avant l'ouverture du tournoi.

Devant les portes de la citadelle, c'était un va-et-vient incessant de serfs qui apportaient du bois pour le feu de la Saint-Jean, que l'on allumerait après le coucher du soleil.

Odwyn aimait beaucoup cette fête. Du temps où il vivait à Redruth, il ne ratait jamais le spectacle des feux qui illuminaient la nuit sur toutes les hauteurs des environs. C'était pour lui un instant magique.

Brusquement, il eut comme le sombre pressentiment que cette fois ce serait différent, et son cœur se serra.

Seuls Lancelot et Kay ne participaient pas à la liesse qui s'était emparée de tous. Tandis que chacun s'affairait aux préparatifs du banquet qui devait avoir lieu dans la soirée, eux ne pensaient déjà plus qu'au lendemain. Assisté de Rowan, le sénéchal s'était rendu à la forge pour un ultime affûtage de sa nouvelle épée. De son côté, Lancelot tournait en rond dans sa chambre comme un ours en cage.

Au coucher du soleil, alors que tout le monde attendait qu'Arthur donne le signal d'allumer le feu, Odwyn aperçut Aileen qui traversait la cour en compagnie de sa suivante pour monter sur le chemin de ronde où le roi et sa suite assisteraient au spectacle. Ensuite, on festoierait toute la nuit, et le vin et la bière couleraient à flots.

Aileen ne pouvait pas ne pas avoir vu Rowan. Pourtant, elle l'ignora délibérément. Pire, alors qu'il cherchait en vain son regard, elle s'approcha d'Odwyn et lui murmura à l'oreille :

– Il paraît que Lancelot est de nouveau en pleine forme. Tant mieux. Le combat promet d'être intéressant !

Odwyn loucha en direction de son ami. Le pauvre était livide.

– Rowan me dévore des yeux, n'est-ce pas ? demanda Aileen en chuchotant.

– Oui. Tu lui as parlé ?

– Pas encore. Je compte le faire demain à l'issue du tournoi. Mais je ne vois pas de quoi tu t'inquiètes...

– C'est très simple, répliqua Odwyn plus sèchement qu'il ne l'aurait voulu. C'est mon ami, et il souffre !

– Quelle magnanimité ! railla Aileen. Voilà ce que c'est d'écouter son cœur ! De toute façon, dans le cas présent, il faut bien qu'il y ait un perdant. On se retrouve plus tard ?

– Non, Lancelot a besoin de mes services, déclina Odwyn, trop heureux d'avoir une excuse valable.

– Dommage. Si ton maître change d'avis, tu sais où me trouver...

Sur ces mots, elle se retourna et fit signe à Katlyn de la suivre, et s'éloigna à grandes enjambées. Sa suivante, qui était restée quelques pas en arrière, muette comme une carpe, prit congé d'Odwyn d'un signe de tête et courut pour la rattraper. Un instant, Odwyn hésita à aller trouver Rowan, mais il se ravisa. Il ne voulait surtout pas lui donner l'impression qu'il éprouvait le besoin de se justifier.

Le feu de joie était censé commémorer la naissance de Jean le Baptiste, mais c'était une coutume très ancienne qui remontait aux premiers temps de la tradition celtique et marquait le solstice d'été, le jour le plus long de l'année. Les paysans avaient fabriqué des poupées de paille qu'ils lançaient dans les flammes pour conjurer les démons susceptibles de s'en prendre au bétail ou aux récoltes de l'année à venir.

Lorsqu'il fit nuit noire, une cloche tinta et il se fit un grand silence. Un flambeau à la main, le prêtre de Cadbury s'approcha alors du bûcher en marmonnant des prières et l'enflamma. Au même instant, des douzaines d'autres feux s'allumèrent sur les collines avoisinantes et illuminèrent l'obscurité. Il s'écoula quelques minutes pendant lesquelles on n'entendit que le crépitement du brasier. Chacun retenait son souffle. Jusqu'au moment où maître Anselme rompit le charme en annonçant que le vin et la bière étaient servis, et tous se ruèrent dans la cour. Odwyn ne les suivit pas et resta longtemps sous le tilleul à regarder les flammes danser devant ses yeux en songeant avec amertume que tous les feux de la terre n'empêcheraient pas les ténèbres de se répandre sur la Bretagne.

Comme il n'avait aucune envie de renouveler l'expérience précédente, il décida de ne pas boire de vin et alla se chercher une pinte de bière avant de rejoindre le groupe de ses camarades assis par terre dans un coin.

– Alors ? lui demanda Orlando en se poussant pour lui faire de la place. Comment va Lancelot ?

– Il est dans un état que je qualifierais de désespoir tranquille.

– En d'autres termes, il ne croit pas à la possibilité de gagner, traduisit Orlando.

Odwyn secoua la tête et but une gorgée de bière.

– Pour être honnête, dit-il en s'essuyant la bouche, je n'y crois pas non plus.

Il jeta un rapide coup d'œil par-dessus son épaule. Il avait dit à Aileen qu'il devait impérativement monter chez Lancelot, et aurait été très embarrassé de se trouver nez à nez avec elle.

Rassuré de ne pas la voir, il reprit :

– Il est surmené. J'ai peur qu'il ne tienne pas le coup...

– D'autant qu'il risque de ne pas fermer l'œil de la nuit ! observa Orlando. Si ce n'est pas l'appréhension qui l'empêche de dormir, ce sera le bruit.

Fronçant les sourcils, il demanda :

– Qu'as-tu à regarder tout le temps autour de toi ?

– Rien, répondit-il.

Au même instant, Aileen, le roi Arthur et la reine Guenièvre sortirent sur le perron. Il rentra la tête dans les épaules et s'enfuit en hâte :

– À demain...

Il se faufila derrière les groupes de buveurs et gagna la tour ouest le plus discrètement possible. Il allait s'y engouffrer quand une main se posa sur son épaule et l'attira à l'ombre des remparts.

– Psst... par ici !

– Katlyn ?

La jeune fille mit un doigt sur ses lèvres.

– Chut ! Pas si fort.

– Que se passe-t-il ?

– Je voulais te prévenir, murmura-t-elle. Rowan n'est pas dans son état normal.

– Je sais, répondit Odwyn. Aileen veut rompre leurs fiançailles. Et, comme il est loin d'être stupide, il s'en doute et...

– Le problème n'est pas la princesse, le coupa Katlyn. Le mal est beaucoup plus profond, si tu vois ce que je veux dire.

– Pas du tout. Tu peux t'exprimer clairement ?

Katlyn soupira :

– Je crains qu'il ne commette une énorme bêtise...

– Comment ça ? insista Odwyn.

– Je ne sais pas exactement, dit la jeune fille d'une voix oppressée. C'est juste une impression... Cependant... demain, pendant le tournoi, fais très attention à toi ! Quoi qu'il arrive, surtout, ne le quitte pas des yeux une seule seconde !

Sur ces mots, elle s'enfuit en courant pour aller rejoindre Aileen qui la cherchait partout des yeux. Dès qu'elle la vit, la princesse fendit la foule en jouant des coudes et la semonça durement.

Odwyn hocha la tête. Katlyn ne méritait pas un pareil traitement.

Après s'être assuré que Lancelot n'avait pas besoin de lui, il monta se coucher. Il n'était pas certain de pouvoir dormir, mais il n'avait vraiment pas le cœur à festoyer...

Chapitre 21

Le tournoi

Le lendemain matin fut célébré à la première heure un office qui laissa Odwyn rêveur. La plupart des fidèles, parmi lesquels les chevaliers de la Table ronde, étaient encore sous le coup de leurs libations de la veille au soir, et bien incapables de suivre la messe d'ailleurs chantée de bout en bout en latin, une langue dont ils ne comprenaient visiblement pas un mot.

Odwyn fut aussi choqué par le mépris manifesté par l'ecclésiastique à l'encontre de Merlin, qui assistait à la cérémonie au dernier rang. De toute évidence, le prêtre prenait le vieux mage pour quelqu'un de dangereux, un suppôt de Satan en lien avec les forces occultes des anciennes traditions celtiques.

Le roi se confondit pourtant en remerciements et le congratula chaleureusement pour son sermon. Il lui promit de suivre ses précieux conseils et lui demanda de bien vouloir assister au tournoi qui allait suivre et dans lequel s'opposeraient deux de ses meilleurs chevaliers.

Le religieux déclina son offre d'un air pincé.

Les combattants devraient se passer de la bénédiction de l'Église.

Au cours des semaines précédentes, le duel entre Lancelot et le sénéchal avait été le principal sujet de conversation à Camelot. Les entraînements des deux rivaux avaient été observés à la loupe. On avait même pris des paris. Mais rares étaient ceux qui avaient misé sur Lancelot, pourtant beaucoup plus populaire que le bouillonnant sénéchal.

Sitôt la messe terminée, l'estrade fut démontée et des serviteurs se hâtèrent de dresser les deux tentes où les chevaliers se prépareraient au combat. Lancelot s'y retira pour se reposer pendant qu'Odwyn allait lui chercher son équipement à la forge.

Lancelot, du fait que c'était à lui de relever le gant, avait eu le choix des armes. Et il avait opté pour l'épée. Odwyn n'était pas sûr que ce fût une bonne idée, car Kay avait la réputation d'être de loin la plus fine lame du royaume.

En revenant avec l'écu et le glaive de son maître, Odwyn croisa Rowan au milieu de la cour. Celui-ci lui sourit béatement et passa son chemin sans autre forme de procès. Odwyn s'en étonna et un frisson lui parcourut l'échine. Était-il possible que Katlyn ait vu juste ? Rowan mijotait-il vraiment un mauvais coup ? En tout cas, son comportement était pour le moins bizarre...

Un tonnerre d'applaudissements salua l'entrée en lice du sénéchal. D'excellente humeur, il parada comme un jeune coq devant les tribunes, indifférent aux sifflets qui se mêlaient aux ovations. Non seulement les huées ne l'atteignaient pas, mais elles semblaient presque lui faire plaisir, comme s'il en avait été émoustillé.

Odwyn rejoignit Lancelot dans sa tente.

– Ah, te voilà enfin ! s'exclama le chevalier.

En lui tendant son épée, Odwyn vit qu'il tremblait.

– Laissez-moi vous aider, proposa-t-il.

Lancelot soupira :

– Soit...

Laissant son écuyer lui boucler son ceinturon, il ajouta sur un ton sinistre :

– Je donnerais n'importe quoi pour ne pas être ici en ce moment, obligé d'affronter Kay pour défendre mon honneur...

Odwyn recula d'un pas. Tout était parfait.

– Dis à Arthur que je suis prêt..., ordonna Lancelot.

Odwyn passa la tête à l'extérieur de la tente et agita la main. Merlin, qui se trouvait assis à côté du couple royal, hocha la tête d'un air entendu et se pencha à l'oreille du roi.

– Ça va commencer ! annonça Odwyn en se retournant.

Lancelot se força à lui sourire.

Soudain, les trompettes retentirent. Le héraut déclara solennellement le tournoi ouvert, et Arthur commença à vanter les hauts-faits des deux concurrents.

Son discours s'éternisait. Nerveux, Lancelot dansait d'un pied sur l'autre. Il se mordait les lèvres, faisait craquer ses doigts et vérifiait son épée toutes les trois minutes. Odwyn s'alarma. C'était mauvais signe.

Enfin, la fanfare se fit entendre. Lancelot se racla la gorge :

– Allons-y !

Il sortit sous les acclamations et les vivats des spectateurs, et alla se prosterner devant le roi et sa famille. En le voyant tirer l'épée pour lui rendre hommage ainsi que le voulait la coutume, la foule applaudit à tout rompre. Les écuyers, qui avaient pris place au pied de la tribune royale, se mirent à trépigner en poussant des cris et des hurlements.

Arthur dégaina Excalibur et lança d'une voix forte :

– Que le meilleur gagne !

Sire Kay et Lancelot prirent position l'un en face de l'autre et se saluèrent. Les trompettes sonnèrent et Kay se rua sur son adversaire. Odwyn comprit qu'il cherchait à infliger une défaite aussi rapide et cuisante que possible à son ennemi afin d'en être débarrassé une fois pour toutes. C'était une erreur. Au lieu de se fier à son expérience du combat, sire Kay se laissait emporter, et ses attaques n'étaient pas aussi précises qu'il aurait fallu. Lancelot sut en profiter ; il parait habilement avec son écu. Hélas ! les coups pleuvaient sur lui à un rythme si effréné et avec une telle violence qu'il perdait du terrain. Malgré ses deux mois d'entraînement intensif, pour ne pas dire inhumain, il ne faisait pas le poids. Le combat était inégal. L'un tapait comme un forcené, l'autre tentait désespérément de se défendre.

Peu à peu, les applaudissements cessèrent et il se fit un silence de mort. À chaque estocade que recevait Lancelot, le public frissonnait de peur. Certains ne regardaient même plus tellement la supériorité du sénéchal était écrasante.

Au bout de dix minutes, c'est tout juste si Lancelot tenait encore sur ses jambes. Il ahanait comme un cheval et avait le regard vitreux. L'issue du combat ne faisait plus le moindre doute.

D'ailleurs, au coup d'après, il tomba à genoux. Kay, qui n'avait pas été en difficulté une seule fois depuis le début de l'affrontement, poussa le mépris jusqu'à se défaire de son écu. Puis il leva son épée à deux mains et l'abattit de toutes ses forces sur son adversaire quasi sans défense. L'écu de Lancelot vola en éclats. Le sénéchal désarma son rival, puis il le frappa à la tête du plat de sa lame. Le sang gicla. Guenièvre bondit de son siège avec un cri d'effroi.

– Renoncez-vous, Lancelot ? haleta Kay en appuyant la pointe de son épée sur le cou du chevalier.

– Jamais !

– Comme vous voudrez. Il ne sera pas dit que je n'ai pas eu pitié. Relevez-vous et prenez le temps de souffler. Nous continuerons quand vous serez prêt.

À la surprise générale, il se retourna, alla tranquillement s'asseoir sur une chaise et pria son fils de lui apporter à boire.

Odwyn se précipita au secours de son maître.

– Rendez-vous, messire, chuchota-t-il. Je vous en conjure !

– Jamais ! gémit Lancelot en grimaçant de douleur. Plutôt mourir que de m'avouer vaincu !

– Je crains que sire Kay ne se fasse un plaisir de vous exaucer, murmura Odwyn en se penchant pour lui essuyer le visage.

Dans le mouvement qu'il fit, son médaillon sortit de dessous sa chemise.

Lancelot ouvrit des yeux ronds, puis fixa Odwyn comme s'il ne l'avait jamais vu.

– D'où tiens-tu ce bijou ? demanda-t-il d'une voix blanche.

Odwyn voulut faire disparaître son médaillon, mais Lancelot arrêta son geste d'une main de fer.

– Je t'ai posé une question ! insista-t-il. Encore une fois : qui t'a donné ce talisman ?

– Ma mère, répondit Odwyn du bout des lèvres.

Une intense stupéfaction se peignit sur le visage du chevalier, qui fronça les sourcils comme quelqu'un qui cherche à se rappeler quelque chose.

Mû par une impulsion subite, Odwyn se défit de sa chaîne et la lui passa autour du cou :

– Prenez-le. Peut-être vous protégera-t-il. Mais, de grâce, cachez-le. Surtout, que personne ne le voie !

Lancelot hocha la tête et rentra le bijou sous sa cotte de mailles. Puis il prit son épée et murmura :

– À présent, voyons si la magie va opérer...

Odwyn l'aida à se relever, lui souhaita bonne chance et retourna à sa place, près de la tente.

En voyant son adversaire venir vers lui d'un pas chancelant, Kay sourit d'un air mauvais.

– Vous voulez donc vous battre jusqu'à ce que mort s'ensuive, Lancelot ? Voilà qui me plaît ! Parbleu, vous êtes un homme comme je les aime !

Sur ces mots, Kay se jeta sur lui. Lancelot n'eut que le temps de parer le coup avec son épée. Au risque de se blesser grièvement, ils se battaient désormais sans écu. Et, chose étrange, Lancelot semblait en tirer avantage. Plus le combat se prolongeait, plus il gagnait en assurance et en audace. Était-ce l'énergie du désespoir ? Toujours est-il que ses forces étaient décuplées. Sire Kay ne s'était pas préparé à un tel revirement. D'abord surpris, il essaya de changer de tactique mais ne réussit qu'à se fatiguer, et donna bientôt des signes de faiblesse. Pour la première fois, il commença à douter.

Lancelot s'en aperçut et se sentit pousser des ailes. Contrairement à Kay, qui frappait au hasard, il était extrêmement concentré, et ses gestes étaient précis et réfléchis. On aurait dit qu'il anticipait chacun des mouvements de son adversaire. Il esquivait les coups avec une légèreté et une grâce dont personne ne l'aurait cru capable quelques instants auparavant.

Lorsque Kay perdit son épée, Lancelot n'eut pas une seconde d'hésitation : lâchant son arme, il saisit le sénéchal par le haubert et lui assena un coup de tête qui lui brisa la mâchoire. Non content de l'avoir blessé, il cogna encore et encore jusqu'à ce que Kay, ouvrant des yeux exorbités, le regarde d'un air incrédule et s'effondre sans connaissance sur le sol.

Ce déchaînement de violence chez un homme que l'on avait considéré comme perdu plongea tout le monde dans la stupeur. Tout à coup, on aurait entendu une mouche voler.

Soudain, ce fut l'explosion. Les spectateurs se levèrent comme un seul homme pour applaudir le vainqueur et une immense clameur s'éleva dans le ciel. Le roi lui-même battit des mains. Avec moins d'enthousiasme que ses sujets, certes, mais l'air néanmoins sincère. Épuisé mais souriant, Lancelot se prosterna devant lui.

– Lancelot du Lac ! déclara solennellement Arthur. Je vous déclare vainqueur de ce tournoi et vous souhaite la bienvenue à la Table ronde !

À ces mots, les chevaliers et les écuyers donnèrent libre cours à leur joie. Ils se précipitèrent autour de Lancelot pour le congratuler. Tous lui tapaient sur l'épaule et le félicitaient d'avoir fait mordre la poussière au sénéchal. Pour une fois que quelqu'un lui donnait une leçon, à celui-là !

Odwyn chercha Rowan des yeux et l'aperçut près de son père, lequel n'avait toujours pas repris ses esprits. Pensant qu'il avait peut-être besoin d'aide, il voulut aller le trouver, mais il n'en eut pas le loisir, car il fut brusquement soulevé de terre et transporté en triomphe avec Lancelot jusqu'à l'esplanade où devait avoir lieu la cérémonie qui clôturerait cette fête de la Saint-Jean.

Sur ordre d'Arthur, un grand trou avait été creusé au pied du tilleul sous lequel le roi rendait la justice, et on avait dressé à côté une croix de bois richement ornée. Sur un lit de fleurs attendait le coffre contenant les restes du roi Bran de Corbenic.

Tout le monde se rassembla devant les remparts. Peu à peu, les rires et les cris s'éteignirent. Merlin, Arthur et Guenièvre attendirent que le silence fût complet, puis tous trois s'avancèrent.

– Aujourd'hui est un jour de joie ! clama le roi d'une voix forte. Car Bran le Corbeau va enfin recevoir sa sépulture. Et par là s'accomplira la prophétie prononcée par le vieux roi sur son lit de mort : « Tant que mes restes reposeront en terre de Bretagne, jamais le pays ne tombera aux mains de l'ennemi ! » Adoncques, qu'il repose en paix ! Longue vie à Camelot !

– Longue vie à Camelot ! reprit la foule en chœur.

« ... et à son roi ! », songea Odwyn, qui se tenait à côté de son maître.

Pour l'instant, le royaume était en sécurité. Mais Arthur n'avait toujours pas le Graal qui lui aurait assuré la pérennité.

Soudain, le garçon sentit quelque chose dans la main. Il reconnut son médaillon.

– Merci, lui chuchota Lancelot à l'oreille. Sans ce talisman, jamais je n'aurais réussi à battre Kay. Tu possèdes là un trésor bien puissant. Prends-en grand soin.

– Je sais que vous avez reconnu cette licorne, répondit Odwyn sur le même ton. Où et quand l'avez-vous rencontrée ?

Lancelot soupira :

– Je ne m'en souviens plus. Quand j'ai vu ton médaillon, j'ai eu comme un éclair, et j'ai cru que la mémoire allait me revenir. Mais non. Tout ce que je sais, c'est que la licorne joue un rôle essentiel dans la quête du Graal.

Le roi s'avança, souleva le coffre et le déposa dans la fosse destinée à être la dernière demeure du roi Bran de Corbenic. Les sept corbeaux qui tournoyaient haut dans le ciel au-dessus de Camelot poussèrent des croassements rauques.

– C'est bizarre, je ne vois pas Rowan et son père, murmura Odwyn. Le sénéchal n'est pas une petite nature. Vous l'avez certes bien étrillé, mais pas au point de l'empêcher d'assister à la cérémonie...

Il n'avait pas fini sa phrase que maître Anselme sortit de la forteresse en poussant des cris perçants :

– Au meurtre ! À l'assassin ! Ô, mon Dieu, c'est un malheur épouvantable !

Tous s'écartèrent pour le laisser passer. Le bonhomme tremblait de tous ses membres et s'arrachait les cheveux. Il tomba à genoux et sanglota en joignant les mains vers le ciel :

– Dieu tout-puissant, aie pitié de nous ! Il est mort ! Aussi vrai que je m'appelle Anselme, il est mort !

Arthur se fraya un chemin à travers la foule.

– Mais de qui parles-tu, à la fin ?

– Sire Kay ! s'écria le bonhomme. Je l'ai vu ! Il gît dans une mare de sang ! Quelqu'un l'a poignardé dans le dos !

– Où est-il ? demanda Arthur.

– Devant sa tente... Je l'ai trouvé en allant dresser la table avec mes marmitons pour le banquet de ce soir.

Arthur s'éloigna à grands pas. La foule reflua en silence derrière lui. Il s'arrêta devant la tente où Merlin examinait le corps.

– Il vit, annonça le vieux mage. Mais son pouls est très faible. Il a perdu beaucoup de sang.

– Qui a fait ça ? siffla Arthur entre ses dents en promenant le regard à la ronde. Qui a été capable d'une chose pareille ?

Maître Anselme renifla :

– Je ne sais pas... J'ai cherché Rowan partout, mais je ne l'ai trouvé nulle part !

Odwyn sentit son sang se glacer dans ses veines. C'était sa faute ! Katlyn lui avait pourtant bien dit de ne pas quitter son ami des yeux !

– Que l'on fouille le château ! tonna Arthur. Trouvez-moi ce jouvenceau et amenez-le-moi !

Les chevaliers se dispersèrent. Daguenet revint presque aussitôt en courant. Son visage était décomposé.

– Nous avons regardé à l'écurie, sire ! annonça-t-il. Le cheval de Rowan n'y est pas. Et les effets du garçon ont disparu aussi.

– Il ne peut pas être loin ! s'écria Lancelot. Permettez qu'on aille le chercher, mon roi !

Se tournant vers ses pairs, il ajouta :

– En selle, chevaliers !

Le roi donna son accord d'un hochement de tête. Aussitôt, tous ses barons se précipitèrent pour aller seller leurs chevaux.

Quelques minutes plus tard, les chevaliers de la Table ronde franchissaient le portail à un train d'enfer pour une battue dont la victime désignée était le meilleur ami d'Odwyn.

La nuit mit fin aux poursuites. Lancelot et ses compagnons rentrèrent bredouilles au château. Rowan demeurait introuvable.

Pour échapper à l'agitation qui régnait à l'intérieur des murs, Odwyn sortit sur l'esplanade. Les sept corbeaux tournoyaient dans le ciel rougeoyant.

– Quelle journée ! murmura le garçon en regardant vers l'horizon.

– Ce n'est pas ta faute, Gwydion ! déclara une voix dans son dos. Rien ni personne n'aurait pu l'en empêcher.

Le garçon se retourna en sursaut. C'était Merlin.

– Pourtant, Katlyn m'avait prévenu ! répondit-il, la mine sombre. Si j'avais été là...

– Nous avons tous une part de responsabilité, l'interrompit le conseiller du roi. Pas un de nous n'ignorait comment sire Kay traitait son fils, et personne n'est intervenu. Moi, pas plus qu'un autre. Pourtant, je me doutais que ça finirait mal.

– Et cela ne va pas vous empêcher de dormir ! railla Odwyn avec amertume.

– Il nous arrive à tous de faire des erreurs. À moi aussi, mais je vis avec, même si c'est un fardeau très lourd à porter. Si je voulais fuir les responsabilités, je ne resterais pas ici, à Camelot. Je me réfugierais dans la forêt et je vivrais en ermite en me nourrissant de baies et de racines.

Fixant Odwyn, il ajouta :

– Et toi, Gwydion, que choisis-tu ? Es-tu décidé à te battre et à suivre ton destin ? Ou vas-tu encore te dérober ?

Odwyn ne répondit pas tout de suite.

– Je sais d'où je viens et je connais le chemin à prendre..., finit-il par déclarer.

– Es-tu prêt à aller jusqu'au bout ?

Odwyn acquiesça d'un signe de tête.

– Dusses-tu commettre des erreurs qui pourraient te blesser et faire souffrir autrui ?

– Oui ! répondit Gwydion en soutenant le regard du vieux mage. J'accepte mon héritage. Je vais chercher le Graal et je le trouverai !

Table des matières

Cet ouvrage a été mis en pages
par DV Arts Graphiques à La Rochelle.

Impression réalisée par

CPI
BRODARD & TAUPIN

La Flèche

en octobre 2010
pour le compte des Éditions Bayard

Imprimé en France
Dépôt légal : octobre 2010
N° d'impression : 60705